KB266498

한 문장이
있다고 해보자

한 문장이
있다고 해보자

브라이언 딜런 | 김은지 옮김

봄날의책

에밀리 라바지에게

구조로서의 감정
SENSIBILITY AS STRUCTURE

아니 어쩌면 결국 하나의 짧은 문장, 실은 편린, 고통과 즐거움의 단순한 외침, 혹은 그 외침의 연속, 복합적이고, 죽음에 임박해, 마지막에 가서야 발화되는 비명, 아니면 완전히 다른 종인 짐승의 불가해한 울음, 그저 서막에 불과했던 문장은 이내 네 발 이상 달린 짐승처럼("모든 문장은 한때 동물이었다"라고 에머슨은 말한다) 아주 천천히, 그러나 의도를 갖고 위풍당당하게 행진하듯 지나가는 풍경을 매우 주의 깊게, 그리고 그것이 요구하는 집중력을 갖고 매우 신중히 살피며 병치된 절들을 품위 있게 작동시키기 시작하는데(어라?) 당신이 이해했다고 확신하는 순간, 그것이 방향을 틀어, 형상이 당신을 피하고, 짐승이 몸을 비틀어 당신의 손아귀를 빠져나가듯, 당신을 물고 달아나듯, 갖은 애원에도 은유의 안개 속으로 사라지고, 당신은 그것을 따라가야 하기에 문장부호 문을 하나 닫고 따라가보니, 그쪽 세계에서는 모든 게 덜 분명한데도 불현듯 훨씬 더 순조롭고 가깝게 느껴지는 것이, 말인즉 문장이 멈춰 서서 주위를 둘러보며 스스로를 약물작용, 빛을 빨아들이는 카메라 렌즈, 사진 인화지 위에 서서히 떠오르는 이미지의 유령(이를테면 어떤 얼굴), 교회에 걸린 축제 장식, 호수 너머 작가가 앉아 있는 곳으로 돌진하는 폭풍에 비유하기 시작하고, 그러다, 그러다, 그러다, 스스로를 대단히 모던하다고 여기는 문장은 골동품 수집가의 창고처럼 절들과 하위절들을 끝없이 쌓는 건 말할 것도 없고 이제 이런 식의 비유로 가득한 모험에 싫증이 났기에, 당신은 무언가를, 어떤 특정한 반복(반복. 하지만 또한. 중단.) 행위를 감지하게 되는데, 이런 방식은 문장에 모종의 다면적이고 수정水晶 같은 특징을 부여해, 문장이 어떤 주제를 다루든 이 같은 성질은 영원토록 유지되니, 주제가 병과 건강에 관한 것이든, 로마에 내리쬐는 햇볕에 관한 것이든, 뉴욕의 오후, 아니면 흑인이 되고 싶어하는 백인 소년이나 낮에 사라져버린 태양에 관한 것이든, 심지어는 문장이 길든 짧든, 또 (특히) 아직 품위 있던 옛 시대의 우아함과 고급스러운 어휘를 갈망하든 아니든 상관이 없고, 그런데 그 주제에 관해서라면 문장은 오래전부터 주목해왔는데, 그 아카이브 안에는 슬럼걸리언slumgullion, 축으로 형태를 잡은mandrelled, 정강이받이를 댄greaved, 직관적인eidetic, 뒤쥐soricine, 흑점macula, 일렁이는flimmering, 찐득이는 것glop, 궤도를 벗어나는exorb, 지하에 사는chthonic, 안개가 자욱한brumous, 고역moil, 찌꺼기ort, 흩날리는 듯한 금빛flygolding, 망토chlamys 같은 것들이 있어 이 자산이 유용해질 때를 대비해 예의주시하고, 누가 알겠는가, 나중에 문장이 어떤 것을 필요로 할지, 무엇을 원할지, 어떤 확장과 축약을 감당하고 즐길지, 어떤 지식을 소집하고 배치할지, 누구의 말을 훔치고 찬미할지, 문장이 살려면 어디에서 리듬이 들려야 할지, 문장은, 그렇게 살아, 당신의 주의 깊은 관심을 흘려보내고, 당신은 이제 그 이름도 외형도 희미해진 사물과 물체, 관념에 관심을 갖기 시작하기에, 당신도 그 미끄러운 문장에 내맡길 수밖에, 왜냐하면 문장은 당신보다 더 많은 것을 알고 있으며, 세상을 쥐고 걱정해야 할 때와 놓아야 할 때를 알기에, 지금이 그러한바, 문장은 이제 보이지 않는 영토의 경계를 두드리며 당신(당신은 문장을 만든 사람이지 주인이 아니다)에게서 멀리 달아나버린다.

나는 25년 동안 그때그때 쓰던 노트 뒷부분에 문장들을 필사해왔다. 대체로 다른 목적을 가진 노트들이었고, 노트의 브랜드와 스타일, 품질은 달라도 크기는 언제나 비슷했다. 평범한 A5 페이퍼백 사이즈인데, 손에 쥐기도 좋고 책상에 놓고 쓰기에도 좋다. 물론 이 노트들의 다른 곳에도 문장들이 적혀 있다. 간단하고, 전보처럼 간결하고, 동사가 없는 메모도 문장이니까. 그리고 책에서 가져온 인용문과 이를 변형한 문장들, 사람과 장소, 사물에 대한 묘사, 쓰지 않을지 모르지만 나중에 제대로 쓰려고 휘갈겨 써놓은 거친 초고도 있다. 하지만 노트 끝에 적힌 문장들은 다르다. 설령 그것들 중 어떤 건 내가 리뷰하거나 작업한 책들에서 온 것이라 해도. 그 문장들은 의무나 마감, 프로젝트와는 관계없이 하나의 평행한 시간선을 이룬다. 그런데 무엇의 시간선일까?

아마도 그건 끌림일 것이다. 지금 글을 쓰고 있는 내 뒤의 책장에는 이런 노트가 마흔다섯 권 있고, 한데 모여 있는 검은 책등들 가운데 간간이 빨간색, 파란색도 보이고, 스프링 제본 노트도 한두 권 섞여 있다. 어느 날 불쑥 책들과 종이 더미 속에서 사라진 노트들을 찾아 시간순으로 정리할 수도 있을 것이다. 지금은, 선반에서 아무 노트나 한 권 집는다. 무엇이 딸려 나올지는 아무도 모른다. 어떤 시간의 편린이, 어떤 문장들이 딸려 나올지. 다음은 2009년 말에 내가 쓰던 노트에서 발췌한 문장들이다. 발터 벤야민: "우리의 삶은 역사적 시간 전체를 수축할 수 있을 정도로 강한 근육이다." 월터 페이터: "미적 비평에서 대상을 있는 그대로 보기 위한 첫걸음은 그 대상에 대한 자신의 인상을 있는 그대로 아는 것이다." (이 문장은 『르네상스』의 긴 문장에서 발췌한 것이다.) 팀 로빈슨: "물론 단어의 정당성은 때로는 그것이 야기하는 불편함의 정도에 달려 있다." 다시 로빈슨: "당신이 느낄 수 있는 것은 빙원의 맥박 없는 심장에서 흘러내리는 차가움뿐이다." D. H. 로런스: "그리고 내 다이아몬드는 석탄 또는 검댕이고, 내 주제는 탄소다." 마지막으로, 출처 없는 문장의 일부: "공기가 인간의 숨에 적합하듯 구름은…"(존 러스킨의 말이다.) 이 모음의 실망스러운 남성성과 역사, 미학에 관한 개념은 차치하고, 지질학, 날씨 이야기로 흘러가는 분위기 외에도 나는 다른 뭔가를 알아차린다. 앞의 세 문장은 추후 인용을 위해 기록해둔 문장들일 것이다. 이 문장들은 확신에 차서 자신의 일반적인 관점을 곧장 밀어붙인다. 그런데 땅과 대기에 있어서 탁월한 에세이스트인 로빈슨의 두 문장 사이에서 모든 게 변한다. 이처럼 다른 문장들에서 나는 무엇을 보고 있다 생각했을까? 무엇을 듣고, 무엇을 모방하려 했을까? 첫 세 문장에 관해서는 명확하다. 경구적인 스냅사진, 널리 인정되는 통념과는 어딘가 어긋난 진실, 글쓰기와의 관련성, 다른 글에서의 이용 가능성. 비평가로서 나는 이 문장들 중 하나를 에세이나 리뷰에 써넣는 모습을 상상할 수 있다. 어쩌면 조금은 으스대거나 흐뭇해할지도. 하지만 다른 문장들은? 여기서 내가 사랑하는 것들에 대해선 뭐라 말해야 할까? 그건 정말 사랑이라고밖에 말할 수 없는데.

이 책에 실린 28개의 문장들 중 어떤 건 방금 언급한 노트들에서 왔다. 무수한 글자들이 아로새겨진 하늘에서 더 밝게 반짝이며 잠시나마 무늬를 이루는 몇 안 되는 문장들. 하지만 별자리는 우리의 제한된 시점에서 보이는 우연일 뿐, 언제든 사라질 수 있다. 사실 내가 문장에 관한 책을 쓰고 있다는 사실을 깨닫자마자 내가 발견한, 아니, 다시 발견한 그 모든 문장들의 더 큰 그림 안으로 벌써 접혀 들어가버렸다. 문장에 관한은 적합한 말이 아닐지 모른다. 문장을 향한이나 문장들로 둘러싸인이 맞는 말일지도. 나는 내가 문장을 향해 어떤 일반적인 이론이나 권위적인 마음을 갖고 있지 않으며 그 역사에 대해 쓸 의향 같은 것도 없다는 걸 이내 알아차렸다. 만일 내가 나와 문장의 관계에 대해 써야 한다면(써야 한다고 느낀다면) 특정한 것을 향한 내 본능을 따라야 할 터. 그리하여 (25편을 목표로 했지만 넘치고 만) 28편의 에세이는 저마다의 길이로 단 하나의 문장만을 살피게 되었다, 아니, 그 주변을 거닐었다고 해야 할까.

먼저 엘리자베스 하드윅의 문장이 왔다. 하드윅은 (대릴 핑크니가 말했듯) 감정이 구조라고 믿었다. 나는, 한 문장을 발췌하고 거기서 무언가가 수정처럼 자라나길 바라는 것만으로도 충분할지 궁금했다. 작업을 시작했을 때 나는 롤랑 바르트가 플로베르의 일곱 문장에 대해 쓴 에세이를 아직 읽지 않은 상태였다. "우리의 논의와 여담에 있어 그 출발점이 언어라는 대상이라는 걸 잊어서는 안 된다. 이때의 언어는 담론의 구조와 이데올로기의 산물에서 우리가 이미 잘라낸 것으로 충격적일 만큼 명백하다." 나는 잘라내기로서의 읽기의 이미지에 매료됐다. 마치 비평가의 눈이 콜라주 작가의 메스인 것처럼. 나는 이 책을 절제切除와 병치의 예술인 포토몽타주와 비슷한 무언가로 보기 시작했다. 또는 뒤샹적 레디메이드로서의 한 문장, 맥락으로부터 끄집어낸 추상까지는 아니더라도 수수께끼로 만들어진 사물(코트 걸이, 소변기, 눈삽)로. 하지만 만일 이 문장들에 대한 내 글이 그것들을 더 불투명하게만 만든다면?

나는 다른 모델도 생각해봤다. 난 이따금 요청받는, 어느 한 가지에 대한 글을 써달라는 초대를 항상 매우 기쁘게 수락한다. 이를테면 한 편의 시, 하나의 예술품, 하나의 이미지, 무엇보다 좋은 건 한 장의 사진, 이를테면 영화 스틸 사진. (수전 손택: "사진은 인용문이라고도 할 수 있으므로 한 권의 사진집은 인용문집과 같다.") 내가 수년간 객원 편집자로 있었던 예술 문화 계간지『캐비닛Cabinet』에는 작가들에게 잡지사에서 선택한 작품에 대한 글을 써달라고 의뢰하는 전통이 있다. 그건 그저 색colour일 때도 있고, 편집자들이 제공만 하지 정체를 밝히지 않는 파운드 오브제*일 때도 있다. (어떤 때는 편집자들조차 그것이 무엇인지 모른다.) 이러한 작업이나 제약이 집중에 도움이 되길 바라고 실제로

---

* found object. 예술과 무관한 물건을 사용하여 예술 작품을 만들 때 그 물건을 뜻한다. 마르셀 뒤샹의 작품「샘」의 소변기가 유명하다.

그러기도 하지만, 극도의 집중은 작가를 대상에서 멀어지게도 한다. 이는 작가에게 대단히 위험한 도전인 동시에 한 발만 더 가까이 갈 수 있다면 소중한 것을 얻게도 하기에 이때의 오브제는 부적이나 호기심의 대상이 된다. 시인인 웨인 케스텐바움 같은 뛰어난 작가들은 망상과 같은 실험을 기꺼이 껴안기에 그의 『글레이즈에 관한 기록*Notes on Glaze*』*이라는 짧은 책을 나는 자주 떠올렸다. 케스텐바움은 다른 곳에 이런 말도 남겼다. "우리가 존재를 극한으로까지 해석하지 않는다면 존재에 잔혹한 행위를 저지르는 것이나 다름없다."

'파운드found' 오브제라면, 그건 누구에 의한 '발견'일까? 나는 다른 사람이 고른 문장에 관한 책을 쓸 수 있을까? 아이디어는 마음에 들었지만 실행 앞에서는 멈칫할 수밖에 없었다. 만약 그 문장이나 작가가 싫다면? 학부생들의 에세이처럼, 또는 1920년대 I. A. 리처즈가 진행했던 실천비평의 유명한 실험**에 등장하는 시들처럼 텍스트에 익명성을 요구할 수도 있을 것이다. 하지만 그럼 나는 지루하게 추측해보려 할 것이고, 아니면 비열하게 검색하고 싶은 유혹에 시달릴 것이다. 아니, 나는 스스로 문장을 선택해야 했고, 내 지식과 취향의 한계와 편견의 크기를 받아들

---

* 일상, 상업, 과학 등 다양한 분야의 낯선 이미지에 대해 케스텐바움이 계간지 『캐비닛』에 쓴 열여덟 편의 칼럼을 묶은 책.

** 작가명, 제목, 시대 등의 배경 없이 번호만 부여된 시들을 케임브리지대학 학생들에게 제시하고 시의 의미, 좋고 나쁨과 그 이유 등을 물었던 실험.

여야 했다.

　나는 내게 몇 가지 규칙을 허용하고 특정한 자유를 부여했다. 예를 들면, 내가 어떤 문장에 이끌려 이 프로젝트를 위해 마련한 새로운 노트에 베껴 썼거나 예전 노트에서 옮겨 적었다면, 이를 무르지 않기로. 오직 그 문장에 대해서만 쓰고, 동일 작품의 다른 문장이나 동일 작가의 다른 문장으로 대체하지 않기로. 이는 곧 이 작업이 지난한 망설임의 연속이었음을 뜻한다. 나는 이 규칙을 딱 한 번 어겼다(안녕au revoir, 프랑시스 퐁주). 노트에 이름만 오른 채 문장이 없는 경우나, 나중에 포기한 작가들도 있다. 흥미를 잃거나 적당한 문장을 찾을 수 없어서, 부끄럽게도 두어 번은 내가 그 일에 적임자가 아니라고 생각해서. 처음 작업을 시작했을 때는 상상조차 못 했던 일들도 있다. 놀랍게도 이 책에는 로버트 버턴, 에드거 앨런 포, 허먼 멜빌, 제임스 조이스, W. G. 제발트, 리디아 데이비스의 문장이 나오지 않는다. 에밀리 디킨슨, T. S. 엘리엇, 존 애쉬베리도(완전히는 아니지만 내가 시를 등한시했던 것도 같다). 프루스트도 없다(프루스트가 없다)! 당신이 재밌고 심오하다 여기는 라로슈푸코와 오스카 와일드, 에밀 시오랑의 아포리즘, 경구, 짤막한 농담도 없다. 나는 전에 이미 저 훌륭한 철학적 단편들에 대해 수없이 썼고, 여기에 쓰기에 그들은 너무 독립적이며 자기만의 생각으로 가득 차 있다. 나는 내 눈 아래 펼쳐지는 문장을 원했지, 자기 완벽성만을 고집스레 유지하거나 부각하는 문장을 원하지는 않았다.

　이 책이 적어도 직접적으로는 하지 않는 것 하나 더. 이 책은 탁월한 문장을 쓰는 법을 알려주진 않을 것이다. 나는 좋은 글쓰기 작법에 대해 조언하는 책들에 반감이 없으며 그중 어떤 책들은 아주 값지다고 생각한다. 버지니아 터프트와 스탠리 피시, 조 모란의 책들이 그렇다. 리디아 데이비스의 완벽주의자적인 노트 기록에 대한 강의록은 더더욱. 하지만 내 책은 글 쓰는 법을 알려주는 책이 아니다. 어떤 것을 하면 안 되는지 보여주는 책은 더더욱 아니다. 왜냐하면 나는 나쁜 글쓰기에 대한 논쟁에 알레르기가 있는데, 그런 논쟁들은 대개 비판적이고 보수적인 데다 '평범한 스타일'을 지루하게 옹호하고 '전문용어'의 위험성에 대해 장황하게 늘어놓는 한편, 그러는 내내 그들 자신의 몹시 불쾌하고 배타적인 관습에는 귀를 닫기 때문이다. 이 책에는 (지금 이 부분을 제외하면) 조지 오웰의 「정치와 영어」에 대한 언급도, '외래어와 표현'에 대한 비판도 없을 것이다. 단어들은 본래 모두 낯선 것이며 발견되길 기다린다.

이것도 아니고, 저것도 아니지만. 진실은, 나는 완전히 긍정적이고, 완전히 즐겁고, 오로지 좋은 것으로만 가득한 책을 쓰고 싶었다. 윌리엄 H. 개스는, 아름다운 문장은 "일식만큼이나 드물다"라고 썼다. 나는 그것을 쫓았다. 읽기의 어떤 순간들, 빛이 변하고, 어스름한 광채가 다가오고, 가장 단순한 문장에서조차 사물(단어)들이 갑자기 모호해져, 다시, 수차례 보아야 하는 그런 순간들을. (어떤 때 나는 독자로서, 나보다 앞서 그곳에 다녀간, 나는 해석할 수조차 없는 문장을 해석하고 이를 옮긴 번역가들의 뒤를 따르기도 한다. 나는 그들의 작가적 존재감을 인정한다.) 1853년에 시인이자 비평가인 매슈 아널드는 문학적 '시금석'이라 부르는 것을 제

안했는데, 생각되고 쓰인 것들 중 정수를 이루는 특권적인 순간들을 기준 삼아 다른 작품의 상대적 가치를 평가하자는 것이었다. 이제는 타당한 이유들로 그의 제안이 문학을 대하는 좋은 방법으로 받아들여지지 않는다. 문학이 한낱 유물로서만 보존된다면 유동성과 의도의 질감이 사라져버릴 테니까. 그러므로 나는 이 책이 금고가 아닌, 평범한 책에 가까운 무언가가, 그러니까 즉흥적인 메모나 순간적인 발견의 산물이 되기를 바란다.

물론, 그게 다는 아니다. 날것의 노트는 해독이 불가하며 자기에게만 몰두한다. 나는 오로지 인용문으로만 이루어진 책, 즉 주석이나 메모, 방주가 달리지 않은 발췌 형식의 첸토*라는 발상이 무척 마음에 들지만, 『아케이드 프로젝트』에서 그런 것을 열망했던 벤야민조차 해설을 삼가고 단편들의 변증법적 춤에만 몰두하진 못했지 않나. 이어지는 28편의 글에서 나는 각각의 문장에서 내가 느낀 끌림을, 아마도 그 문장이 담긴 작품과 이를 쓴 작가에게서 내가 느낀 끌림을 묘사하려 노력했지만, 얼마나 많은 분석과 맥락, 도취 혹은 여담을 포함시킬지에 대해서는 미리 정해놓지 않았다. 마치 종이에 코를 박고 쓴 것처럼 나는 생전 처음 머릿속에 전체적인 계획을 세우지 않은 채 글을 썼고, 친밀감이 나를 이끄는 곳을 향해 더듬더듬 나아가며 한 편 한 편 글을 썼다. 연관 주제에 대해서는, 상당수가 죽음과 소멸에 관한 것으로 보인다고만 말해두겠다.

길이와 구조에 대해. 에세이의 길이는 그 주제나 출발점이 되

---

* cento. 기존 작품에서 문장 등을 발췌, 재배열해 새로운 작품을 만드는 문학 양식.

는 문장에 대해 아무것도 말해주지 않는다. 사실 이 책에는 유명한 문장들과 잘 알려지지 않은 문장들이 모두 들어 있다. 그 문장들에 나만의 완벽한 한 문장으로 응답할 수 있었다면 가장 좋았을 것이다. 각 문장은 처음 출판된 시점을 기준으로 하여 연대순으로 정리했다. 알파벳순 이외의 다른 계획들은 전부 노트에 남은 질서를 거스르는 듯했으며, 톤, 리듬, 문법, 단어 선택, 구조, 세계관, 주장, 관심사, 개성, 모든 의미에서의 스타일에 대한 연관성이 서서히 드러나리라 믿은 내 기대와도 어긋났다. 문장들이 물질적으로 그리고 비물질적으로 존재감을 발휘해 유령처럼 고집스러운 기적을 만들어냈기 때문이다.

런던, 2020년 4월

차례

261쪽의 '저자 주' 이외의 각주는 모두 옮긴이가 작성했다.

일러두기
261쪽의 '저자 주' 이외의 각주는 모두 옮긴이가 작성했다.

"어떤 변태들에게는 문장이 몸이 아닐까?"
— 롤랑 바르트, 『텍스트의 즐거움』(1973)

"당신은 결코 충분히 알 수 없고, 결코 충분히 일할 수 없으며,
결코 충분히 이상한 부정사와 분사를 쓸 수 없고,
결코 충분히 심하게 움직임을 지연시킬 수 없으며,
결코 충분히 재빨리 마음에서 벗어날 수 없다."
— 앤 카슨, 『짧은 이야기들』(1992)

뭐? 말 한 마디 없이 사라졌다고?
WHAT, GONE WITHOUT A WORD?

"O, o, o, o."
—William Shakespeare

뭐? 말 한 마디 없이 사라졌다고?
WHAT, GONE WITHOUT A WORD?

“오.”
─윌리엄 셰익스피어

셰익스피어의 글에서 마지막 말이 진짜 마지막인 경우는 드물다. 햄릿은 자신의 이름을 제목으로 한 희곡 50행을 남겨둔 지점이자 자신이 죽기 6행 전에 말한다. “오 난 죽어가, 호레이쇼.” 그의 유명한 진짜 죽음은 이렇게 이어진다. “─남은 건 침묵일 뿐.” 그러나 꼭 그럴 것만도, 언제나 그런 것도 아니다. 『햄릿』은 세 가지 이본이 있는데, 적어도 한 권에서 이 덴마크 왕자는 다른 방식으로 죽는다. “─남은 건 침묵일 뿐. O, o, o, o.” 점차 줄어드는 이 네 개의 “O”는 우리에게 무엇을 말하는가? (아니, 다섯 개인가? 당신이 마침표를 가장 작은 마지막 원으로 친다면 말이다.) 셰익스피어의 “O”는 모든 곳에 있다. 선언을 위해, 때로는 말이나 문자로 말장난하기 위해. “this little O, the earth”에서 “O”는 글로브 극장일 수 있다. 학자들은 오셀로가 데스데모나를 살해한 후 뱉는 “O! O! O!”가 따로 독립된 세 번의 비명이 아니라 죄책감과 공포에서 나오는 외마디 비명이라고 말한다. 삶의 끝에 가까워지는 리어왕 또한 울부짖는다. "O, O, O, O!" 레이디 맥베스의 "O, o, o"는 의사에게 반복되며 이어지는 '한숨' 소리로 들린다. 그렇다면 햄릿의 "O, o, o, o"는? 그건 분명, 다름 아닌 침묵의 음성적 표현일 터. "O"는 무無의 비극적 절정이다.

모든 것이 끝나리라는 온당한 희망

FAIR HOPES OF ENDING ALL

"Wee have a winding sheete in our Mothers wombe, which growes
with us from our conception, and wee come into the world, wound up
in that *winding sheet*, for wee come to *seeke a grave*; And as prisoners
discharg'd of actions may lye for fees; so when the *wombe* hath discharg'd
us, yet we are bound to it by *cordes* of flesh, by such a *string* as that
wee cannot goe thence, nor stay there."
—John Donne

"우리는 어머니의 자궁 안에서, 잉태의 순간부터 우리와 함께 자라는
수의를 갖고 태어나, 그 수의를 입고 세상에 나오나니, 우리가 세상에
온 것은 무덤을 찾기 위한 것이기에, 죄에서 풀려난 죄수들이 벌금
때문에 남듯, 자궁이 우리를 풀어준 뒤에도 우리는 살로 이루어진 끈들,
그 줄에 묶여, 거기서 나아갈 수도, 거기에 머무를 수도 없다."
— 존 던

시인이자 성공회 사제인 존 던은 1631년 봄, 위암으로 죽었다. 그
는 1년 정도 병을 앓았을 것이라 짐작되지만, 세인트폴 대성당의
수석사제직을 지켰다. 그의 설교는 박식함과 경건함, 넘치는 은
유적 창의성으로 매주 칭송받았다. 병세가 악화되어 그가 수도
를 떠나 에식스에 있는 딸의 집으로 가자, 항간에는 던이 이미 죽
었다거나 급성 전염병에 걸린 척하고 있다는 소문이 돌았다. 3월,
던은 기운을 차려 런던으로 돌아갔고, 시시각각 쇠약해지는 자신
의 상태를 알고 있었음에도 화이트홀 궁에서 찰스 1세와 궁정 인
사들에게 마지막 설교를 하기로 결심했다. 던의 첫 번째 전기 작
가인 아이작 월턴에 따르면, 친구들이 시인의 모습("뼈를 덮을 만

큼의 가죽만" 남아 있었다)을 보고 경악하며 설교를 만류했다고 한다. 사순절 첫날, 던이 약속한 대로 강단에 올라 텅 빈 목소리로 소멸과 해체, 다가올 삶에 대한 설교를 시작하자 사람들은 그가 본인 장례식의 추도사를 직접 낭독하는 듯한 느낌을 받았다. 던은 죽음 앞에서도 이토록 독실하고 태연했던 나머지 설교 며칠 전에, 그리고 설교 당시 그 놀라운 문장을 말하면서, 죽음에 시각적으로 대응되는 사물, 자신만의 지독한 기념비를 고안해냈다. 그는 자신이 누워 있던 병실로 화가를 불렀다. 화가는 학식 있는 수석사제가 머리부터 발끝까지 수의로 감싼 채 이미 무덤 안에 있는 듯 두 눈을 감고 팔다리를 가지런히 하고 있는 모습을 보았다. 던은 그렇게 그려진 자신의 초상화를 세상을 떠날 때까지 침대 옆에 두고 보았다. 비평가 프랭크 커모드의 말처럼 그는 죽어가면서도 "거의 연극 조의 평정심"을 지니고 있었던 것이다. (지금은 사라진) 이 그림은 조각가 니컬러스 스톤이 만든 던의 기념비와, 1632년 던의 마지막 설교가 출판될 때 권두화로 실린 판화의 바탕이 되었고, 지금까지도 세인트폴 성당에 남아 있다. 그림 속 병든 성자는 육신의 세계를 의식하지 않고 최후의 영적 여정을 떠난다. 우리로 하여금 그 섬뜩한 잔해를 응시하게 한 채.

책에서 설교의 제목은 "죽음의 결투"다. 던은 자기 설교에 제목을 붙이지 않았는데, 이는 각 설교마다 주제와 구조를 부여하는 성경 구절이 존재했기 때문이다. 이 경우는 시편 68편 20절이다. "죽음에서 빠져나가는 길은 주 야훼뿐."* 던은 설교의 관

---

* 존 던이 인용한 성경 구절은 대한성공회의 『공동번역 성서』에서 가져왔다.

습대로 세 가지 명확한 갈래를 통해 이 모호한 구절에 접근한다. 첫째, 사제로서 그는 구절의 다양한 의미를 면밀히 읽고, 둘째, 성경과 신학적 권위의 맥락 안에서 구절을 이해하며, 셋째, 일종의 도덕적 해부 방식으로는 놓칠 수 있는 교훈과 사례를 분명히 내보인다.「죽음의 결투」의 도입부에서도 또 한 번 세 가지 요소를 동원하는데, 던은 다소 산만한 건축적 비유를 들며 이 시편을 기초, 지지대, 연결 부위로 된 건물 혹은 목재 구조물로 본다. 하지만 우리는 곧 텍스트의 근원적인 진실, 즉 세 가지 진실을 만나게 된다. "죽음에서 빠져나가는 길은 주 야훼뿐." 던에 따르면 이 구절은 주께서 우리를 죽음으로부터 영원한 생명으로 구원하시리라는 뜻이다. 즉 죽음 안에서, 왜냐하면 주께서는 우리를 지나친 고난에서 구하실 것이기에. 그리고 죽음으로써, 우리가 보상을 얻기 위해서는 이 심판이 필요하기에.

지금까지는 도식적이며, 신학적으로도 수사적으로도 관습적인 방식으로 살펴보았다. 하지만「죽음의 결투」는 바로크 공포의 수납장, 다시 말해 어딘가 어긋나고 일그러진 문장들에 드리워진 섬뜩한 이미지들의 보고이기도 하다. 던은 우리와 그 자신이 영원한 생명으로 구원받으리라고 주장했지만, 그럼에도 죽음은 결코 끝나지 않으며, 우리가 작별을 고하는 순간까지 양쪽에 군림하고 있는 듯하다. 던은 이렇게 쓴다. 세상은 "하나의 거대한 교회묘지에 불과하고, 우리의 공동묘지에 불과하며, 위대한 인물들이 그 안에서 행하는 삶과 몸짓은 흔들리는 땅에 의한 무덤 속 시체들의 동요에 지나지 않는다." 마찬가지로, 그의 설교 안에도 시체들이 도처에 널브러져 있으며 개중 몇몇은 살아 있는 사람처럼 변장까지 하고 있다. 물론 무덤에는 당연히 고약한 현실이 존재한다. 우리는 결국 벌레들에게 갉아먹힌다. 하지만 건강의 가장 때 묻지 않은 모습에마저 죽음의 그림자가 드리운다. 청춘기에도, 유아기에도, 심지어는 자궁 안에서조차 우리는 이미 죽어가고 있다.

계속해서 이어지는 죽음의 이 달콤하고도 음울한 효과는 부분적으로는 던의 산문 형식을 통해 드러난다. 그가 글을 썼던 시대는, 위계적인 절들로 구성된 균형 잡힌 문장이 길고 복잡하게 이어지다 서서히 사그라드는(다르게 표현하자면 '오 정녕 깊습니다o altitudo!*'가 되겠다) 웅장한 키케로식 문장의 시대였지만, 이러한 스타일은 덜 형식적인 세네카식 모델, 즉 문장 끝에 새로운 절을 무엇이든 써넣을 수 있는 모델에 흔들리고 있었다. 아니, 던이 그 과정을 가속했다고 말해야 할 것이다. 던은 물론 키케로적으로도 쓸 수 있었다. 그가 남긴 160개 설교 중에는 정교하고 질서정연하게 쓰인 사례들이 아주 많다. 「죽음의 결투」에서 그는 삶과 죽음이 공모해 정확히 하나의 순환적인 키케로식 문장을 만들어낸다고 말하며 다음과 같은 정교하게 균형 잡힌 문장을 쓴다. "문장의 첫 부분과 끝 부분이 조화를 이루며 그 사이 들어간 삽입절에는 눈길도 주지 않고 귀도 기울이지 않듯, 이곳의 선한 삶은 우리의 죽음이 어떤 방식으로 이루어지는지는 고려하지 않은 채 영원한 삶으로 흐른다."

그러나 우리는 병렬적이고 단편적이며 연쇄적인 느슨한 던의

---

* 라틴어 표현으로, 「로마인들에게 보낸 편지」 11장 33절 등 『성경』에 자주 나온다.

문장들을 더 자주 볼 수 있으며, 이는 「죽음의 결투」 속에서 계속해서 나타나는 죽음의 승리를 묘사하는 데 가장 적절한 형식인 듯하다. 그중 최고의 문장은 바로 이것이다. "우리는 어머니의 자궁 안에서, 잉태의 순간부터 우리와 함께 자라는 수의를 갖고 태어나, 그 수의를 입고 세상에 나오나니, 우리가 세상에 온 것은 무덤을 찾기 위한 것이기에, 죄에서 풀려난 죄수들이 벌금 때문에 남듯, 자궁이 우리를 풀어준 뒤에도 우리는 살로 이루어진 끈들, 그 줄에 묶여, 거기서 나아갈 수도, 거기에 머무를 수도 없다." 여기서 던은 이미 그의 신도들인 우리로 하여금 앞이 보이지 않고 아무 소리도 들리지 않는 자궁 안에서 '피를 공급받는', '어둠의 행위에 어울리는' 태아의 모습을 상상하도록 초대한다. 어째서 이토록 기괴하고 흡혈귀 같기까지 한가? 그건 아이가 어머니의 몸을 갉아먹는 벌레와도 같기 때문이다. 그러나 동시에 아이는 무덤 안에서 벌레들을 먹이고, 사체가 다 쓰인 뒤에는 그것들을 죽게 하는 시체와 닮아 있다. 바로 여기서 기괴한 연상의 사슬이 구축되며, 우리의 문장은 그 사슬의 마지막 썩은 고리로서 대망막 또는 양막을 그 자체로 수의로 만들고, 탯줄을 탄생부터 우리를 옥죄는 사슬로 만든다. 그리하여 마지막 문장에 이르면, 죽음이 삶의 한가운데 군림하는 것(충분히 예측 가능한 생각이다)이 아니라 삶이 죽지 않은 것에 가까운, 바로 중간 상태임이 명확해지는 것이다.

이미 첫 번째 절에서 완전한 은유가 제시된 것에 흥분한 문장은 이제 논리를 거침없이 진행시킨다. "which"와 "and", "for"와 같은 흉측한 타당성이 구축되고, 곧 문장의 후반부 "and", "so", "yet"에 반영된다. 문장 중심부에 있는 "우리가 세상에 온 것은 무덤을 찾기 위한 것이기에"라는, 이 매끈하고도 지독한 절만을 칭송(다시 말해, 두려워하며 사랑)할 수도 있을 것이다. 던이 죽음은 잉태의 순간부터 존재한다는 것을 이미 강력히 주장한 사실을 고려하면 이 구절만으로도 충분했을 것이다. 그러나 던은 이 구절의 앞뒤에 논증의 문법에 간신히 붙들려 있는 까다로운 이미지들을 내걸었다. 석방된 죄수가 여전히 지불해야 할 비용 때문에 감옥에 남아 있다는 법적 은유는 던이 시인이자 법학자였음을 보여준다. 그런데 남은 구절의, 복수에서 단수로의 기이한 변화("끈들cordes"에서 "줄string"로)와 나약하고 깔끔하지 못한 절("거기서 나아갈 수도as that wee cannot goe thence")은 더욱 이상하고 어색하다. 글이 보여준 여러 대칭성(강력한 은유들, 전치사들, 접속사들)에도 나는 문장의 전반부와 후반부를 동일하게 볼 수 없다. 무덤으로 끝나는 전반부에서는 모든 w들이 갓 태어난 울음으로 뭉쳐져 하나의 소리로 들리고*, 후반부는 추가된 세미콜론 탓에, 당시에는 수사적 문장부호를 문법적 의미보다는 소리 때문에 관습적으로 (던이 이탤릭체를 자주 썼듯) 썼다는 것을 알고 있음에도 파편적으로 보인다.

사실 다른 판본에서 이 문장은 "무덤을 찾기 위한 것이기에"에서 한 번 종결되어 앞 문장과 뒤 문장으로 나뉜다. 나는 앞 문장이 뒤 문장보다 더 '나으며' 그 자체로 충분하고 완전하다고

---

* "Wee have a winding sheete in our Mothers wombe, which growes with us from our conception, and wee come into the world, wound up in that winding sheet, for wee come to seeke a grave;"를 참고하라.

생각한다. 던의 죽음 후 오래지 않아 출판된 다른 판본에서 우리의 문장은, "자궁의 죽음the death of the wombe"과 "이 세상의 수많은 죽음들the manifold deaths of this worlde"에 관해 언급한 문장 뒤에 이어진다. 설교 담당인 옥스퍼드대학교 출판부 편집자들이 좋아하는 번역이기도 한 또 다른 텍스트에서는 무려 네 개(어쩌면 다섯 개)의 짧은 문장들이 하나의 긴 문장이 되어, 병렬의 언어 무더기가 탄생을 장례식으로, 삶을 어머니의 노동으로, 생각과 그것의 표현을 무덤가에 쌓인 흙무더기로 만든다.

나는 내가 제일 처음 읽은 버전의 문장에 애정을 갖고 있다. 병적인 화려함과 실패한 대칭, 두운, 반복(자궁wombe과 수의 winding sheet, 풀려난discharg'd과 풀어준discharg'd), 이 모든 것이 생각을 극적으로 만드는 것 같다. (마리오 프라츠는 바로 이러한 "특유의 난해함" 때문에 우리가 던에게로 계속 돌아오는 것이라고 했다.) 어쩌면 그의 통찰력이 더 빠르고 재치 있게 표현된 건 전반부일지 모르지만, 상관없다. 어쩌면 그게 요점일지도, 왜냐하면 문장 끝에, 우리는 허공에 매달린 채로, 또는 던이 즐겨 말했듯 의존한depending 채로 남겨지기 때문이다. (매달리거나 묻힌 채 나아갈 수도 돌아갈 수도 없다니, 이제 사뮈엘 베케트 후기 작품에 등장하는 초조해하며 침묵하는 화자의 목소리로 들리지 않는가?) 던은 설교 마지막에 이르러 청중들에게, 그리스도께서 십자가에 매달리셨던depended 것과 같이 십자가에 못 박히신 그리스도의 형상에 의지하라고depend 말한다. 그는 자신의 끈이 곧 끊어지리라는 것을 감지하며 말했다. "이제 우리는 당신을 그 복된 의지blessed dependency 안에 남깁니다."

오 깊도다

O ALTITUDO

"Time which antiquates Antiquities, and hath an art to make dust of all things, hath yet spared these *minor* Monuments."
—Sir Thomas Browne

오 깊도다

O ALTITUDO

"시간, 오래된 것을 더 오래된 것으로 만드는, 모든 것을 먼지로 만드는 재주를 가진 것, 그러나 그것이 아직 이 작은 기념물들을 남겨두었다."
—토머스 브라운 경

"소수의 사람들만이 토머스 브라운 경의 글을 좋아하지만, 그들이야말로 세상의 소금이다." 1923년, 버지니아 울프가 「타임스 리터러리 서플리먼트TLS」에 쓴 말이다. 17세기 의사이자 에세이스트, 놀랍도록 장중한 산문의 저술자인 브라운을 찬미하는 이들의 목록에는 토머스 드퀸시, 허먼 멜빌, 헨리 데이비드 소로, 에밀리 디킨슨, 호르헤 루이스 보르헤스, 윌리엄 H. 개스가 있다. 그리고 물론 울프도. 그녀는 2년 후 다른 에세이에 이렇게도 썼다. "우리는 지금 숭고한 상상력 안에서 세상에서 가장 멋진 잡동사니 방 중 하나를 거닐고 있다. 이 방에는 바닥에서 천장까지 상아, 오래된 철, 깨진 병과 항아리, 유니콘의 뿔, 에메랄드빛과 푸른 신비로 찬 마법의 유리잔 들이 가득하다." (마지막 이미지는 몇 년 앞서 쓰인 울프의 기묘한 초단편 「파랑과 초록」을 상기시킨다. 이 단편에는 벽난로 위 선반에 놓인 두 개의 유리 장식품에 대한 묘사가 나오는데, 첫 번째 장식품이 "성모 마리아의 베일에 싸여 파르스름"하다.) 브라운의 글을 읽으면 그처럼 진기한 것들을 풍요롭게 쌓는 방식으로 글을 쓰고 싶어진다. 그의 글이 그다지 시각적이지 않으며 은유에 있어 그가 놀랍도록 신중하다는 사실을 쉽게 잊어버린 채 말이다. 브라운 문장의 진짜 극적인 요소는 (과학적, 종교적 사실과 엄밀히 연관되지 않을 때) 소리와 운율, 즉 리듬과 억양에 있다. 자연사에 대해 쓰든, 종교적 신념의 특징이나 고고학적 발견에 대해 쓰든, 그의 산문에서는 사슬처럼 이어진 요소들이 천천히 움직이는 것을 발견할 수 있다. 그의 수많은 현대 독자처럼 나도 W. G. 제발트의 『토성의 고리』에서 브라운을 처음 만났다. 제발트는 브라운의 문장이 "장엄하고 과시적인 면에서 의식의 행진이나 장례식 행렬" 같다고 썼다.

　나는 이 장을 위해 브라운의 가장 유명한 문장 중 하나를 골랐다. (골랐다는 말은 정확하지 않은데 이 문장이 20년 넘는 세월 동안 내내 나와 함께 있었기 때문이다. 처음에는 노트에, 다음에는 마음에.) 안 될 게 뭔가? 최근에 그의 전기들과 저서 『의사의 종교*Religio Medici*』, 그리고 이 문장이 실린 『유골 단지*Hydriotaphia, Urne-Buriall*』의 새 판본이 나왔음에도 그는 여전히 너무나 드물게 읽힌다. 학문적 담론을 제외하면 사람들은 그의 '화려하게 장식된' 혹은 '바로크' 스타일을, 아니면 고대와 현대가 섞인 기이한 것들의 보관장이기도 한 부글거리는 그의 정신에 대한 클리셰만을 반복할 뿐이다. 마치 16세기, 17세기 판화 속 인물들처럼 분더카머* 안에 있는 진기한 보물을 향해 적당한 거리에서 경탄하며 손짓하거나 지팡이를 치켜들어 가리키기만 하지 문장 자체에 가까이 다가가진 않는 것이다. 다시 우리의 귀중한 문장을 보자. "시간, 오래된 것을 더 오래된 것으로 만드는, 모든 것을 먼지로 만드는 재주를 가진 것, 그러나 그것이 아직 이 작은 기념물들을 남겨두었다." "오래된 것을 더 오래된 것으로 만드는antiquates Antiquities", 형이상학적인 말장난이다. 던에게서 볼 수 있는 종류와 그다지 동떨어져 있지 않다. 시간이 (시체를 포함한) 사물을 유물로 만든다는 것 이상을 말하는 듯하다. 시간은 이미 오래된 것을 더 빨리 오래되게 하고, 부패를 더 맹렬히 부추긴다고. 곱절의 유물. 뒤에 콤마가 오는 "antiquates Antiquities" 절은 브라운의 시대에 노련한 작가들이 절이나 문장을 종결하는 데 이용한 고전 라틴어 운율법의 한 예다. 주기적으로 등장하는, 그러나 너무 주기적이지는 않은 이런 다음절어**의 사용은 이러한 종류의 산문에 우아한 흐름과 진행성을 부여한다. "antiquates Antiquities"는 문장의 마지막에 있는 "spared these *minor* Monuments(이 작은 기념물들을 남겨두었다)"와 균형을 이룬다. 그렇다면 그 사이는? 가운데 절은 성경적 명료함을 그대로 드러내는 열 개의 단음절어들("and hath an art to make dust of all things(모든 것을 먼지로 만드는 재주를 가진 것)")이 평이하게 나열되어 있다. 그리하여 시간의 흐름처럼 멈출 수 없는 리듬이 문장 전체에 만연하다.

『유골 단지』는 노픽에서 발굴된 청동기시대 유골함들의 은닉

---

* 근대 초기 유럽의 지배층과 학자들이 온갖 진귀한 사물들을 수집하여 진열했던 저택의 실내 공간.

** 발음상 음절의 수가 셋 이상인 말.

처에 관한 책이다. 브라운은 (고대 로마의 것이라 생각되는) 이 고고학적 발견을 장례 관습과 죽음에 관한 박식하고 탐구적인 에세이를 위한 기회로 삼는다. 그의 담론의 요지는 죽은 이를 매장하거나 화장하고, 땅에 유폐시키고, 부장품을 함께 매장하는 등의 다양한 관례는 경이로이 살펴봐야지 이를 어떤 종교적, 역사적 관점으로 판단해서는 안 된다는 것이다. 그러나 이러한 관습들은 전부 헛되이 행해질 뿐이다, 적어도 이 땅에서는. 아무리 정교하게 의식을 행하고 안전하게 매장해도 우리의 운명은 잊히는 것. 그러나 브라운이 이 글을 쓸 때 사용한 언어는 지워지지 않고 그의 숭고한 문장들은 그의 무덤보다 더 오래도록 남으리니. 1840년, 노퍽에 있는 세인트피터 맨크로프트 교회에서 브라운의 마지막 안식처로 알려진 곳이 훼손되는 일이 일어났는데, 조지 포터라는 교회지기가 이 기회를 틈타 그의 두개골을 빼돌려 판다. 브라운은 1922년에야 다시 묻힌다. 한편 그의 문장들은 계속 살아남았다. 성경의 언어로 훈련된 문장들. "옛날에는 부패한 시신을 매장할 때 무덤에 회반죽을 바르고 하얗게 칠했다…". 그리고 정확성과 완곡어법, 은유 사이를 섬세하게 오가는 어휘로 쓰인 문장들. "기독교인들은 시신에 대한 신중한 배려, 그리고 종말의 잔혹함을 누그러뜨리는 문명적 절차를 통해 죽음의 흉측함을 아름답게 표현했다." 글로 쓰인 모든 문장은 보편적인 망각 앞에서, 모종의 유령과 같기에 영원히 산다. "망각은 피할 수 없다. 우리 대부분은 마치 존재하지 않았던 것 같은 삶에 만족해야 한다. 인간의 기록이 아닌 신의 명부에서 발견되기를 바랄 수밖에."

다게레오타입* 등등

DAGUERREOTYPE, &C.

"Already, in this year 1845, what by the procession through fifty years of mighty revolutions among the kingdoms of the earth, what by the continual development of vast physical agencies,—steam in all its applications, light getting under harness as a slave for man, powers from heaven descending upon education and accelerations of the press, powers from hell (as it might seem, but these also celestial) coming round upon artillery and the forces of destruction,—the eye of the calmest observer is troubled; the brain is haunted as if by some jealousy of ghostly beings moving amongst us; and it becomes too evident that, unless this colossal pace of advance can be retarded (a thing not to be expected), or, which is happily more probable, forces in the direction of religion or profound philosophy, that shall radiate centrifugally against this storm of life so perilously centripetal towards the vortex of the merely human, left to itself, the natural tendency of so chaotic a tumult must be to evil; for some minds to lunacy, for others to a reägency of fleshly torpor."
—Thomas De Quincey

* 1839년에 루이 다게르가 발명한 은판사진술로, 최초의 상업적 사진술이다.

"1845년, 이미 지상의 왕국들에서 50년간 행해지고 있는 위대한
혁명들의 행진으로, 막대한 물리적 기관들,―전 분야에서 사용되는
증기, 인간을 위해 노예처럼 굴레를 쓴 빛, 교육 그리고 출판의
가속화를 부추기는 천상에서 들이닥친 힘, 대포와 그 파괴력을
향해 다가오는 지옥의 (것으로 보이지만, 천상의 것이기도 한) 힘,―의
끊임없는 발전으로 가장 차분한 관찰자의 눈도 불안해지고, 뇌는
우리 주위를 서성이는 유령들에 대한 불안에 사로잡혀, 이 엄청난
발전의 속도가 시체되거나(그럴 리 없다), 이 삶의 폭풍에 맞서 종교나
심오한 철학의 힘이 원심적으로 퍼져 나가거나(아마도 이쪽이 더 가능성
높을 것이다) 하지 않는 한, 이 힘은 위태롭게 오로지 인산 중심적인
소용돌이를 향해 구심력을 발휘하고, 그런 때 혼란스러운 격동은
자연스레 악으로 향하여, 어떤 이는 광란에, 또 어떤 이는 육체적
무기력에 빠질 것이 자명하다."
— 토머스 드퀸시

토머스 드퀸시는 가장 사랑스러운 작가이자 짜증을 불러일으키
는 19세기 작가 중 하나다. 『어느 영국인 아편쟁이의 고백』만을
대표작으로 가진 그는 터무니없을 정도로 생산적이었던 동시에

창작적으로나 육체적, 경제적으로 늘 파탄 직전에 있었다는 점에서 마음이 간다. 바로 같은 이유로 드퀸시는 우리의 짜증을 불러일으키기도 하는데, 그는 한 권의 일관된 좋은 책을 쓰지 못해 물질적으로도 심리적으로도 자신의 천재성을 발휘하지 못했다. 그러나 그는 그 모순적인 에너지를 쏟아 자서전과 문학비평, 역사, 소설, 형이상학, 정치경제학 등 다양한 장르의 글을 쓰며 자신의 취약함으로 일종의 가내공업을 만들어냈다. 그의 가장 뛰어난 작품들은 『어느 영국인 아편쟁이의 고백』을 비롯해, 자신의 약함과 민감성에 관한 글들이다. 그는 성인이 된 후로 내내 중독과 빚, 주기적으로 삶에 닥쳐오는 슬픔과 후회의 파도를 피해 도망을 다녔다. 불안한 경제 상황과 달리, 중독과 불행은 적어도 그의 탁월한 산문을 위한 연료가 되어주었다. 대부분의 고료를 페이지 수로 받았던 드퀸시는 마감 기한과 고료, 채워야 할 빈 종이 덕에 정기간행물의 에세이스트라는 고된 직업을 당대 가장 기이한 산문 효과를 만들어내는 환상의 기계로 변모시킨다.

"열정적 산문". 버지니아 울프는 같은 제목의 에세이에서 드퀸시의 글을 그렇게 불렀다. 울프는 드퀸시의 문장(무엇보다 그는 문장의 작곡가였다)이 그의 생각과 감정의 폭발을 묘사하거나 표현할 뿐 아니라 논리와 리듬, 구문, 단어 선택, 문장부호의 사용에 있어서도 그 자체로 들뜨고, 감정으로 일렁이며, 충만하다고 보았다. 가득 채워져 터질 듯하다고. 극도로 과장된 구절에서 드퀸시의 산문은 시와 구별되지 않는다. (울프는 그에 관한 에세이를 준비하며 비타 색빌웨스트에게 편지를 썼다. "맙소사 비타, 혹시 산문과 시의 본질적인 차이를 알게 된다면 내게 전보를 보내줘. 이

생각에 내 가여운 머리가 아파.") 울프에 따르면 토머스 브라운 경
도 비슷하게 열정적이다. 러스킨, 에밀리 브론테, 토머스 칼라
일, 월터 새비지 랜도도. 나는 여기에 포와 멜빌, 개스를 추가하
겠다. 거의 에로틱해질 수 있는 문장의 가능성에 취한 작가들.
아름다움이나 우아함에 관한 문제가 아니다. 이상하게 들리겠
지만 문장에 대한 분명한 제어력이야말로 이 작가들이 사람들
로부터 가장 칭송받는 지점이다. 이들 글에서는 다른 무언가가,
대단히 매력적인 기묘함이 느껴진다. 문장이 길을 잃은 건 아닌
데 어쩐지 자신을 잊은 듯하고, 독자 역시 미소 지은 채 따라서
미끄러지게 된다. 그건 지나친 은유 때문일 수도, 쉽사리 의미를
드러내지 않는 표현 때문일 수도, 또는 빙하에 찍어 만든 위험천
만한 계단 같은, 작가가 자신 있게 다시 내려오려 하는 일련의
삽입절들 때문일 수도 있다.

　이 문장은 드퀸시가 "심연에서의 탄식Suspiria De Profundis"이라
고 제목을 붙인 에세이(아니 에세이들인가? 순환 산문-시라고 해야
할까? 아니면 자전적 환상곡?)의 '서문'에 일찍이 등장한다. 후에
그는 이 작품, 그리고 다른 작품들에서 자신이 여담을 계속하고
주변부를 배회하며 본래의 길에서 옆으로 새거나 빠져나감으로
써 나무 몸통이나 가지에 기생하는 식물처럼 텍스트를 질식시
킬 수도 있었음을 시인한다. 이러한 기생은 다분히 의도적이다.
드퀸시 산문의 부랑자 같은 흐름과 이것이 드러내는 바야말로
드퀸시 작품의 핵심이며, 글에 그림과 같은 매력을 부여한다. 드
퀸시는 자신의 글쓰기 방식에 항의하는 것은 레이크 디스트릭
트에 와 케직에 가는 가장 빠른 길을 거듭 물어대는 참을성 없는

도시 관광객들의 행동과 다를 바 없다고 말한다. 지역 여관 주인들과 우편 마차 배달부들에게 질문한 그들이 드퀸시에게 같은 질문을 던진다면 날 선 대답을 듣게 될 것이다. "가능한 모든 길 중 가장 짧은 길이라면 정중히 말하건대 런던을 떠나지 않는 것일 거요."

나는 문장의 처음부터 반복하여 등장하는 "what by"라는 표현에 혼란과 매혹을 느낀다. "Already… what by… what by… the eye is troubled(이미 …으로 …으로 눈도 불안해지고)." by만으로도 충분하지 않은가? what은 무엇을 가리킬까? 우리는 이를 영영 알지 못하겠지만, 문장이 진행될수록 차츰 문법이 단순해져, what by가 품게 하는 간접적인 기대감, 즉 마지막 절에 이르러서는 모든 게 해결되리라는 브라운 경식 기대감을 저버린다. 매혹적인 또 다른 요소는 쌍을 이루는 콤마-대시(,—)다. 오늘날 우리는 대시만을 사용한다. 〔그것이 짧은 '엔'대시(-)여야 하는지 긴 '엠'대시(—)여야 하는지, 양쪽에 공백을 두어야 하는지 아닌지에는 이견이 있겠지만 이는 대체로 영국과 미국의 관습 싸움이다.〕 사실 한때 흔히 사용되었던 콤마-대시는 오늘날에는 완전히 낯선 것이라 드퀸시의 『작품집*Works*』의 가장 최근 편집자들은 2003년에 그것을 (영국식인) 단순한 대시로 바꾸었다. 하지만 나는 돌아가신 아버지의 『어느 영국인 아편쟁이의 고백』 1950년대 판본으로 작업을 하고 있기에 그것들은,—작은 고리와 줄 같은 콤마-대시가 여담의 양쪽에서,—내 관심을 잡아챈다. 아버지의 책에는 정확하긴 해도 괴상한 구두점을 여전히 사용하는 『뉴요커』가 아니고서는 이제 찾아볼 수 없는, 'reägency'와 같은 (움라우트*가 아닌) 분음부호표**도 보인다.

1844년, 『심연에서의 탄식』을 쓰기 시작했을 때 드퀸시의 나이가 58세였으니 짧고 사유적인 걸작 『어느 영국인 아편쟁이의 고백』을 쓰고 20여 년이 흐른 뒤였다. 그는 전작에서의 아편중독이 더 심오한 문제를 다루기 위한 수단이었다고 말한다. "작품의 목적은 인간의 꿈에 잠재적으로 속해 있을지 모르는 어떤 장엄함을 드러내기 위한 것이었다." 드퀸시는 지금 쓰는 작품 또한 이러한 탐구를 계속 이어갈 것이며 꿈은 "인간이 어둠과 통하는 하나의 거대한 통로"라고 쓴다. 그는 『심연에서의 탄식』을 잡지 『블랙우드 매거진』에 연재하기로, 이 작품을 그가 이미 (누구보다 먼저) 잠재의식subconscious이라고 부르고 있던 영역과 연결해 후기 낭만주의를 탐험하는 산문의 절정으로 만들기로 했다. 그의 에세이는 증기와 속도, 기술 복제의 시대를 사는 빅토리아 시대 독자들을, 내적 자아의 영원한 신비와 교감하게 할 계획이었다. 하지만 결론적으로는, 상황과 기질로 인해 영영 완성하지 못한, 두려움에 사로잡힌 작품이 탄생했다. 그가 인생을 바쳐 헌신한 열정적 산문이, 그가 살아남은 것이 놀라운 이 혼란한 현대 사회에서 이제 더는 가능하지도, 환영받지도 못하리라는 두려움에, 그리고 기억과 상실에 사로잡힌 작품이. 이 모든 것이 『심

---

* 독일어의 für에서 u 위에 있는 것처럼, 일부 언어에서 발음을 명시하기 위해 모음 위에 붙이는 표시.

** 두 개의 모음이 각각 따로 발음된다는 것을 표시하는 기호. 여기서는 reägency를 're-a-gency'처럼, a를 독립된 음절로 읽으라는 의미다.

연에서의 탄식』서문의 길고 복잡한 문장 안에 담겨 있다.

첫 번째 에세이 「어린 시절의 고통」은 드퀸시를 햇볕이 내리 쬐는 어린 시절의 방으로 데려가는데, 거기엔 아홉 살 나이로 바로 얼마 전에 세상을 떠난 누나 엘리자베스가 누워 있다. (또 다른 누나 제인은 세 살에 죽었다.) 여섯 살의 토머스는 누나의 사랑스러운 얼굴을 마지막으로 보기 위해 방으로 올라간다. 곧 의사들이 들이닥쳐 그녀를 죽인 병의 원인을 찾겠답시고 부검을 해 두개골을 헤집어놓을 것이다. 지금은 드퀸시의 마음에 다른 종류의 폭력적인 침입이 일어나고 있다. "내가 통과한 끔찍한 슬픔이 나를 위해 죽음과 어둠의 세계로 가는 갱도를 뚫어놓았는데 그것은 영원히 닫히지 않았고, 나는 내 마음 상태에 따라 마음대로 이 갱도를 오르내렸다고 할 수 있다." 그는 꿈과 환영을 생생히 겪는데, 나이가 들면서 이 고통과 다른 상실들이 되살아나, 더 오컬트적이고 예술적이며 문학적인 유령들과 기이하게 서로 뒤섞인다.

드퀸시는 아무것도 잊지 않았고, 그것들은 팔림프세스트*와 같이 그의 마음에 덧쓰인다. 글자와 단어, 행 들이 긁어내지고 다시 쓰이지만 희미할지언정 흔적이 남는다. 또, 그의 기억은 한밤의 꿈에서처럼 환한 낮에도 손쉽게 환각을 불러올 수 있는 그의 능력에 기묘하게 영향받거나 이상하게 해석된다. "내 눈의 작은 결함 덕에, 멀리 있는 아주 작은 것에서도 이미지를 구성하고 마음의 갈망에 따라 그것들을 그룹화할 수 있는 능력이 이 시

* palimpsest. 이미 쓰인 글씨를 지우고 여러 번 덧쓴 양피지 낱장 또는 두루마리.

기 내 안에서 자라났다." 그는 아직 어린 소년이며 아편중독의 악몽은 수년 후의 일이었지만 이미 무언가를 보고 있었다. (드퀸시의 어린 시절에 대해 글을 썼던 플뢰르 이애기는 이렇게 말한다. "'아주 멋진 장엄한' 꿈들이 아이 방에 자리를 잡았다. 우울한 기쁨이 발톱을 세워 파고들었다.") 그가 교회에 앉아 스테인드글라스 창을 올려다보면 어느새 장면은 은은히 빛나는 하얀 침상 위 죽어가는 아이들의 환영으로 전환된다.

노년에는 환영들 가운데 그 자신의 모습도 있었다. 『심연에서의 탄식』에 실린 「브로켄의 유령」이라는 에세이에서 드퀸시는 '브로켄 유령'을 고지에서 자주 보이는 기상학적 환영으로 묘사한다. 브로켄 유령이란 관찰자의 그림자가 안개나 박무薄霧 위에 아주 크게 어리고, 색색의 광환이나 '글로리glory'가 수반되는 현상이다. 콜리지는 시 「관념적 대상을 향한 한결같은 마음」에서 이를 다음과 같이 묘사한다. "머리 주위에 후광glory을 두른 형체가 나타날 때와 같이;/ 홀린 촌부는 그 아름다운 빛을 숭배하면서도,/ 제가 그림자를 만들고 있다는 것도 알지 못한 채 그것을 좇는구나!" 제임스 호그의 1824년 소설 『의롭다 함을 받은 어느 죄인의 비밀 회고와 고백』에서는 유령이 섬뜩한 이중적 존재라는 주제를 드러내는데, 이는 후에 포, 도스토옙스키, R. L. 스티븐슨에게도 영향을 준다. 다음은 드퀸시 버전이다. "유령이 사람의 형태를 취하고, 만약 방문자가 두 명 이상이면 유령도 증식한다." 유령들이 작가의 가장 깊은 자아를 대신해 등장하는 『심연에서의 탄식』도 마찬가지다. 어느 글에서 그는 반복해서 나타나는 이 존재를 "어둠의 해석자"라 부른다. 그것은 꿈에 나타나 말을 하고, 때로는 그 자신이 깨어 있을 때 이미 했던 생각과 말을 되풀이해 자신도 품고 있는 줄 몰랐던 마음과 감정으로 그를 놀라게 한다. 브로켄 유령처럼 이 유령들은 고해신부가 되기도 한다. "당신은 이제 유령이 당신의 반영에 불과하다는 것을 깨닫고, 비밀스러운 감정을 그에게 털어놓음으로써 이 망령을 어둠의 상징적 거울로 삼아 원래라면 영원히 은폐되었을 것들을 햇빛에 비춘다."

하지만 이 신비한 유령들이 무대로 떠오르기 전에 우선, 문장을 보자. 문장에는 『심연에서의 탄식』의 수많은 환상적인 주제들이 겹겹이 들어 있다. 사진이 현상되기를 기다려야 하듯 인내심을 요하는 문장이다. 하나의 문장 또는 하나의 에세이가 서서히 젖어들고 변형되며 결말에서 명료성을 획득하는 화학 과정이 아니라면, 드퀸시의 주변적 이야기(지연과 여담)가 달리 무엇이겠는가? 사진술은 이 문장의 주제 중 하나이자 글을, 나아가 『심연에서의 탄식』 전체를 조직하는 중심 은유다. 첫 번째 절의 요지는, 불안한 현대 영국인들의 꿈이 쇠락하고 환영과 상상을 불러오는 능력이 손상되었다는 것이다. 무엇 때문에? 농업, 산업, 운송업에서 패권을 쥔 증기기관에 의해. 무수한 잡지에 글을 쓰는 작가인 드퀸시가 연루된 인쇄 매체의 확산에 의해. 대포의 파괴력, 말하자면 발전에 의해. 그리고 "인간을 위해 노예처럼 굴레를 쓴 빛", 즉 드퀸시의 (& 기호만큼이나) 유쾌하고 간결한 주석, "다게레오타입 등등Daguerreotype, &c."이 말해주는바, 1839년에 공표된 루이 다게르의 사진술 발명에 의해.*

이 문장과 각주는 내가 아는 한 그의 저작 중 유일하게 사진술(이미지를 화학작용으로 최종적으로 고정하는 일)을 분명히 언급한다. 그러나 사진술은 드퀸시 작품 곳곳에, 기억과 상상의 작용에 대한 반쯤 숨겨진 은유로 산재해 있다. 그는 꿈을, "무한을 인간의 뇌라는 방에 밀어 넣고, 모든 생명 아래 깊숙한 곳에 존재하는 영원으로부터 오는 어둠의 형상을 그 신비로운 어두운 방 camera obscura, 즉 잠든 정신의 거울에 비추는 대단히 멋진 장치"라고 쓴다. 비록 거기 나타나는 이미지를 영원하게 만들 수는 없지만, 그 정신은 카메라와 같다. 다만, 드퀸시에게 그 이미지들은 영원하다. 그는 "인간의 정신에 망각이라는 건 불가능하다"라고 확신했다. 뇌는 꿈을 꾸며 언제나 은밀히, 이러한 영구적인 시각적 기록이나 아카이브가 가능함을 암시해왔지만 우리가 그것을 알아차리지 못했을 뿐이라고. 대부분의 정신은 드퀸시의 초기 사진술 같은 기억을 갖지 못한다. "얼굴은 이내 (셰익스피어의 탁월한 표현을 빌리면) '지워지기' 시작해, 이목구비가 변하고, 조합이 불안해진다. 표정도 다른 누군가에게 설명하기 위한 하나의 개념이 될 뿐, 당신이 자신을 위해 재현할 수 있는 이미지는 아니다."

그의 정신은 두뇌라는 고감도 팔림프세스트에 기록된 모든 것, 모든 이미지를 포착하고 보관하는 카메라다. 그것들은 모두 환영 또는 유령의 행렬처럼 그에게로 돌아온다. 정신이 카메라라면, 카메라는 무엇인가? 이제 우리는 문장의 가장 깊은 신

---

* 『심연에서의 탄식』에는 "인간을 위해 노예처럼 굴레를 쓴 빛"에 "다게레오타입 등 등"이라는 주석이 달려 있다.

비에 다다른다. 이제 핵심에 이르렀다. "뇌는 우리 주위를 서성이는 유령들에 대한 불안에 사로잡혀." 이 구절의 의미는 분명해 보인다(이 구절은 그 자체로도 뛰어난 문장이다). 19세기 중반에 가까워지자 운송업, 인쇄술, 사진술, 전 분야에서 갑자기 기술이 유령처럼 우리를 에워쌌다. 넘쳐나는 도시 관광객, 증가하는 정기간행물의 목소리, 새로운 다게레오타입 속 기적 같은 얼굴들과 모습들. 독자로서 나는 이 이미지를 이해한다. 그래, 근대성이 유령을 낳았다. 작가로서 나는 알고 싶다. "some jealousy of ghostly beings"에서 드퀸시는 무엇을 말하고 있나? 어떤 "jealousy"지?

"jealous"라는 단어는 과거엔 지금보다 좀 더 넓고 관대한 단어였다. 오늘날에는 거의 소유나 선망의 느낌으로만 쓰이지만, 예전에는 불안과 우려의 감정을 더 폭넓게 표현하기 위해 사용되었다. 사전에 따르면, "악을 의심하고 우려하며 두려워하는" 것을 의미했다. 토머스 미들턴은 1607년에 희곡 『다섯 명의 용감한 청년들』에서 이렇게 썼다. "내 주인은 역병을 아주 두려워하신다오My master is very jealous of the pestilence." 셰익스피어의 『줄리어스 시저』에서는 의심이나 불신을 뜻한다. "당신의 호의를 조금도 의심치 않소That you do love me, I am nothing jealous." 그리고 일종의 경계심을 드러낼 때도. 드퀸시가 『심연에서의 탄식』을 쓰기 시작하기 1년쯤 전인 1843년에 포는 상징으로 가득한 기이한 심리 소설 『도둑맞은 편지』를 출판했다. 왕실을 곤경에 빠뜨릴지도 모르는 편지 한 통이 사라지고, 대신이 용의자로 지목되어 그의 방을 수색하기 시작한다. 훤히 보이는 곳에 숨겨져 있던 도둑

맞은 편지가 발견되기 전까지 저택과 그 주변이 집중 감시의 대상이 된다. 아니, 포의 말대로, 안뜰에 깔린 자갈 사이까지 "현미경을 사용해 조금도 경계심을 늦추지 않는 조사the most jealous scrutiny of the microscope"가 행해졌다고 해야 할 것이다.

나는 "유령들에 대한 jealousy"가 대체 무엇을 뜻하는지 수년간 고민해왔는데, 이 글을 쓰며 이제야 이 수수께끼를 풀기 위해 뭔가를 찾아봐야겠다는 생각이 들었다. 문장의 어지러운 문법과는 충분히 싸웠던 모양이다. 어쩌면 그 본질적인 모호함을 마음에, 그리고 문장의 마음에 간직하고 싶었는지도 모른다. 나는 "jealousy"라는 단어가, 드퀸시가 만들어낸 뜻으로 쓰였든 아니든, 실은 유령 같은 것들을 전부 가리키는 집합명사일지도 모른다는 생각이 마음에 들었던 것 같다. 문장이 더 이상하기를 바란다니, 심지어 이미 충분히 그러한데 더 말이 안 되길 바란다니, 이상한 생각이다. 왜냐하면 이 문장에서 "jealousy"만이 유일한 미스터리는 아니니까. (자, 우리는 이미 이 문제를 풀었다. 그건 불안이다. 유령 같은 존재는 나타나지 않았다, 우리는 다만 그들의 등장이 두려울 뿐.) 문장의 나머지는 이 유령들을 막기 위해 힘쓴다. 기계로 굴러가는 근대화는 천생이 보수주의자(이자 공언한 토리당 지지자)인 드퀸시가 이를 얼마나 원하든 원하지 않든 상관없이 속도를 늦추지 않을 것이며, 과거로 돌아가는 일은 더더욱 없을 것이다. 문장 후반부에는 또 다른 유형의 망령이 출현한다. 근대성은 이제 동시대의 천문학이 풀지 못한 성운 같은, 천상의 폭풍이다. 그것은 우주 폭발의 혼돈한 에너지와 함께 흩어질까? 아니면 가스나 증기에서 응축되어 새로운 천체가 될까? 1846년,

드퀸시는 에세이 「로스 경의 망원경이 밝힌 천체 시스템」을 발표해 '성운설'을 고찰한다. 윌리엄 허셜 등이 주장한, 별들이 어떤 안개 같은 유체流體로부터 생성된다는 개념이다. 오리온 대성운 판화는 드퀸시 자신의 텍스트를 잘 묘사하기에, 그는 독자들에게 자신이 판화에서 보는 것을 함께 보기를 청한다. 괴물 같은 천체의 머리는 『실낙원』에 나오는 죽음의 형상을 닮았다. "뒤로 젖혀진 머리가, 증오의 고통 속에 미지의 하늘을 향해 치켜올려진 얼굴이(눈이 있다면 눈이) 있다. 두개골이 있어야 할 자리에 아시리아의 왕관으로 보이는 것이 씌워져 있고, 그 장식이 뒤로 길게 늘어뜨려져 있다. 이 머리는 아름답게 발달된 목 위에 놓여 있다. 모든 힘을 무시무시한 적에게 내어준 그는 자신이 원하는 곳에서 아름다우며, 그 아름다움은 자신의 유령 같은 추악함을 더 날카롭고 독기 어리게 한다." 또 다른 유령, 또 다른 환영, 또 다른 형상이 그의 불안한 꿈에서 빠져나와 그가 깨어 있는 시간을 노리며 배회한다.

드퀸시는 영국 낭만주의 작가 중 유일하게 사진이 찍힌 작가다. 1850년, 그는 프린스 스트리트 높은 곳에 루프탑 스튜디오를 갖고 있던 에든버러의 초상 사진가, 제임스 하위 앞에서 자세를 취했다. (그 몇 년 전에 작업한 판화에는 하위가 야외 옥상에서 카메라 앞에 쪼그리고 앉아 있고 모델이 햇볕 아래서 느긋하게 쉬는 모습이 묘사되어 있다. 사진을 찍을 당시 65세였던 드퀸시가 4층이나 되는 높은 방에 올라갔는지, 유명 인사를 만나기 위해 하위가 내려갔는지는 알려지지 않았다.)

사진 속 짧은 머리의 작가는 우리에게서 시선을 돌린 채 입술

54

을 꾹 다물고 있어 약간 짜증이 난 것도 같고, 자세를 취하느라 몸이 뻣뻣해진 것도 같다. 그해 말 그 다게레오타입의 판화가 에든버러 정기간행물인 『인스트럭터 *The Instructor*』에 실리자 드퀸시는 편집자인 제임스 호그(작가 제임스 호그의 아들)*에게 다음과 같이 편지를 썼다.

다게레오타입 원본을 확대한 판화 초상화를 저희(저와 딸들)에게 보내주셔서 감사합니다. 적어도 판화가는 제 일을 훌륭하게 수행한 듯합니다. 앞서 말한 관련된 예술가 중 하나인 그, 즉 7월의 태양을 탓할 수는 없겠지요. 그럴 수 있다면 제 딸들이 입을 너무 길게 만들어놓았다고 그를 질책했을 테지만요.

* 스코틀랜드 시인 제임스 호그와 편집자인 그의 아들을 말한다. 둘은 이름이 같다.

루시 스노우의 환희

THE EXALTATION OF LUCY SNOWE

56

"The drug wrought."
—Charlotte Brontë

루시 스노우의 환희

THE EXALTATION OF LUCY SNOWE

"약이 효과를 발휘했다."
— 샬럿 브론테

이 경제적인 문장(이 간결함에는 어딘가 모욕적이고 짓궂은 면이 있다)은 1853년 샬럿 브론테가 쓴 소설 『빌레트』의 38장에 나온다. 이 책은 『제인 에어』에 비하면 덜 알려지고 덜 낭만적이지만(혹은 덜 낭만주의적이지만) 많은 면에서 더 야심에 찬 소설이다. 『빌레트』는 루시 스노우라는 젊은 여성의 이야기다. 겉보기에 수줍음 많고 침울한 그녀는 친척들과 후원자들 사이를 떠돌다 빌레트라는 마을의 보잘것없는 교사로 일하게 되는데, 이 마을은 벨기에의 브뤼셀을 모델로 삼은 듯 보인다. 루시는 이곳에서 허영심 많고 게으른 여학생들에게 실망하고, 교장 베크 부인에게 괴롭힘을 당하며, 독자들에게 분명히 시인하지는 않지만 동료 교사인 폴 에마뉘엘에게 빠진다. 루시는 19세기 소설에서 가장 신뢰할 수 없는 화자 중 하나다. 비록 그녀가 소심하고 순진한 성격을 강조해 보이기는 하지만, 이 작고 불안한 주인공은 거침없이 자신을 내세워 자기만의 길을 간다.

　루시 스노우는 여러 면에서 샬럿 브론테를 닮았다. 브론테도 19세에 로헤드 여학교에서 교사 일을 시작했는데, 가정의 고충과 비극에도 자매들과 함께 하워스에서 누렸던 상상하고 글 쓰는 자유를 잃게 된 데에 엄청난 유감을 느낀다. (로헤드에 살며 일하던 당시에 그녀는 작가로서 격려를 받기 위해 계관시인인 로버트 사우디에게 편지를 쓰지만, 돌아온 건 "과도한 흥분을 주의하고 마음을 평온히 하기 위해 노력하라"라는, 그녀를 무시하는 듯한 답신뿐이었다.) 1842년 2월, 샬럿 브론테와 에밀리 브론테는 프랑스어를 공부하기 위해 브뤼셀의 왕립 공원 근처에 있는 에제 기숙학교로 갔다. 여학생들을 위한 기숙학교는 클레르 에제가, 그 옆의 남학생들을 위한 학교는 그녀의 남편인 콩스탕탱 에제가 운영하고 있었다. 그해 가을, 자매들의 이모인 엘리자베스 브랜웰이 죽자 그들은 집으로 돌아가지만, 새해가 되자 에제 씨가 브론테의 아버지에게 편지를 써, 샬럿 브론테가 이번에는 교사로 돌아와주기를 바란다고 전한다. 훗날 브론테는 이렇게 썼다. "이모가 세상을 떠난 뒤 나는 내 양심에 반해 브뤼셀로 돌아갔는데, 그건 당시 내게 거부할 수 없는 충동 같은 것이 일었기 때문이다. 이 이기적이고 어리석은 행동으로 나는 행복과 마음의 평화를 완전히 빼앗겼다." 이는 그녀가 콩스탕탱 에제에게 빠져 있었기 때문인 것으로 보이지만, 그렇다 해도 글이 너무 거칠다. 아마도 그녀의 괴로움에 감정적 애착 혹은 죄책감, 간통의 욕망과 더불어 외로움, 실현되지 않은 문학적 성취에 대한 좌절이 뒤섞여 있었기 때문이리라.

　브론테는 자신의 병에 대해서도 자세히 쓴다. 그녀는 '건강염려증hypochondria'을 앓았다. 브론테의 시대에 이 단어는 오늘날과 는 그 뜻이 달랐거나, 적어도 오늘날 갖는 뜻만 갖고 있진 않았 다. 그건 신체적인(주로 소화에 관련된) 것인 동시에, 본질적으로 극심한 불안이 섞여 있어 우리가 우울증이라 부르는 것에 가까 웠다. 하워스의 브론테 집안 서재에는 1826년 출판된 토머스 존 그레이엄의 『현대 가정 의학』이라는 의학 안내서가 있었다. 건 강염려증 환자는 "고통에 대한 환각이나 과장된 감각, 또는 밝 혀지지 않은 병으로, 특정 사람이나 장소, 사물에 대한 변덕스 러운 혐오로, 위험이나 가난에 대한 근거 없는 불안으로, 전반 적인 무기력함과 혐오로, 삶에 대한 권태, 피로로 괴로워한다" 라고 그레이엄은 썼다. 『제인 에어』 속 로체스터는 그들이 결혼 식을 올리기로 한 전날 밤 제인의 불안과 공상을 건강염려증이 라 진단한다. 『교수』의 주인공으로 고아 출신 교사인 윌리엄 크 림즈워스 역시 결혼 전 건강염려증에 시달린다. "크나큰 어둠의 공포가 나를 덮쳤다." 그녀의 창작자와 마찬가지로 루시 스노우 안에서도 병은 뿌리 깊어 보인다. 이 병은 작가로서도, 사랑에 있어서도 실현되지 못한 욕망과 고독으로 악화되고, 때로는 가 장 어두운 상상 속에서 어슴푸레 모습을 드러낸다.

　루시의 병증으로 인한 가장 극적인 감정 상태는 책 후반부의 "구름"이라는 장에 이르러 나타난다. 폴 에마뉘엘이 학교를 떠 날 것이라 선언하자, 그가 말 한 마디 없이 사라질까봐 루시가 두려워하는 대목이다. 선생들과 학생들, 기숙학교 전체가 루시 가 괴로워하는 이유를 알지만, 베크 부인은 루시 양이 두통을 앓 는 거라며 아편에 술을 타 그녀를 침대로 가게 한다. 그러나 베크 부인은 실수를 저지르고 마는데("베크 부인이 약을 너무 많이 넣어서인지 아니면 너무 조금 넣어서인지 모르겠지만") 약은 루시를 잠들게 하기는커녕 육체와 정신을 생생하게 깨운다. "새로운 생각, 독특한 색채의 몽상에 눈을 떴다. 모든 신체 기능에 소집명령이 떨어졌고, 나팔 소리가 울리며 트럼펫이 때아닌 소집을 알렸다. 상상력이 휴식에서 깨어나자 그녀는 충동심이 들고 대담해졌다. 그녀는 동반자인 육체를 경멸하는 눈으로 내려다보았다. '일어나!' 그녀가 말했다."

루시가 일어나 옷을 입고 달빛이 내리는 눈부신 풍경의 도시로 달려 나간다. 나무와 회반죽으로 지어진 고대 이집트 건축물 같은 건물들이 공원에 나타난다. 축제가 열리고, 화려한 옷과 보석을 걸친 사람들이 환히 빛나는 유희를 명랑하게 즐기거나 마차에서 군중을 구경한다. 그 누구도 루시를 알아보지 못하는 듯하다. 그녀의 대모도, 베크 부인도, 루시가 얼마 전 초조하게 고해를 했던 신부도. 이러한 채로 시간이 흐르고 독자들은 이것이 진짜인지 알 수 없다. 브론테는 그녀의 첫 전기 작가, 소설가 엘리자베스 개스켈에게 자신이 아편 경험이 없어 루시 스노우가 겪는 시련의 세부 내용들과 마찬가지로 상상력을 동원해야 했다고 말했다. 그녀가 토머스 드퀸시의 『어느 영국인 아편쟁이의 고백』을 읽었노라고 말한 적은 없지만, 드퀸시를 매혹한 피라네시*의 판화에서 튀어나온 듯한 피라미드와 스핑크스 등에 대한

---

* 18세기 이탈리아의 판화가이자 건축가, 조반니 바티스타 피라네시. 판화 연작 「상상의 감옥」으로 유명하다.

놀라운 동양적 세부 묘사와 글 전체에서 배어 나오는 환상적인 질감은 그녀가 그의 글을 차용했으리라 생각하게 한다.

"약이 효과를 발휘했다The drug wrought." "구름" 장이나 『빌레트』의 다른 장에서 보여주는 브론테의 글은 드퀸시의 정교한 문체와는 다르다. 그럼에도, 이 문장은 루시 스노우의 휘황찬란한 환상을 보여주기에는 놀라울 정도로 간결하다. 아니, 정말 그런가? 후두음*이 있는 이 짧은 문장은 소리 내어 읽거나 머릿속으로 읽을 때 "wrought"를 길게 늘이지 않고 말하기 어렵다. 무언가 빠진 것을 보충하려는 듯 어색하고 의식적으로 말하게 된다. 약이 어떤 효과를 발휘했다는 걸까? 오늘날 우리는 대개 연철wrought iron로 된 문, 또는 잘 (혹은 교묘히) 만들어진wrought 예술품, 아이디어, 이미지, 계획, 어쩌면 문장처럼, 'wrought'를 과거분사 형태로 사용한다. 'wrought'가 유래된 본래의 동사에 대해 묻는 일은 거의 없다. 그 원형은 혹시 'wreak'일까? '큰 피해를 입히다to wreak havoc', '큰 혼란을 초래했다they wrought havoc' 할 때의 'wreak' 말이다. 실은 옥스퍼드 영어 사전이 말해주듯 여기에는 약간의 혼란이 있는데some confusion at work here, 여기서 중요한 건 바로 'work'다. 지금은 거의 사용되지 않는 변형어인 'to work havoc'가 단서다. 'wrought'는 기본적으로 동사 'to work'의 과거 시제로 무언가를 만들거나 꾸밀 때 다양한 의미로 쓰인다. 또 'wrought'는 움직임이나 노동, 기능, 형성, 조종의 뜻으로도 사용되며 과거에도 그런 의미로 사용되었다.

* 성대를 막거나 마찰시켜 내는 소리.

그러므로 브론테의 이 수수한 문장은 이런 뜻이리라. 약이 효과를 발휘했다, 발휘하기 시작했다, 본래의, 혹은 의도된 기능을 수행했다. 약이 루시 스노우의 상상력이라는 원재료에 작용해went to work on, 영향을 미치거나 조종했다는 뜻일지도 모른다. 그녀가 주조되고 두드려지는 금속이나 세공되는 돌, 나무라도 되듯 약이 그녀에게 작용했다는worked her 것. 한편, 이런 뜻일지도 모른다. "약이 나를 조종했다." "약이 내 정신을 조종했다." 즉 만들어내거나 지어냈다는 뜻으로, "약이 풍경 혹은 환영을 만들었다." 루시 스노우가 왕립 공원에서 맞은 밤의 아름답고도 불길한 디오라마*, 이것들은 모두 아편이 만들어낸wrought 것이었다. 아니면 아편이 초래한worked 고조되고 심화된 현실인가? 이 모든 것이 짧게 농축된 문장 안에 생생히 살아, 서로를 보완하고 서로와 씨름한다. 브론테는 개스켈에게 말한다. "구름"장을 쓰기 전 매일 밤 누워, 반쯤 잠들고 반쯤 깬 상태로 아편을 과다복용하면 어떤 기분일지를 상상하다 어느 날 아침 뭔가를 깨달았다고. 그녀는 약 없이 만들어냈다wrought. 정말로 거기 있었던 드퀸시처럼, 브론테는 진정제이자 진통제가 만들어낸 세계를, 마치 각성제와 환각제가 만들어낸 듯 그린다. 그러니까, 마치 약이 창조적이고 예술적이며 문학적인 힘을 지닌 것처럼. 마치 문장이 이렇게 말장난을 하듯. "약이 글을 쓰기 시작했다the drug wrote."

* 극에서 배경을 그린 큰 막 앞에 여러 물건을 배치하고, 그것을 적절하게 조명해 실물처럼 보이게 한 장치.

빛과 그림자의 유래

A HISTORY OF THE LIGHTS AND SHADOWS

"Our moods are apt to bring with them images which succeed each other like the magic-lantern pictures of a doze; and in certain states of dull forlornness Dorothea all her life continued to see the vastness of St. Peter's, the huge bronze canopy, the excited intention in the attitudes and garments of the prophets and evangelists in the mosaics above, and the red drapery which was being hung for Christmas spreading itself everywhere like a disease of the retina."
—George Eliot

"우리는 기분에 따라 선잠 속에서 환등기 사진처럼 이어지는
이미지들을 떠올리곤 하는데, 이후 도러시아는 따분하고
고적한 기분에 빠질 때마다 평생 광대한 성 베드로 성당과
거대한 청동 캐노피, 천장의 모자이크에 새겨진 예언자들과
복음서 저자들의 자세와 의복에서 드러나는 열띤 의도, 그리고
크리스마스를 위해 걸려 있던 붉은 휘장이 망막의 질병처럼
어디에나 펼쳐지는 것을 보았다."
―조지 엘리엇

이 문장은―달리 뭐라고 말해야 할까?―날 당황하게 한다. 문장
의 지혜와 리듬, 그리고 마지막에 불쑥 나타나는 기묘한 이미지
를 이해할 수 없어서만은 아니다. 1991년 봄, 나는 더블린대학 영
문학 학사과정의 마지막 해를 보내고 있었다. 첫 학기가 시작될
무렵 열의에 불타던 나는 학과 모임에서 학생 대표가 되었다. 나
는 스물한 살이었고 이제 곧 대학원에 진학할 꿈에 부풀어 앞으
로의 몇 달을 열정적으로 보내고자 했다. 태어나 처음으로 학문
적 성취를 위한 열망에 불타, 열심히 해보겠다는 의지를 다졌다.

당시 나는 19세기 '서술과 해석'에 관한 수업을 들으며 브론테 자매와 제임스 호그, 에드거 앨런 포, 헨리 제임스의 소설들에 빠져 있었다. 그때까지 『미들마치』(1872)는 아직 펼쳐본 적도 없었던 내게, 강의가 끝난 뒤 친구들이 몰려와 엘리엇의 소설 이야기를 꺼냈다.

『미들마치』는 다른 수업들과는 다르게 텍사스에서 온 초빙교수가 가르쳤는데, 그는 오스틴에서 그레이트북스 프로그램*에 소속되어 있다는 소문이 있었다. 나와 친구들은 미국의 이 프로그램에 관한 교육의 역사에 대해 아무것도 모르면서, 그 견고한 정전을 향한 순진한 충성심을 비웃었다. 우리는 그와 친구들이 카우보이모자를 쓰고 둘러앉아 고전을 읽고, 이따금 그 두툼한 손으로 책을 탁 덮으며 "정말 훌륭한 책이야!" 하고 외치는 모습을 상상했다. 그래서 그 책의 두께에 겁을 먹은 과 친구들이 내게, 우리가 정말 『미들마치』를 처음부터 끝까지 읽어야 하느냐, 그 대신 우리 주제와 연관된 몇 개 장만 읽으면 어떻겠느냐 교수님을 찾아가 여쭤보라고 했을 때 나는 조금도 망설이지 않았다. 그의 연구실 안에서 이뤄진 그 낯부끄러운 면담에 대해서는 별로 기억나는 것이 없지만, 그가 폭소를 터뜨리며, 『미들마치』가 서술과 해석 자체라고 단언했던 건 기억이 난다.

물론 이 소설은 그 이상이다. 소설은 여러 의미에서 공감에 대해 다룬다. 1830년대 영국 시골 생활의 초상, 아니 파노라마라 할 수 있는 『미들마치』는 인물들이 서로를 얼마나 깊이 아는지,

---

* 미국 여러 대학에서 발전한 고전에 중점을 둔 커리큘럼.

서로의 내면을 얼마나 신뢰하는지, 이해심과 인내심이 얼마나 되는지 깊이 파헤친다. 나는 이 모든 것(빅토리아시대 리얼리즘의 진부한 도덕적 이야기들)을 예상했지만, 엘리엇의 공감 혹은 그것의 부재를 말하는 방식에 대해서는 전혀 예상하지 못했다. 우리의 문장을 열고 닫는 듯한 이상하고 복잡한 은유들에 대해서는. 나는 이 문장처럼 공감이 물리적 혹은 화학적일 뿐 아니라 영적이고 도덕적이며 미적이기까지 한 언어를 상상하지 못했다. 이 문장의 예술성과 의미는 나로 하여금 타인에게 더 공감하는 독자가 되길, 더 나아가 그런 인간이 되기를 요구했다.

이 문장이 등장하는 『미들마치』 20장에는 엘리엇의 열정적인, 그러나 한계에 직면한 젊은 여주인공 도러시아 브룩이 로마에서 홀로 흐느끼는 장면이 나온다. 목사이자 학자인 에드워드 캐소본과 결혼한 그녀는 처음엔 자신보다 훨씬 더 연상인 남편의 지적인 내면에 매혹되었으나 그녀가 기대해 마지않던 학술과 문학에서의 결속을 그가 허락하지 않는다는 사실을 너무나 늦게 발견한다. (캐소본은 불능인 것으로도 보이는데, "모든 신화의 열쇠"라는 자신의 인생 저작을 완수할 능력도 없다.) 신혼여행으로 이탈리아에 온 그들, 결혼이 실패했음을 인지한 도러시아는 눈앞의 풍경이 장례 행렬처럼 지나가는 것을 본다. 고대 그리스 로마 문명과 가톨릭 문화가 이루는 장관은 눈엣가시가 아닐 때에는 사람을 무기력하게 만들기 마련이다. "그녀의 마음은 발작적 분노와 혐오, 혹은 쓸쓸한 권태 속으로 끝없이 미끄러졌다." 도러시아는 홀로 궁전과 바실리카를 둘러보고 거대한 조각상과 무너져가는 유적을 보는데, 그것들은 전부 "이질적인 세계의 단조로운 빛"을 담고 있다.

맨 처음 문장에서 내 눈길을 끈 것은 빛이었던 것 같다. 긴 첫머리에서 환등기의 슬라이드가 상영된다. 한 세기 전 토머스 드 퀸시의 약에 취한 뇌 속에 나타난 꿈의 이미지들이 떠오른다. 『어느 영국인 아편쟁이의 고백』의 저자인 그는 무의식적인 정신은 마치 환등기처럼, 눈이라는 블랙박스 극장에 공포를 투사하는 아주 훌륭한 장치라고 했다. 우리는 또한 프루스트를 떠올리지 않을 수 없는데, 오후에 침대로 보내진 어린 마르셀이 지루함을 달래기 위해 마술 환등기를 켜고 침실 벽에 비친 중세 로맨스 「주느비에브 드 브라방」 속 빨간 망토 입은 배신자 골로를 보는 모습이 보이는 것만 같다. 버지니아 울프는 또 어떤가? 그녀는 「모던 픽션」(1925)에서 이렇게 썼다. "삶은 고르게 배열된 마차 등이 아니다. 삶은 어둠 속에서 빛나는 후광이며, 의식意識의 시작부터 끝까지 우리를 감싸는 반투명한 막이다." 모더니즘과 그 특징 아래의 정신적 삶을 묘사하는 데 반짝이는 은유를 이용하는 이 계보에서 조지 엘리엇을 발견하다니 얼마나 이상한 일인가.*

그런데 잠깐, 이 문제는 그보다 훨씬 더 복잡하다. 왜냐하면 우리가 세미콜론(이 삐걱이는 작은 경첩에 대해서는 나중에 좀 더 자세히 다루겠다)에 이르기도 전에 엘리엇, 아니 모든 것을 보는 익명의 화자가 벌써 은유를 뒤섞고 있기 때문이다. 도러시아의 마음처럼 혼란하고 산만한 일련의 이미지들. 그건 정확히 무엇인

---

* 조지 엘리엇은 모더니즘과 대비되는 리얼리즘의 대표 작가다.

가? 환등기 쇼? 그렇다고 할 수도 있지만 그것이라고만은 할 수 없으며 또 꼭 그렇다고도 할 수 없다. 이미지들은 '선잠'의 산물이다. 즉 기분은 꿈과 비슷하며, 이 둘은 모두 환등기처럼 상像을 만들어낸다. 엘리엇의 가장 예리한 학구적 독자 중 하나인 J. 힐리스 밀러가 지적하듯, 이것은 엘리엇의 전형적인 방식이다. 그녀가 다른 관점에서 어떤 것을 묘사할 때는 종종 나중에 더 깊은 은유적 전환 혹은 환유적 변화가 있으리라는 걸 암시한다. 『미들마치』의 환경은 흐르는 물의 몸체 같다. 혹은 거미줄. 또는 화자와 독자 모두 공감과 이해심이라는 아주 자그마한 빛을 밝혀야 하는, 미세하게 긁힌 강철 거울이나 체경. 그 긁힌 자국들이 인물이나 사건에 대한 우리의 제한된 인식을 둘러쌀 것이다. 어쩌면 소설 속 세상, 아니 세상은, 촘촘하게 직조된 직물, 우리가 할 수 있는 최선은 우리 자리에서 한쪽 귀퉁이를 더듬으며 전체를 이해할 수 있기를 바라는 것뿐일지 모른다.

도러시아는 이를 알지 못한다. 그녀는 그저 바라보고 흐느낀다. 이것이 소설이 내세우는 주장(이 단어가 맞는진 모르겠지만) 중 하나다. 우리는 모두 우리를 인도하는(혹은 오도하는) 은유를 따라 살아가지만, 우리는 그것이 우리를 어디로 데려가는지는커녕 그것을 온전히 알지도 못한다는 것. 그렇다면 소설가 자신은 어떨까? 엘리엇은 1860년에 이탈리아를 여행하는 도러시아의 억압된 마음을 묘사하기 위해 건축학적, 해부학적 이미지를 차용한다. 엘리엇은 그해 일기에서 성 베드로 성당을 다음과 같이 묘사한다. "대성당의 외부는 끔찍하기까지 했다. 돔의 부분적 은폐가 계속해서 신경을 거슬렀기 때문이다. 내부에 대한 첫 인상은 그 아름다움 혹은 웅장함에 있어 그 이후 받은 어떤 인상보다 강렬했지만, 한때 은은하고 따뜻하게 느껴졌던 사랑스러운 대리석은 이제 흉측스러운 붉은 휘장을 두른 무언가일 뿐이었다."

실제로 휘장은 크리스마스가 아니라 성주간*을 위한 것이었지만, 엘리엇의 문장에서 정말로 충격적인 것은 다음에 등장한다. "망막의 질병처럼." 당신은 작가의 마음 안에서 수년간 자라왔을, 혹은 1860년 일기를 읽던 그녀에게 불쑥 떠올랐을 이 의학적 은유가 소설의 다른 측면들과도 꽤 비슷하다고 말할 수 있을 것이다. 『미들마치』의 이상주의적인 젊은 의사 터시어스 리드게이트는 불운한 결혼 때문에 자신의 연구가 궤도를 이탈하기 전까지 인체의 장기를 구성하는 근본적인 물질을 탐구하는 데 전념한다. 시각적 은유는 『미들마치』 도처에 있지만 특히 리드게이트의 사고에 있어 가장 두드러지는 특징이다. 소설의 화자처럼, 그는 "모든 탐구에는 수축과 이완이 있어야 한다"라고 주장하며, 진정한 지식은 파노라마적 관점과 미시적 관점, 집중과 확장 사이를 끊임없이 오가야 한다고 믿는다. 소설의 독자들은, 어쩌면 대다수는 알아차리지도 못할지 모르지만, 이러한 은유가 화자와 등장인물들의 마음을 오가는 데에 익숙해진다.

우리는 어떻게 이 이미지에 이르게 되는가? 첫 번째 절, 엘리엇의 화자가 자주 쓰는 일반화되고 훈계적인 어조를 통해서다. 그녀가 말하듯, "우리는 기분에 따라", 그녀의 은유가 만들어낸

---

* 예수의 수난과 부활을 기념하는 부활 축일 전 일주일.

거울들이 늘어선 복도로 그녀를 따라나선다. 첫 번째 복도 끝에서 세미콜론이 선 모퉁이가 나타나고 바로 다소 건방진 "이후and"가 이어져 우리로 하여금 의심 없이 따라가게 한다. 왜냐하면 우리는 지금 문장 서두에 나온 일반화된 진술의 구체적 사례를 대면해야 하기 때문이다. 다만, 다만, 이 모든 것은 꿈결 같고 환상 같다. '따분함'과 '고적함'은 엘리엇이 가장 즐겨 쓰는 단어다. 후자는 키츠의 「나이팅게일에게 부치는 송시」에 나오는 "이 말은… 모든 종 같구나!"*라는 구절을 상기시키며, 이 둘은 정확히, 리드게이트가 묘사하는 거시적인 관점과 미시적인 관점을 오가는 상태와 관련이 있다. 일종의 무감각 혹은 어리석음이 놀랍고도 끔찍하기까지 한 선명함, 생생함을 일으킨다. 실제적이고 정신적인 사물들이 나타나 다른 무언가처럼 보인다.

(88년 후, 『로마에서의 시간*A Time in Rome*』에서 엘리자베스 보엔은 1942년 세계 박람회를 위해 무솔리니가 로마에 지은 파시즘적 고전주의 양식의, 웅장한 아치가 있는 6층짜리 팔라초 델라 치빌타 이탈리아나 앞에 섰다. "나중에 나는 중앙 광장에서 안전한 거리를 두고 서서, 독일 신학자들이 진홍색 사제복을 입고 테라스 계단을 미끄러지듯 올라가 아치 안으로 들어가는 모습을 바라보았다. 가느다란 핏줄기가 역류해 상처 안으로 돌아가는 것처럼 보였다." 1929년, 『마지막 9월*The Last September*』에서 보엔은 좀 더 코믹한 어조로 말한다. "다이닝룸은 색

---

* "the very word is like a bell"이라는 구절로, 존 키츠의 시 「나이팅게일에게 부치는 송시」 8연에 등장한다. "쓸쓸한! 이 말은 바로 나를 그대로부터/ 나 자신에게로 불러들이는 모든 종 같구나!"

이 검붉고 천장에는 연기가 자욱해 나중에 제럴드는 꼭 간 속 질병이 된 기분이었다고 했다.”)

스물한 살의 나는 조지 엘리엇을 완벽하게 이해해 하나의 문장으로 말할 수 있다고 믿었다. 신화의 열쇠에 대한 캐소본의 믿음이나 인체 기관의 보편성에 대한 리드게이트의 믿음처럼 잘못된 신념이었다. 그러나 내 실수는 교훈을 주기도 했다. 책에 흔히 붙는 꼬리표처럼 작가를 “빅토리아시대 작가”, “리얼리즘 작가”라는 식의 큰 카테고리로 판단해서는 안 된다는 것을 배웠다. 그리고 고전을 사랑하는 교수님 같은 다른 독자들을 함부로 판단해서는 안 되며, 평상시에 관습적인 태도를 가졌다는 이유로 다른 사람들을 섣불리 판단하면 안 된다는 것도. 그들은 실은 내가 하지 않은 어려운 작업, 모험적인 일을 해온 사람들이다. 나는 몇 년 후에야 『미들마치』를 가르치며 비로소 엘리엇의 “망막의 질병처럼”이 가진 기묘함을 이해하게 되었다. 왜냐하면 여기서 중요한 질문은, 이것이 누구의 망막인가 하는 것이기 때문이다. 엘리엇 자신일까? 아니면 화자? 도러시아? 혹은 독자인가? 언제, 어디서 이것이 퍼져 나가는지도 불분명하다. 성 베드로 성당인가? 아니면 도러시아나 작가의 기억 속? 그러나, 이미지는 우리 마음 안으로 슬금슬금 다가온다. 그것의 눈멂과 통찰은 이 드넓고 광기 어린 문장에 모인 우리 모두의 것이다.

하늘의 전통

TRADITIONS OF AIR

"It waked me at six, or a little before—then rolling incessantly, like railway luggage trains, quite ghastly in its mockery of them—the air one loathsome mass of sultry and foul fog, like smoke; scarcely raining at all, but increasing to heavier rollings, with flashes quivering vaguely through all the air, and at last terrific double streams of reddish-violet fire, not forked or zigzag, but rippled rivulets—two at the same instant some twenty to thirty degrees apart, and lasting on the eye at least half a second, with grand artillery-peals following; not rattling crashes, or irregular cracklings, but delivered volleys."
—John Ruskin

"그건 6시, 아니면 그 전에 나를 잠에서 깨웠고—화물열차처럼
쉴 새 없이 우르릉댔는데, 그 모습이 마치 열차를 조롱하듯
섬뜩했고—공기는 마치 혐오스러운 연기 덩어리처럼 후텁지근하고
악취 나는 안개로 자욱했으며, 비는 거의 오지 않았지만 우르릉대는
소리는 점차 거세지고 온 하늘에 번개가 흐릿하게 떨리다,
붉은 기운의 보라색 가느다란 불꽃 두 개가, 갈라지거나 지그재그
모양이 아니라 개울에 파문이 일듯—20도에서 30도쯤 간격을 두고
동시에 무시무시하게 번쩍이며 일순 눈에 깅힌 잔싱을 님졌고,
이를 뒤따르는 엄청난 포성이 달가닥대거나 불규칙하게
타닥이지 않고 일제사격을 퍼부었다."
— 존 러스킨

위 문장이 등장하는 강의를 하던 날, 존 러스킨은 예순여섯 번째
생일을 나흘 앞두고 있었다. 작가로서의 기량은 아직 고갈되지
않았다. 그의 마지막 걸작인 자서전 『프라이테리타 *Praeterita*』*가

* 라틴어로 '과거'라는 의미를 지닌 제목의 러스킨의 자서전으로, 19세기 빅토리아시
대의 미술과 문화, 자아, 기억 등에 대한 통찰이 담겨 있다.

이후로 쓰일 터였다. 하지만 그의 정신은 전환점에 와 있었으니, 1878년, 첫 번째 신경쇠약을 겪은 그에게 전기 작가들은 흔히 그러듯 아마추어적 진단들을 내놓았다. 그건 편집증적 조현병이었을까? 아니면 조울증이었을까? 1878년 말에 그는 화가 제임스 맥닐 휘슬러가 제기한 악명 높은 명예훼손 재판의 심리와 평결에도 나가지 못할 정도로 상태가 좋지 않았다. (러스킨은 지면에 휘슬러가 "대중의 얼굴에 페인트 통을 던졌다"라고 썼고, 화가는 손해배상으로 1파딩*을 받았다.) 1880년 3월, 다시 글을 쓰고 강의를 할 수 있을 만큼 몸을 회복한 러스킨은 런던 연구소에서 사실상 형체와 무형에 관한 이야기인, 예술과 삶 속의 뱀이라는 주제로 강연을 했다. 하지만 1881년, 두 번째 정신적 위기가 그를 덮쳤다. 이 시기, 서구 문명의 퇴폐적이고 위험하기까지 한 경향성을 점차 더 확신하게 된 러스킨은 당대 과학과 산업, 의학에 대한 비난에 합세해 사회적 논쟁을 더 크게 만들었다.

러스킨은 1884년 2월 4일, 그리고 11일에 (다시 한 번 런던 연구소에서) 이후 "19세기의 폭풍 구름"이라는 제목의 원고가 되는 두 차례의 강연을 하는데, 당시 그는 정신이 온전치 못했을까? 이 강연에 대해 보도한 「타임스」와 「폴몰 가제트」의 저널리스트들이 이를 암시하거나 대놓고 드러냈기에 러스킨은 강연록을 출판하며(처음에는 팸플릿 형식, 다음에는 짧은 책이었다) 글이 "더 강박적이고 평소와는 다른 작업 방식하에서" 쓰였다고 밝히지

* 1파딩은 당시 페니(약 1센트에 해당)의 4분의 1에 해당하는 금액이었기에 이는 상징적인 금액이었다.

않을 수 없었다. 그는 원고가 "경솔하게" 또 "부주의하게" "형식에 맞춰져" 있음을 인정했다. (형식이 문제였을까?) 상상이나 공상을 통해 글을 쓰고 강연을 했다면 훨씬 자신다웠을 거라면서. 이번에는 정신의 문제가 아니었다. 어쨌거나 그는 건강하고 정확한 인상을 병적인 허구, 망상과 구별해냈으니까. 다시 말해, 그는 자신이 정신을 잃었는지를, 언제 잃었는지를 아주 잘 알고 있다고 주장했다. (작가들에게 이것이 얼마나 유용한 기술인지 한번 상상해보라!) 「19세기의 폭풍 구름」에서 그는 합리적인 "화학자의 분석력과 기하학자의 정밀함"을 세상에 적용했다. 무엇을 위해? 오로지 "현존하는 증거를 보건대 우리 시대에만 존재하는 구름 현상들을 당신들에게 전하기 위해."

러스킨은 한평생 구름을 가까이에서 관찰하며 살았다. 구름은 자연의 영광 중 하나였으며, 화가들과 시인들, 그리고 시적 산문을 쓰는 작가들에게 큰 도전이었다. 형태가 있으면서도 없고, 뚜렷하게 존재하면서도 해체되는 구름은 순수한 에테르적 존재이기도 하면서 하늘에 붙들려 있고, 그렇지 않다 해도 적어도 그렇게 보였다. 구름은 분석되고, 스케치되고, 그림으로 그려지고, 글 안에서 묘사되었다. 사진이 발명되기 전부터 구름은 낭만주의 시대의 영화 스틸이었던 것이다. 날씨를 상영하는 이 영화는 흘러가며, 순식간에 지나가버리는 찰나의 모습을 우리에게 선사한다. 이에 러스킨은, 아무리 바람에 날리고 가장자리가 해지고 비에 가려져도 구름은 언제나 그 존재 자체라고 주장한다. "구름은 당신이 그것을 보는 곳에 있으며, 보이지 않는 곳에는 존재하지 않는다." 적어도 그때엔 그랬다.

옛날에는 날씨가 좋을 때는 호화로울 만큼 좋았고 나쁠 때는 끔찍할 정도로 나빴지만 한바탕 성질을 부리고는 끝이었다. 석 달 동안이나 부루퉁하니 해를 못 보게 하지 않았고, 매주 토요일 오후에는 밖으로 뒤집힌 사이클론을, 월요일 아침에는 안으로 뒤집힌 또 다른 사이클론을 보내지도 않았다.

우리가 여기서 러스킨과 함께 옛 하늘의 그리운 구름들을 올려다보며 탄식하는 이 순간, 그가 도덕적이고 고결한(러스킨에게 중요한 단어다) 그 공중의 형체를 어떤 언어로 묘사하는지 한번 살펴보자. 다음과 같이 선명하면서도 레이스처럼 섬세한 문장의 미덕을.

알프스산맥이나 밀라노 대성당처럼 순백의, 거의 불투명한 구름 또는 구름 같은 것에는 떠오르는 햇빛이나 지는 햇빛에 호박색, 오렌지색, 적당히 짙은 장밋빛이 드리워질 수 있지만—레몬 빛깔의 노란색이나 대비에 의한 보색을 제외한 녹색 계열은 보지 못했을 것이다; 때때로 폭풍에 진한 붉은빛이 서릴 때도 있겠지만 특정 한계를 넘을 수는 없고,—알프스가 주황색이나 플라밍고색, 카나리아색인 적은 결코 없다; 천둥을 동반하는 적운이 완전히 진홍색인 경우도 볼 수 없다.

이 문장 속 대칭은 놀랍기까지 하다. "때때로" 앞에 오는 세미콜론을 중심으로 모든 것이 균형을 이루며 삽입절이 아닌 한 쌍의 대시 위에 차분히 놓여 있다. 첫 번째 절에서 러스킨은 우리를 위해 구름을 조제하고 구름 같은 것들(그런데 구름 같다니? 알프스가? 밀라노 대성당이?)을 추가한 다음, 운이 좋을 때 만날 수 있는 색들을 보여준 뒤, 문장 후반부에서 그 성질들을 하나씩 제거한다. (실제로는 세미콜론 바로 앞에서부터.) 물론 구름은 대칭을 이루는 경우가 드물지만(그건 산도, 심지어 대성당도 마찬가지다), 이 문장은 구문과 구두점의 무게가 거의 완벽에 가깝게 배분되어, 그러한 구조 자체로 순수함과 신중함이라는 구름의 본질을 드러낸다. 이에 우리는 묻지 않을 수 없다. 만일 대상이 그런 화려한 알레고리에 종속되어 있다면, 혹은 오로지 그 안에서만 진정 이해될 수 있다면, 이를 그 자체로 고결하고 본질적인 것이라 할 수 있을까?

옛 구름 이야기는 이쯤 하기로 하고. 그 얼마 전부터 다른 무언가가 러스킨이 강연하는 도시 상공에 나타나, 갑자기 출현한 불길한 외계 우주선처럼 그의 눈앞에서 빙빙 맴돌며 그의 상상력에 어두운 그림자를 드리웠다. 그는 1871년에 옥스퍼드에서 산책하다 처음 그것을 보았다. 그때부터 그것은 시칠리아에서 영국 북부까지 그를 따라다녔다. 이 어둡고 더러운 구름—폭풍 구름, 더 정확히는 전염병 같은 구름—은 불안한 바람을 동반했다. 구름은 "메마른 검은 베일", 바람은 "어둠의 바람"이다. 그것들이 등장하면 하늘은 순식간에 어두워지고 어디선가 바람이 불어오기 시작하는데, "모든 곳의 바람이 갖는 가장 나쁜 특징에 고유의 쓸쓸함과 악의가 더해져 한 번에 온 방향에서 불기도 한다." 이 바람은 "떨리듯" 분다. 러스킨은 창밖의 나뭇잎들이, 그리고 위험을 무릅쓰고 밖으로 나섰을 때 숲속 나뭇잎들이 분노하고 두려워하고 괴로워하듯 떨었던 것을 몇 차례나 언급한다. 1876년 6월 22일, 그는 일기에 이렇게 썼다.

> 새까만 폭풍우, 그러나 완전한 어둠이 아닌, 깊고 높지만, 장엄함이 아니라 불결함이 깃든 보랏빛 연기구름 smoke-cloud. 공장의 짙은 안개가 피어오르고, 부르르 떠는 바람의 무시무시한 돌풍이 세번 씨의 돛도 열병에 걸린 사람처럼 떨게 하지만, 오후 4시 무렵 천둥소리가 두어 번 나고 가까이서 섬광이 희미하게 번쩍였을 뿐. 그렇게 불결하고 약하고 악취 나는 폭풍은 본 적이 없다.

과학적 정밀성에 대한 그의 주장을 생각해보자. 러스킨은 벌써 50년간 하늘에 대한 인상을 기록하며, "하늘의 전통"이 언제부터 훼손되었는지 알 수 있는 충분한 "고독과 여유"를 누렸다. 증거는 그의 머리 위뿐 아니라 땅 위에도 있었다. 전염병 같은 바람이 불면 그의 정원에는 씨가 여문 잡초들이 무성했고, 장미들은 "부패하여 갈색 스펀지로 변해 죽은 달팽이처럼 느껴졌다." 러스킨은 런던 연구소에서 자신의 일기가 바로 그 증거라고 청중에게 말한다. 강연 1년 전, 그는 일기에 이렇게 썼다. "어제 오후 내내 두려울 정도로 어두운 안개가 깔렸고, 가장 격렬하고 지독하며 유독한 병충해를 몰고 올 듯한 전염병 같은 바람이 조바심으로 몸을 파르르 떨며 남쪽에서 쉴 새 없이 불어왔다. 나는 두려워 숲에 있을 수 없었다." 증거이자 아카이브와 같은 러스킨의 일기에는 형용사들뿐 아니라 대단히 놀라운 은유들도 가득하다. 그는 창밖에서 전염병 같은 바람이 "세모날과 끝 뭉치를 브랜트우드 호수 위로" 날려 보내는 모습을 보며 경악하는 듯하다.

「19세기의 폭풍 구름」 속의 무엇이 은유이고 무엇이 실제인가? 무엇이 사실이고 무엇이 수사적 표현인가? 이것을 구별하는 일은 독자들뿐 아니라 러스킨 자신에게도 위험했다. 그는 관찰과 상상, 혹은 각각에 적합한 언어와 산문의 종류(이제야 마침내 우리는 우리의 문장에 가까워지고 있다) 사이에서 그 경계를 명확히 유지할 수가 없었다(실제로 가능한 적이 있었는지도 모르겠다). 가령, "유독한 연기처럼 보이기도 하는" 구름이 "내게는 죽은 이들의 영혼처럼" 보인다는 그의 말을 우리는 어떻게 이해해야 할까? 그는 "그들은 가야 할 곳에 가지 못하고 자신에게 맞는 장소에 대해 의문을 품은 채 여기저기를 배회하는 듯하다"라고 말한다. 이것은 기독교인으로서의 의견일까, 아니면 유령에 대한 은유일까? 이를 판단하는 데 러스킨이 도움을 줄 순 없겠지만, 그는 보불전쟁의 사망자들에 대해 이렇게 말한 바 있다. 만약 구름이 정말 죽은 영혼들로 이루어져 있다면, "지금 이 순간에도 기분 언짢은 영혼들이 우리 위를 떠돌고 있을 것이다!" 이런 순간들에 우리는 러스킨의 산문이야말로(어쩌면 강의까지도) 아주 정교하게 만들어진 수사적 구름이라는 생각을 하지 않을 수 없다. 언제라도, 해지고 어둡고 제멋대로인 것으로 돌변할 수 있는 구름.

빅토리아시대 작가들(특히 과거에 숭배되었거나 지금 숭배되는 남성 산문가들, 수염 난 사제들, 웅변적인 주장가들)의 산문에서 지극히 형식적인 문장의 조각가를 떠올리기란 얼마나 쉬운가. 각각의 문장은, 방대하고 (지금은 거의) 읽히지 않는 러스킨의 서른아홉 권짜리 『작품집*Works*』처럼, 시립 묘지 안에 세워진 정교한 기념비 같다. 그러나 이러한 생각이 언제나 틀리기만 한 것도 아닌 것이, 애니 딜러드는 『소설에 의한 삶*Living by Fiction*』에서 이 점을 분명히 지적하며, 브라운, 드퀸시, 프루스트, 제임스, 울프, 베케트—그리고 러스킨과 같은 작가들의 작품에 "훌륭한 글쓰기*fine writing*"라는 귀중한 이름을 붙인다. 딜러드는 분명 형식적인 산문을 의미했겠지만, 그녀가 설명하려 할수록 그 글들은 어쩐지 더 이상하고 덜 엄격하게 들린다.

이것은 정교하고 그림 같은 산문이다. 문장을 짓기 위한 재료를 찾아 세상을 뒤진다. 반투명한 씨실의 언어를 직조한다. 낭비벽이 심한 산문이며, 수단을 매우 즐기는 산문이다. 감각을 괴롭히는 사물 안에 밀집해 있다. 온갖 종류의 시각적 이미지를 잡아끈 다음 사방에 은유와 대담한 직유, 암시를 흩뿌린다. 형용사는 물론 부사도 꺼리지 않는다. 병렬 구조와 반복을 활발히 오가고, 모음운과 두운에 탐닉한다.

우리는 이러한 산문들이 점잖고 절제되어 있다고 여기고 때로는 무시하기까지 한다. 하지만 "프록코트를 입은 늙은 남자들"은 실은 힘을 열렬히 갈망하고 있다. 그들의 스타일은 에너지 그 자체로, 지칠 줄 모르고, 때로는 의미라는 나무토막을 맹렬히 쌓아 올리기도 한다.

딜러드는 일례로 러스킨이 『근대 화가론*Modern Painters*』에 쓴 서문의 일부를 인용한다. "자연의 모습을 바꾸려는 일은 모두 무기력한 태만이나 무모한 용기, 어리석은 망각, 모독적인 오만함에서 비롯된다. 자연은 천사들조차 아는 것을 자랑스러워하고 사랑하는 것을 특권으로 여길 만큼 귀한 작품이다." 즉, 딜러드의 요지는 이러하다. 여기에는 통제력이 존재하며, 그것은 산문 안에서 종종 특정 유형의 반복에 대한 통달을 의미한다는 것. 반복은 매끄럽고 흐르는 듯한 통일의 감각을 부여한다. 러스킨은 두운("powerless… pride… privilege")과 (아!) 더 선명한 모음운("origin in powerless indolence… folly which forgets")을 활용한다. 높이 병렬을 쌓아 올린 문장은 때로는 서두에 "or"를, 때로는 오로지 콤마만을 필요로 한다. 이 모든 것이 하나의 작품이다. 다만 이러한 통제 요소들은 거의 무한에 가깝게 복제를 허용한다. 소리와 의미 안에서 그것은 점점 더 큰 메아리가 되어 울려 퍼지다, 결국 그것, 문장은, 통제 밖의 불협화음이 된다.

러스킨의 초기 문장들을 보면 그의 산문 체계가(그는 은유를 싫어했던 것 같다) 복잡하게 작동했음을 보고 들을 수 있다. 다른 많은 작가와 마찬가지로 그는 나이가 들며 문장이 더 느슨해졌고, 정교한 자기통제를 통해 인상을 남기려는 조바심도 줄었다. 버지니아 울프는 러스킨에 대해 이렇게 말한다. "우리는 그의 단어 하나하나에 경탄한다. 마치 영어라는 언어의 분수가 햇살 아래 반짝이며 우리에게 기쁨을 선사하듯." 이 이미지는『베네치아의 돌』에 실린 햇빛이 비치는 장면이나『근대 화가론』속의, 안개 자욱한 터너의 캔버스를 옹호하는 대목에 어울리는 듯하다. 그렇다면「19세기의 폭풍 구름」이 쓰일 무렵 러스킨의 문장에 일어난 일, 또 그의 일기에 이미 수차례 등장한 일을 설명하는 데 적합한 기계적 혹은 수력학적 은유는 무엇일까? 내가 떠올릴 수 있는 건, 더 센 물을 뿜는 분수나, 누군가가 물에 발포제를 풀어놓은 것이다. (앤 카슨은 말한다. "거품은 자신의 이야기에 몰두한 예술가의 흔적이며, 자신의 심오한 이론 안에서 호통치고 격노하는 비평가의 흔적이다.")

문장을 다시 한 번 보고 들어보자. 하지만 이번에는 한 발 뒤로 물러나 작은 이웃들이 문장을 감싸고 있는 것을 보자. 1879년 8월 13일, 러스킨은 브랜트우드에 있다.

오늘 아침, 내가 기억하는 한 가장 끔찍하고 무시무시한 폭풍우가 몰아쳤다. 그건 6시, 아니면 그 전에 나를 잠에서 깨웠고—화물열차처럼 쉴 새 없이 우르릉댔는데, 그 모습이 마치 열차를 조롱하듯 섬뜩했고—공기는 마치 혐오스러운 연기 덩어리처럼 후텁지근하고 악취 나는 안개로 자욱했으며, 비는 거의 오지 않았지만 우르릉대는 소리는 점차 거세지고 온 하늘에 번개가 흐릿하게 떨리다, 붉은 기운의 보라색 가느다란 불꽃 두 개가, 갈라지거나 지그재그 모양이 아니라 개울에 파문이 일듯—20도에서 30도쯤 간격을 두고 동시에 무시무시하게 번쩍이며 일순 눈에 강한 잔상을 남겼고, 이를 뒤따르는 엄청난 포성이 달가닥대거나 불규칙하게 타닥이지 않고 일제사격을 퍼부었다. 그렇게 한 시간쯤 지속되다, 어느새 날이 조금 개며 비가 그쳤고,—파란 하늘은 보이지 않았지만,—7시 반이 지난 지금, 다시 맨체스터 악마의 어둠 속으로 가라앉은 듯하다.

당신은 첫 문장 속 단정적인 표현에 주의가 산만해졌거나 세 번째 문장의 흥미로운 대시와 콤마의 조합에 (드퀸시에서처럼) 마음이 끌렸을지 모른다. 하지만 문장으로 만들어진 하늘의 중앙부를 보자. 거기서 무슨 일이 일어나고 있는가? 아니 우선, 무엇이 일어나지 않는가? 균형, 대칭, 병렬, 이것들이 다 무너진 자리에서 구조는, 무엇 위에 세워져 있는가? 그건 바로 대시와 세미콜론, 인상들 위에 세워져 있다. 겉보기에 이건 맞고 저건 아니고 하는 식으로 재빨리 구별되는 것들이 막연히 시간순으로 쌓여 만든 인상들. 하지만 이런 방식은 본래 생생하지 못한 장면을 생생한 그림이 되게 할 수 없다. "그건 6시, 아니면 그 전에 나를 잠에서 깨웠고", 시작된 시각부터가 이미 불확실하며, 모호한 시간적 의미가 담긴 삽입 어구〔"then rolling incessantly, like railway luggage trains(화물열차처럼 쉴 새 없이 우르릉댔는데)"〕로의 전환이 곧바로 이어진다. 여기서 "then"은 '그때'라는 뜻일까, 아니면 '그 이후'라는 뜻일까? 천둥을 기차 굴러가는 소리에 비유하는 것은 완전히 관습적이지만 그 나이대의 탐미주의자들 중에서도 특히 철도에 반감이 있는 러스킨의 경우에는 좀 더 고집스럽다. (그리고 왜 "화물열차"일까?) "열차를 조롱하듯 섬뜩했고"라는 표현에도 어딘가 나약하면서도 과한 면이 있다. 기차 소리는 본래 감각과 감정에 혐오감을 주며, 너무나 똑 닮은 모사에는 섬뜩한 면이 있으니까. 문제는, 어쩐지 창백하고 죽음을 암시하는, 그리하여 귀가 아닌 눈에 불쾌한 감정을 일으키는 '섬뜩하다ghastly'*라는 단어 자체에 있는지도 모른다.

그런데 은유나 직유 같은 건 차치하더라도 또 다른 기이한 점이 있다. 두 번째 대시 뒤에 우리는 어디로 돌아오는가? 삽입구는 콤마가, 하듯 다음과 같은 종속절을 만들어낸다. "공기는 마치 혐오스러운 연기 덩어리처럼 후텁지근하고 악취 나는 안개로 자욱했으며". 안개, 연기, 구름 등 이 먹구름 같은 것들이 무엇으로 만들어졌든 이제 곧 강력한 동사를 발견할 수 있으리라는 우리의 기대를 저버리고, 대신 자욱한 안개 뒤로, 비가 내리고 우르릉대며 "온 하늘에 번개가 흐릿하게 떨"린다. "번개가 흐릿하게 떨"린다니, 이상한 표현이다. 번개는 본래 떨리는quiver 게 아니라 번쩍여야flash 하지 않나? 그런데 또 지금 우리는 번개의 섬광을 이야기하고 있으니 번개가 땅에 꽂히며 지그재그로 꺾이는 모습을 표현하는 데는 "떨리다"가 맞지 않을까? "떨리다"는 그렇다 치고. 그런데 "흐릿하게 떨리다quivering vaguely"라니? 실은 완전히 제 모습을 갖춘 번개가 아직 아니란 말인가? 다음 절에야 이미지는 분명해진다. 갈라지거나 지그재그의 모양이 아니라 "개울에 파문이 일듯" 떨리는 불꽃 줄기. 우리는 이해할

* '송장 같다/시체 같다/유령 같다'라는 의미를 갖는다.

수 없는 당혹스러운 시각적 이미지에 또다시 당황한다. 대체 어 떤 번개가 파문 같고 개울 같단 말인가? 적어도 그에 수반된 천 둥소리는 "달가닥"대거나 "불규칙"하지 않고 선명한 듯하지만, 러스킨은 바로 이 형용사들처럼 들었던 것 같다. 즉, 폭풍 구름 과 전염병 같은 바람의 모호한 형체를 모방하는 쉬이 가늠되지 않는 소리로 말이다.

"이 문장을 쓰는 동안 구름이 다시 흩어졌다." 러스킨은 어쩌 면 폭풍 구름, 그리고 눈에 띄게 불규칙해지는 자신의 문장들 사 이의 들쑥날쑥한 유사성을 알고 있었을지 모른다. 자신의 정신 에 대해서는 말할 것도 없고. 우리는 「19세기의 폭풍 구름」을 통 해 작가가 산문과 함께 흐트러지는 것을 느낄 수 있다. 러스킨의 문장들은 흔들리다 무너진다. 사실 그의 글에는 언제나 불안하 게 흔들리고 떨리고 단속斷續하는 이미지들이 가득하다. 그리고 그는 그러한 동요에 언제나 양가감정을 느낀다. 1860년 『티끌의 윤리학The Ethics of the Dust』(부제: "결정화의 요소에 관한 젊은 주부들 을 위한 열 번의 강의")에서 그는 이후 자신의 독자가 될 여학생들 에게, "공장 도시 외곽의 수많은 사람이 밟고 지나가 질퍽해진 길의 끈적끈적한 진흙"을 상상해보라고 한다. 그리고 나서 그러 한 오물은 해저나 호수, 강의 퇴적물처럼, 상상할 수 없을 만큼 느린 속도로 서서히 스스로를 정제해 석탄이, 그리하여 훗날 귀 중한 보석이 된다고 한다. 이 이미지는 「19세기의 폭풍 구름」 속 의 다음 문장에서 다시금 상기된다. "나뭇잎은 가지 위에서 바 람에 흔들리면서도 그 속삭임을 듣지 못하고 진흙은 떨림 속에 루비가 되어가면서도 그 진동을 알아차리지 못한다." "떨림 속에 루비가 되어가면서도"라는 이 마지막 구절은 아주 아름답지만 폭풍 구름에 관한 러스킨의 강연과 그의 일기에서는 정반대의 과정이 진행되고 있다. 그가 지난 일기를 세세하게 들여다보는 그때, 구문과 리듬, 어조에서 균열과 결함(보석학자들은 이를 '내포물inclusions'이라 한다)이 드러나며, 러스킨 산문의 세련된 면모가 떨리고, 미끄러지고, 부서져 알갱이가 되어갔던 것이다.

"내 머릿속은 책에 묶이고 안개로 자욱했다." 윌리엄 H. 개스가 에머슨에 관한 에세이를 쓰며 한 말이다. 흡사 불안한 얼굴로 일기장에서 고개를 들고 어두워진 하늘을 바라보는 러스킨을 묘사한 듯하다. 그의 문장들은 떨리고 이내 사라질 것처럼 위태롭다. 문장은, 머지않아 침묵과 광기에 빠져들게 될 저자만큼이나 자신도 취약하다는 걸 알았을까? 어쩌면 그것은 『근대 화가론』에서 러스킨이 묘사한 나뭇잎, 진흙, 물결보다 더 알지는 못했을 것이다. 러스킨은 이 책에서 무생물에 생명이나 행위성을 잘못 혹은 과도하게 시적으로 전가하는 감정적 허위에 대해 말한 바 있다. "거품은 잔인하지cruel 않으며 기지도crawl 않는다. 거품에 살아 있는 존재의 특성을 부여하는 건 이성이 슬픔에 잠긴 상태이기 때문이다." 하나의 문장이 우리에게 슬픔에 대해 말해주는 것만큼 슬퍼할 수 있을까? 이것이 내가 「19세기의 폭풍 구름」의 문장들을 읽으며 생각한 것이다. 파르르 떨리는 그의 문장들은 순수하고 명료한 세상을 돌아보며 그것이 연기에 에워싸였음을 알아차린다.

한 문장이 있다고 해보자

SUPPOSE A SENTENCE

"Supposing a certain time selected is assured, suppose it is even necessary, suppose no other extract is permitted and no more handling is needed, suppose the rest of the message is mixed with a very long slender needle and even if it could be any black border, supposing all this altogether made a dress and suppose it was actual, suppose the mean way to state it was occasional, if you suppose this in August and even more melodiously, if you suppose this even in the necessary incident of there certainly being no middle in summer and winter, suppose this and an elegant settlement a very elegant settlement is more than of consequence, it is not final and sufficient and substituted."
—Gertrude Stein

"어떤 특정한 시간을 골라 확실히 정해놓았다고 치고, 심지어 그게 필요한 일이라 해보자, 다른 발췌는 허락되지 않고 더 이상의 손질도 필요 없다고 해보자, 남은 메시지가 아주 길고 가는 바늘과 섞였다고 해보자, 설령 이게 어떤 검은 테두리일지라도, 이 모든 게 한 벌의 드레스를 만들었다 치고 그게 진짜라고 해보자, 그걸 말하는 보통의 방법은 우연적이라고 해보자, 지금이 8월이고 더 음악적이라 가정해본다면, 여름과 겨울의 완벽한 중간 같은 건 없는 것처럼 불가피한 사건 속에 있다고 가정해본다면, 이렇게 치고, 하나의 우아한 합의, 대단히 우아한 합의가 결과 이상으로 의미 있다고 가정해본다면, 그것은 최종적이지도, 충분하지도 않고, 대체될 수도 없다."
—거트루드 스타인

'가정하다to suppose'라는 동사를 향한 그녀의 애정은 아마도 논리학과 작문법을 공부하며 싹텄던 것 같다. 하버드대학 재학 시절에 교수들이 문법에 대한 그녀의 무신경함을 나무랐지만, 거트루드 스타인은 자신은 늘 규칙을 배우고 시험하는 데서 즐거움을 느꼈다며 훗날 이렇게 말한다. "문장들을 도식화하는 것보다 더 흥미로운 건 없다." 문장의 엄격함과 낭만에 이토록 큰 영향을 받은 영문 산문 작가가 있을까? 그녀가 학생 시절 읽어야 했던 작문 교본을 패러디한 것으로 보이는 『어떻게 쓰는가*How to Write*』는 문장에 대한 스타인의 생각이 가장 복잡하고 완벽하게 표현된 책이다. "문장은 스스로 결정하려는 소망을 갖고 있다." "문장은 자유로워야 하며 예쁘게 보이는 게 아니라 더 좋아야 한다." "문장은 살아남는다, 하지만 아무 문장이나 그런 건 아니다, 아니, 그 어떤 문장도 절대, 아직은." 책에는 이런 농담조의 교육학적 명령문도 있다. "이제 약하게 문장을 시작하라."

스타인은 1934년, 예술가이자 디자이너인 크리스티앙 베라르를 그리며 "한 문장이 있다고 해보자Suppose a sentence"라고 말했다.

한 문장이 있다고 해보자.

유리 안의 우리 것은 어떤가.

유리는 유리 가루를 만든다.

명사로 이루어진 문장.

만들어진 칭찬 속에서 넌 어떻지.

애호 속 그 속에서 넌 어떻지.

칭찬 속에 있는 문장들을 생각해.

칭찬 속에 감사 속에 생각 속에 문장 속에 그 속에 있는

　문장들

생각 속에 칭찬 속에.

문장은 축소되어서는 안 돼. 칭찬으로.

하나의 문장 두 개의 문장은

칭찬을 생각해서는 안 돼. 칭찬을.

너무 좋은 칭찬을 받는다면 그런다면 어떨까.

문장이 기울며 흘러간다.

"suppose"라는 모호한 단어는 다양한 용법으로 우리에게 예상해보고, 추정해보고, 상정해보라 요구한다. 그뿐 아니라 상상하고, 사실로 받아들이고, 믿으라고 한다. 또, 암시하고, 나타내고, 존재함을 전제하라고. "한 문장이 있다고 해보자"는 건, 어떤 정보성 맥락에서 '삼각형이 있다고 해보자'거나 'X라는 사람을 가정해보자'는 것처럼 이것이 지적 허구이며 완전히 실험적인 실체임을 알고 있음에도 적어도 이 순간만큼은 이것이 존재함을 인정하자는 것이다. 한편, 그것은 페이지 위에 실제로 존재한다. 가정이 구체적이고 명백하고 이해 가능한 것이 된다. 이때 "suppose"는 'invent'에 가깝다. 둘은 모두 머릿속으로 만들어내고, 조작하고, 상상력을 이용해 생각하고, 연구와 탐구를 통해 발견한다는 뜻이다. 하지만 세상에 이미 존재하는 사물에 적용될 때(스타인의 『부드러운 단추들 Tender Buttons』에 실린 「셀처병 A Seltzer Bottle*」에서처럼) "suppose"는 그 사물의 미세한 독자성을 발견해내는 듯하다. 그와 동시에 단어는 반복되고 변주되며("suppose", "supposing"), 고정된 사물에서 벗어나 규정하기 힘든 추상의 영역으로 날아간다. 이것이야말로 내가 문장에 원하는 것이다, 비스듬한 자기 개입과 사물 자체에 대한 완전한 헌신의 조합. 단어는 또한 사물이며 사물은 힘과 포성과 함께 터져 나오는 것이기에.

---

* 탄산수를 만들고, 내부 압력을 유지하며 보존하고, 추출할 수 있는 병.

얼마나 얼마나 얼마나 어떤 어떤 어떤 어떻게—언제
HOW HOW HOW WHAT WHAT WHAT HOW—WHEN

"Considering how common illness is, how tremendous the spiritual change
that it brings, how astonishing, when the lights of health go down, the
undiscovered countries that are then disclosed, what wastes and deserts of
the soul a slight attack of influenza brings to light, what precipices and
lawns sprinkled with bright flowers a little rise of temperature reveals,
what ancient and obdurate oaks are uprooted in us in the act of sickness,
how we go down into the pit of death and feel the waters of annihilation
close above our heads and wake thinking to find ourselves in the presence
of the angels and the harpers when we have a tooth out and come to the
surface in the dentist's arm chair and confuse his "Rinse the mouth—rinse
the mouth" with the greeting of the Deity stooping from the floor of
Heaven to welcome us—when we think of this and infinitely more,
as we are so frequently forced to think of it, it becomes strange indeed
that illness has not taken its place with love, battle, and jealousy
among the prime themes of literature."
—Virginia Woolf

"병이라는 것이 얼마나 흔한지, 그것이 영혼에 얼마나 엄청난 변화를 가져오는지, 건강이라는 빛이 잠시 꺼지면 그제야 드러나는 미지의 영토가 얼마나 놀라운지, 독감의 경미한 습격에도 영혼이 어떤 황무지와 사막을 드러내는지, 체온이 조금만 올라도 어떤 낭떠러지와 환한 꽃들이 흩뿌려진 풀밭이 드러나는지, 병의 행위에 우리 안의 어떤 고집 센 오크 고목이 뿌리째 뽑히는지, 우리가 어떻게 죽음의 구덩이로 내려가 멸망의 물이 머리 위로 차오르는 걸 느끼고 이제 곧 천사들과 수금 타는 이들을 만나겠구나 생각하며 깨어나는지, 치과의사의 팔걸이의자에 누워 이를 한 개 뽑고 간신히 정신을 차려 그의 '입 헹구세요—입 헹궈요' 하는 말을 천국에서 몸을 굽히고 우리를 맞이하는 신의 인사와 혼동할 때 말인데—이것, 그리고 무한히도 더 많은 것을 생각할 때, 우린 자주 생각하지 않을 수 없는데, 병이 문학의 주요 주제로 사랑이나 싸움, 질투와 함께 자리를 차지하지 않고 있다는 것이 정말로 이상하게 느껴진다."
—버지니아 울프

이 문장은 아마도 여러 이유들로—울프와 병, 에세이에 대해 생각하느라, 그리고 내 글 안에서 어떤 리듬을 모방해보려고—다른 어떤 문장보다 내가 가장 많이 베껴 쓴 문장일 것이다. 나는 문장의 논리성과 느슨함, (181개의 단어에 이르는) 길이에 매번 놀라곤 한다. 단단한 구절의 계단들은 서서히 상승하는 듯하다가(아니, 하강하나?) 문법적으로 예상을 비켜나는 결론에 이르며, 우리가 '그리고'나 '그래서' 같은 것을 기대할 법한 자리에 나타난 평평한 대시와 함께 뚝 떨어진다. 나는 울프의 은유(문장이 거의 은유로 이루어져 있다)가 가진 이상함과 그것들의 뻔뻔한 혼합이 궁금했다. 빛이 올라가고, 빛이 내려가고, 환자가 곧 무너져 내릴 것 같은 낡은 엘리베이터를 탄 듯 오르내리는데, 마침내 덜컹이며 열린 철창 밖에는 내리려는 층이 살짝 비껴 있는 듯한. 문장은 1926년 울프가 쓴 에세이 「병에 대하여」의 첫 문장인데, 주제와 이 문장이 속한 더 큰 텍스트를 더 잘 모방하는 다른 구조의 언어 배열을 떠올리기 어렵다. 그건 바로, 정교하게 구성된 모험에도 불구하고 문장이 스스로를 견고히 유지하는 데 실패하기 때문이다.

모든 상승하는 것은 수렴되어야 한다. 그렇지 않은가? 문장은 일곱 차례—네 번의 "how"와 세 번의 "what"—에 걸쳐, 우리로 하여금 논리적, 예술적으로 만족스러운 종착지를 기대하도록 이끈다. 마지막 "how"에 이르러 우리는 콤마가 있는 모퉁이를 돌면 문법적이고 논증적이며 상징적인 대단원이 나타나리라는 합리적인 기대를 갖지만, 대신 우리는 구두점도, 목적지가 치과의사의 의자라는 암시도 없이, 기나긴 병렬의 미스터리한 나들이에 나서게 된다. 이렇게. "죽음의 구덩이로… 느끼고… 깨어나는지… 정신을 차려… 혼동할 때…". 이렇듯 모든 게 문장의 두 번째이자 마지막 대시(첫 번째 대시는 치과의사의 것으로 어떤 도구라도 상관없다)를 향해 가다가, 갑자기 "—이것…을 생각할 때"라는 메타적 전환이 나타난다. 우리가, 아니 울프조차, 정말 이것을 생각하고 있었던가? 문장은 기나긴 길을 따라 우리를 꾀어내지만 내가 그것을 따라왔는지 확신할 수 없다. "무한히도 더 많은 것"은 차치하고, "이것"은 무엇으로 이루어져 있는가?

1925년 가을, T. S. 엘리엇이 자신이 1922년에 설립한 문예지 『크라이테리언 _The Criterion_』에 싣기 위해 울프에게 글을 청탁했을 때, 그녀는 복합적인 이유들로 몸이 좋지 않았다. (울프의 에세이가 실릴 무렵 문예지는 『뉴 크라이테리언 _The New Criterion_』으로 재정비되었다.) 작가는 『등대로』를 집필하기 위해 고군분투하지만, 독감과 두통, 독수리가 등뼈를 콕콕 쪼는 듯한 통증 때문에 몸이 약해진 상태였다. 바로 앞의 말은 울프가 친구이자 연인인 비타 색빌웨스트에게 보낸 편지에서 자신의 정신적, 감정적 쇠약을 설명하며 직접 쓴 것이다. 그녀가 「병에 대하여」에서 "병의 행위"(병을 행위로 보다니 얼마나 기이한가)와 "실제 경험 the great experience"에 대해 말하고, "강직한 군대의 군인이기를 그치는" 순간을 상상할 때,* 우리는 그녀가 약한 기침과 콧물보다는 더 심한 병증을 염두에 두었으리라 짐작할 수 있다. 이 에세이는 우

---

* 다음 내용을 참고하라.

"[…] 하지만 병자에게로 돌아가보자. 그는 '독감으로 누워 있어요'라고 말하며, 실은 아무도 동정해주지 않는다고 불평한다. '나는 독감으로 누워 있어요'라는 말은 실제 경험에 대해 무엇을 전달할 수 있는가? [⋯]"

"[…] 병이 들면 가장을 위한 노력을 그치게 된다. 곧장 침대를 찾거나, 의자 쿠션들 틈에 몸을 파묻은 채 다른 의자에 조금이라도 발을 올리고는, 강직한 군대의 군인이기를 그치는 것이다. 우리는 탈영병이 된다. [⋯]"

울의 용도와 동정심의 한계, 그리고 죽음의 승리에 관한 생생한 고찰인 것이다.

첫 문장의 지체되는 리듬에서 당신은 마르셀 프루스트의 영향과 토머스 드퀸시의 지엽적이고도 단어당 고료를 받는 듯한 문체를 느꼈을지 모르겠다. 울프는 당시 「열정적 산문」에서 드퀸시의 에세이들에 대해 쓰기도 했으니까. 천식 환자인 소설가와 아편쟁이 에세이스트는 그녀가 첫 장에서 말하듯 병이라는 주제를 권위 있게, 아니 적절히 다룬 극히 소수의 작가들 중 하나다. "문학은 정신에 관심을 집중하기 위해 최선을 다한다. 몸은 영혼을 곧장 보이게 하는 판유리일 뿐, 욕망이나 탐욕 같은 한두 가지 열정을 제외하면 무시되기 일쑤, 없는 것이나 마찬가지라고 말이다." 우리는 "몸이라는 이 괴물, 몸의 고통이라는 이 기적"을 포착할 수 있는 언어를 가지지 못했다. 만일 오한과 두통을 위해 새로운 단어를 만들려 한다면 "한 손에는 통증을, 다른 한 손에는 그저 신음을" 들어야 하기에 그 결과는 아마 우스꽝스러운 것이리라.* 오로지 시인들만이 이에 근접할 수 있다. 그렇다면 병을 다루는 산문문학은 어떤 모습일까? 아마도 그건 에세이 형식으로만 존재할 수 있을 터인데, 그중 울프의 첫 문장은 이를 대표하는 우아한 모범이자 완곡한 패러디다.

울프 자신은 「병에 대하여」와 이 글의 첫 번째 문장에 모순되

---

* 다음 내용을 참고하라.
"[…] 그는 스스로 말을 만들어내야 하기에, 한 손에는 통증을, 다른 한 손에는 그저 신음을 들고 (아마 바벨 사람들이 처음에 그러했을 것처럼) 그것들을 한데 으스러뜨려 새로운 말을 만들어내기에 이른다. 그것은 아마 우스꽝스러운 무엇일 것이다. […]"

98

는 감정을 느꼈다. 처음에 그녀와 남편 레너드 울프는 이 에세이를 그녀의 최고작 중 하나로 여긴다. 재밌고 박식하며 방랑적이고 기이했으며 제목인 '…에 대하여'는 몽테뉴를 흉내 낸 클리셰였다. 울프는 마감일을 넘겨 엘리엇에게 원고를 보내며 작업은 거의 다 마쳤지만 "어려움을 겪으며 썼다"라고 말했다. 엘리엇은 이 글을 출판하고 싶어하면서도 유보적인 태도를 보였다. 그의 엽서는 남아 있지 않지만, 대신 우리에게는 울프의 편지와 일기가 있다. 그녀는 너무 장황하게 쓴 것을 후회했다. 엘리엇의 메모를 참고해 글을 다시 살피며, "그 안의 너저분함과 무력감, 온갖 악덕"을 본다. 그녀는 병상에서 에세이를 썼는데, 이 글의 주요 주제 중 하나('병으로 인한 휴지와 고독은 열렬한 읽기와 쓰기를 부추긴다')는 옳았던 것으로 보인다. 울프는 너무 많은 단어를 사용했다.

이 글이 처음 쓰이고 4년 후, 울프는 남편과 함께 설립한 호가스 프레스에서 에세이 분량의 책 시리즈를 내며 「병에 대하여」를 재출판한다. 그러면서 문법적으로도 수식적으로도 과도해 보이는 것들을 수정할 기회가 생겼다. 1930년 수정본에 실린, 시에 대한 병자의 태도에 관한 문장은 다음과 같다. "우리는 시인들에게서 꽃을 훔친다. 우리는 시 한두 행을 꺾어 그것이 마음 깊은 곳에서 피어나게 한다." 그러나 1926년의 판본에서, 울프는 비단 이 꽃만이 아닌 산문이라는 꽃도 활짝 피어나게 했다. "우리는 시 한두 행을 꺾어 그것이 마음 깊은 곳에서 피어나게 하며, 환한 날개를 펼치게 하고, 푸른 물속의 화려한 빛깔 물고기처럼 헤엄치게 한다." 1930년에는 이러한 장식들을 계속 쳐낸다. 그 결과 이미지가 사라지고, 형용사들이 자취를 감췄으며, 첫 문장처럼 긴 문장들은 그녀의 서식스 정원에 있는 몸이 긴 장미들처럼 잔가지들이 잘려 나갔다. 넘쳐버린 구절들은 때로는 완전히 버려지는 대신 근처에 옮겨지거나 접붙여졌다.

이 에세이가 병자의 언어 경험을 묘사하는 방식에는 다소 은밀한 모순이 있다. 한편, "병은 산문이 요구하는 기나긴 전투를 우리가 꺼리게 만든다." 에드워드 기번, 귀스타브 플로베르, 헨리 제임스의 작품들은 병상에 누워 있는 환자의 능력을 넘어서기에 "하나의 장이 다른 장 위에서 흔들리는 동안" 우리의 기억과 판단력, 주의가 흩어진다. 그러나 다른 한편, 병은 우리를 언어와 상상력의 모험가로 변모시킨다. 우리는 기꺼이 간결함과 일관성을 버린다. 그리하여 무엇보다, 「병에 대하여」가 그 도입부의 형태를 흉내 내기 시작한 것처럼, 병은 우리로 하여금 베개에 편히 누워, 논리적으로 사고하는 척하던 걸 그만두게 한다.

울프는 1926년에 쓴 첫 문장을 1930년에 고쳐 쓰며 아주 약간의 수정만 했을 뿐 거의 고치지 않았다. "arm chair(팔걸이의자)"에 하이픈이 들어가는 등 구두점에만 사소한 수정이 있었다. (다소 혼란한) 빛과 어둠의 놀이가 지배하는 첫 줄에서는 "독감의 경미한 습격에도 영혼이 어떤 황무지와 사막을 보이는지 brings to view"를 "⋯드러내는지 brings to light"로 바꾸어 사소한 반복을 피했다. 어쩌면 그 변화가 문장의 은유적인 힘을 약간 변하게 했을지 모르지만, 우리는 여전히 가시적인 세상, 중세의 꿈 시에서 그대로 온 듯한 "천국에서 몸을 굽히고 우리를 맞이하는 신"과 꽃들이 핀 풀밭이 있는 몽상 속에 있다. 『뉴 크라이테리언』

에 실린 버전의 진짜 수정은 대시 조금 뒤에 나오는데, "그리고 무한히도 더 많은 것", 이 구절이 조용히 사라진다. 울프가 말한 "무한히도 더 많은 것"은 다름 아닌, 점점 부어오르는 혼란스러운 은유들이 아니었을까? 그녀는 이것들을 달래고 가라앉히려 애썼다.

그렇다면 무엇이 남는가? 대부분의 문장들, 그리고 물론, 병자, 에세이스트, 문장 자체에 허락되는 날렵한 상징인 결정적인 대시가 남는다. 「병에 대하여」에는 울프의 가장 대담한 에세이적 일탈이 들어 있다. 그녀는 『햄릿』을 생각한다, "병의 특징 중 하나"인 무모함은 "무법자"이기에 극의 비논리성과 과잉을 마침내 제대로 읽게 하는 방식에 대해.* 그러곤 아무런 경고도 없이 말한다. "그런데 셰익스피어는 이쯤 하고—오거스터스 헤어에게로 가보자"라고. 헤어는 평범한 19세기 전기 작가로 1893년에 쓰인 그의 책 (캐닝 백작부인과 워터퍼드 후작부인에 관한) 『두 귀족의 인생 이야기 *The Story of Two Noble Lives*』는 1925년 독감에 걸려 침상에 누워 있는 사람이 읽을 법한 것이었다. 하지만 울프는 소설에 나오는, 빅토리아시대 귀족의 삶에 드리운 폭력적인 죽음의 발발에 대해 마지막 문단을 길게 할애한다. 에세이는 일종의 꿈으로 끝을 맺는다. 비탄으로 움켜쥐어졌던 플러시 천으로 된 붉은 커튼이 우그러져 있는 장면으로. 그리하여 우리는 얼마

---

* 다음 내용을 참고하라.
"[…] 무모함은 병의 특징 중 하나인데—우리는 무법자들이다—셰익스피어를 읽을 때 필요한 것이 바로 무모함이다. […]"

든지 울프를 따르는 것이다, 병과 우울, 두서없는 읽기라는 몽환
적인 푸가가 조종 가능한, 광기 어린 글이 되리라, 그녀의 첫 문
장 속 대시가 속삭이고 있기에.

온갖 모호한 긴장감

ALL KINDS OF OBSCURE TENSIONS

"What was important was not our having penicillin when they had none,
nor the unregarding munificence of the French Ministry of Reconstruction
(as it was then called), but the occasional glimpse obtained, by us in them
and also, who knows, by them in us (for they are an imaginative people),
of that smile at the human condition as little to be extinguished by bombs
as to be broadened by the elixirs of Burroughes and Welcome,—
the smile deriding, among other things, the having and the not having,
the giving and the taking, sickness and health."
—Samuel Beckett

"중요한 건 그들에게 페니실린이 없을 때 우리에게 그것이 있었다는 사실이나 (당시 명칭인) 프랑스 재건부의 무심한 관대함이 아니라, 우리가 그들 안에서 가끔 보았던, 또 누가 알겠는가, 그들이 우리 안에서 보았던(그들은 상상력이 풍부한 사람들이니) 인간의 상황에 대한 어떤 미소였고, 그 미소는 폭탄으로도 파괴되지 않고, 버로스와 웰컴*의 명약으로도 확장되지 못하며, 특히 가졌다는 것과 가지지 못했다는 것, 주는 것과 받는 것, 병과 건강을 조롱하는 것이었다."
―사뮈엘 베케트

그런데 우선, 다른 문장을 먼저 보자. 베케트의 작품 중에서 내가 정확히 암송할 수 있는 몇 안 되는 문장 중 하나다. 다른 문장들도 수십 년 동안 이만큼 강렬하게 남진 않았어도, 다시 책으로 읽거나 극장에서 들을 때마다 여전히 강한 전율을 안긴다. "그것들이 뱃머리 끝에서 탄식하며 가라앉는 모습이란!"「크라프의 마지막 테이프」에 나오는 이 구절에서 느낌표는 베케트의 것이다. 크라프라는 한 노인이 무대 위에서 홀로 어린 날의 '나', 아니 '나'들**

* 1880년 설립된 영국 제약 회사.

이 녹음한 것을 듣는다. 처음에 일부가 낭독되고 후에 전체가 드러나는, 극의 중심이 되는 이 희미한 기억은 젊은 크라프가 이별을 앞둔 연인과 어느 호수 위 나룻배에 누워 있던 순간의 기억이다. "나는 가망이 없다고, 계속해봤자 좋을 게 없다고 다시 말했고, 그녀도 눈을 감은 채 내 말에 동의했다." 초록색 눈동자에 초록색 코트를 입은 이 소녀의 모델은 베케트의 사촌인 폐기 싱클레어로, 1920년대 말에 둘은 짧게 연애했다. 본문은 이렇다.

그녀에게 날 봐달라고 했더니 잠시 후—(사이)—잠시 후 그녀가 날 보았다. 부신 빛에 눈을 가늘게 뜨고서. 내가 그늘을 만들어주려고 몸을 숙이자 그녀가 눈을 떴다. (사이. 낮게.) 날 받아주었다. (사이) 우리는 창포꽃들 사이를 부유하다 어딘가에 걸려 멈췄다. 그것들이 뱃머리 끝에서 탄식하며 가라앉는 모습이란! (사이) 나는 그녀의 가슴 위에 얼굴을 묻고 누워 그녀 몸에 손을 얹었다. 우리는 미동도 없이 가만히 누워 있었다. 하지만 우리 아래로 모든 게 움직였고, 그에 우리도, 위로 아래로, 좌우로, 부드럽게 움직였다.

베케트의 소설과 희곡에는 이만큼 아름다운, 어쩌면 더 아름다운 산문의 흐름들이 있다. 훨씬 더 추상적이고 냉랭한 미적 감각이나 지적 황홀감을 안겨주는 「나 아닌Not I」이나 「흔들노래

** 크라프는 일기를 쓰듯 릴 녹음기에 자신의 삶을 녹음해왔다.

Rockaby」의 후반부 장면들, 점점 간결해지는 후기 작품들에. (휴
케너는 이렇게 말한다. "나는 베케트의, 이항정리만큼 우아한 함의를
가진 문장을 보여줄 수도, -1의 제곱근만큼이나 경제적이고 스핑크스
적인 문장을, 또 밤중의 나무에 대해 쓴, 워즈워스의 시 절반을 주어도
아깝지 않은 문장을 보여줄 수도 있다.") 예를 들면, 내가 자주 떠올
리는, 성 아우구스티누스의 울림을 가진 「동반자Company」의 서
두. "어떤 목소리가 어둠 속에서 누군가에게 와 닿는다. 상상하
기. 어둠 속에서 등을 대고 누워 있는 누군가에게." 그러나 「크
라프의 마지막 테이프」보다 더 서정적인 일련의 문장을 상상하
기란 어렵다. 문장이 내는 소리를 다시 들어보자, 반복되는 'w'
와 's'를. "The way they went down, sighing before the stem(그것들
이 뱃머리 끝에서 탄식하며 가라앉는 모습이란)!" 배의 선수와 선미
의 목재를, 혹은 끝부분 전체를 가리키는 옛 명칭인 'stem'의 모
호함은 또 어떻고. 그런데 'stem'은 나룻배가 부유하는 호숫가에
핀 '창포Acorus calamus'의 줄기를 떠올리게도 한다. 나는 공연에서
크라프가 이 대사를 읊는 걸 들을 때마다 눈물을 흘린다. 시간
에 빛바랜 사랑에 대한 회상, 후회로 인한 끔찍한 침잠을 묘사하
는 장면과 stem의 두운, 그리고 그 미묘한 의미 중 어느 것에 더
깊은 인상을 받았는지는 모르겠다. 작가라면 누구나 쓰고 싶어
할 만한 그런 문장이다. 그러나 거기에는 나를 밀어내는 무언가
가 있다. 그건 아마 크라프나 베케트도 우리가 의심 없이 받아들
이길 원하지 않는, 제임스 조이스에게서 영향을 받은 완벽한 서
정성일 것이다. 절박하고 감동적인 문장, 장면의 탁월함은 단순
히 내면적인 것이 아니다. 그건 이 순간이 과거를 회상하는 크라

프의 자기혐오와 조이스의 영향을 떨쳐버리려는 베케트 자신의 처절한 노력과 뒤엉켜 있다는 사실과도 연관이 있다. 문장은 보이거나 들리는 그대로가 아닌, 아이러니로 가득하다. 그럼에도, 그것의 정서는 이 모든 걸 견디고 살아남는다.

처음부터 다시 시작해보자, 내가 암송까진 하지 못해도 무시할 수 없는 이 문장을 보자.

> 중요한 건 그들에게 페니실린이 없을 때 우리에게 그것이 있었다는 사실이나 (당시 명칭인) 프랑스 재건부의 무심한 관대함이 아니라, 우리가 그들 안에서 가끔 보았던, 또 누가 알겠는가, 그들이 우리 안에서 보았던(그들은 상상력이 풍부한 사람들이니) 인간의 상황에 대한 어떤 미소였고, 그 미소는 폭탄으로도 파괴되지 않고, 버로스와 웰컴의 명약으로도 확장되지 못하며, 특히 가졌다는 것과 가지지 못했다는 것, 주는 것과 받는 것, 병과 건강을 조롱하는 것이었다.

지금 내 앞 책상 위에는 곧 바스러질 듯한 갈색 커버에 "폐허의 수도 생로, 1944년 6월 5일, 7일"이라는 제목이 대각선으로 쓰인, 엽서로 이루어진 작은 책자가 있다. 생로는 노르망디에 있는 도시로, 망슈주의 주도이자 셰르부르 다음으로 큰 데파르트망*이다. 제이차세계대전중에는 독일군 조직의 중심이자 운송

---

* 프랑스에서 레지옹 다음으로 규모가 큰 행정단위.

허브였으며, 1944년 6월 연합군이 침공했을 때는 도시 바로 북쪽에 두 개의 D-Day 상륙 지점, 유타 해변과 오마하 해변이 있었다. 6월 6일, 미국 전투기들이 생로를 공습, 이날 밤 800명이 사망하고 도시의 건물들은 대부분 완전히 파괴되었다.

생로 폭격 전후의 사진을 담은 엽서는 전쟁 전 도시의 전경에서 시작된다. 도시를 가로지르는 비르강과 지붕과 나무 위로 보이는 북서쪽의 노트르담드생로 성당. 두 번째 엽서에서는 폭격을 피한 지붕과 박공이 드문드문 보이지만, 건물 대부분이 사라져 있다. 얼마 남지 않은 나무들이 자코메티의 까만 그루터기처럼 신경을 거스르지만 성당은 공습을 피한 듯하다(사실은 그렇지 않다). 그리고 햇살이 비치는 시청도 보인다. 반쯤 열린 커다란 문, 3층 건물의 고전적인 기둥들, 커튼 쳐진 창문들, 그리고 꼭대기에 걸린 시계. 오전 11시가 다 되어간다. 페이지를 넘기자 같은 건물이 나온다. 지붕과 시계는 사라지고 위쪽 창문들은 햇빛을 향해 열려 있다. 까만 외관은 스스로를 부끄러워하고 있는 듯하다. 전쟁 전의 노트르담은 중심에서 벗어난 시계와 세 명의 아주 작은 형체만 있을 뿐 텅 비고 고요했는데, 1944년 성당은 이제 반만 남아 노트르담 광장과 카메라를 향해 건물 그 자신보다 더 많은 잔해를 토해내고 있다. 거리와 광장은 더 이상 거리와 광장이 아니며, 모든 게 사라지고 흐릿하며 손안에서 바스러지는 잔해가 되었다. 전쟁의 폭격으로 파괴된 여느 마을이나 도시처럼 구체적인 것들이 이제 모두 추상적인 게 된 것이다. 사람들은 생로에 대해 말할 때 잔해마저 잔해가 돼버렸다고 말했다.

베케트는 1945년 8월, 생로에 도착했다. 전쟁중 그는 레지스

탕스 활동으로 목숨이 위험해지자 파리를 떠나 보클뤼즈의 루시용으로 피했고, 신경쇠약을 겪지만 소설『와트』집필을 시작한다. 해방 후 그는 런던을 거쳐 더블린으로 간 뒤로 사실상 발이 묶여 있다가 생로에 설립될 예정인 적십자 병원에 합류한다. 다음은 베케트가 생로에 도착해 친구 토머스 맥그리비*에게 쓴 편지다.

> 생로는 완전히 잔해 더미네, 프랑스 사람들이 말하듯 폐허의 수도지. 건물 2600채 중 2000채가 완전히 파괴되었고, 400명이 심하게 다치고 200명이 "겨우" 조금 다쳤어. …며칠 동안 비가 심하게 내려 사방이 진흙탕이야. 겨울에는 어떨는지 상상도 안 돼. 물론 숙소 같은 건 꿈도 꿀 수 없지.

그는 맥그리비에게 "지역 의료진"과 적십자사 사이에 "온갖 모호한 긴장감"이 감돌고 있다고 했다. 운영자 겸 통역사였던 베케트는 주 7일을 일했고, 250킬로미터 넘게 떨어진 디에프 항구에서 새로운 의사들과 간호사들을 데려오는 운전사 일도 맡았다. 수많은 기록에 따르면 동료들은 그를 좋아했다. 그도 그럴 것이 그는 "자유 사상자"였지만 아일랜드 밖을 한 번도 나가본 적 없는 독실한 그들에게 상냥하고 다정했기 때문이다.

「폐허의 수도」는 베케트가 생로에서 지낸 시절에 대해 쓴 짧

* 아일랜드 시인.

은 에세이 혹은 보고서라 할 수 있다. 1946년, 당시 아일랜드 국영 방송국인 라디오 에이런을 위해 쓴 것으로 보인다. 이 글은 1983년이 되어서야 아일랜드라디오텔레비전RTÉ 보관소에서 발견됐다. 그 3년 후에는 오언 오브라이언의 풍부한 삽화와 함께 베케트와 아일랜드에 관한 책,『베케트 컨트리 *The Beckett Country*』에 실린다.「폐허의 수도」는 같은 해, 베케트의 80번째 생일을 기념해 존 콜더의 선집『누구도 실패할 수 없는 것처럼 *As No Other Dare Fail*』에도 실린다. 1946년 6월 10일 베케트가 라디오에서 이를 직접 낭독했다고도 전해지지만 방송됐다는 증거는 발견되지 않았다. 하지만 라디오 방송국과 아일랜드 청취자들이 그의 말에 관심을 가졌다는 사실은 그리 놀랍지 않다. 그가 베케트여서가 아니라(그의 글은 당시 거의 알려져 있지 않았다), 생로에 있는 아일랜드 병원과 그곳에서 일했던 사람들의 경험이 이미 뉴스로 보도되었기 때문이다. 병원장 토머스 매키니 대령은 라디오에서 도시가 "단 몇 시간의 공중 작전으로 100퍼센트 파괴되었다"라고 했다. 언론에선 아일랜드 직원들의 노력이 프랑스에서 제대로 인정받지 못했다는 주장이 제기되었다. 그런데 베케트의 글이 이를 반박하지는 않아도, 문제가 복잡하게 얽혀 있음을 묘하게 암시하고 있었던 것이다.

베케트는 이야기를 시작하며 전통적인 라디오 보도 방식으로 장면을 서술한다. "1년 전만 해도 비르 길과 바이외 길이 만나는 마을 입구의 풀이 무성하던 경사지이자 프랑스의 두 번째로 중요한 종마 사육장이 남아 있는 곳의 맞은편에 종합병원이 들어섰다." 유리섬유로 단열 처리를 하고 경질 단열 보드나 메이

소나이트 합판으로 마감한 스물다섯 채의 조립식 막사가 등장한다. 병원 수술실은 항공 알루미늄으로 안을 댔다. "오랜 문제에 대한 장식적이고 실용적인 해결책이자 칼을 쟁기로 바꾸는 비유*에 대한 기분 좋은 변주"다. "지역 수질분석에 관해 작업이 이미 상당히 진행된" 실험실이 있고, 지붕 덮인 통로가 병동과 식당을 연결하며, 단지에는 중앙난방과 전기가 공급된다. (베케트의 단편 「소멸자」에 나오는 것과 같은 병원 구조가 떠오르지 않는가? 회색 원통 내부, 그 안에 사는 거의 죽은 것이나 다름없는 사람들 말이다.) 베케트에 따르면, 이 병원은 한 번에 입원 환자 90명을, 매일 최대 200명의 외래환자를 치료할 수 있다. 전쟁을 겪고 집 없는 사람들이 대개 그러하듯 사람들은 옴이 오르고, 영양실조에 걸리고, 사고로 부상을 입었다. "예상치 못한 때 건물에서 벽돌이 떨어지고, 아이들이 기폭 장치를 가지고 놀며 지뢰 제거 작업이 계속된다."

에세이는 한동안 이러한 보도적 태도를 유지하는데, 무언가 흥미로운 일이 벌어진다. 베케트는 앞서 서술된 묘사는 의학에 관련된 일부 독자들에게나 적합하리라고 말한다.

　이들은 선물을 가져온 아일랜드인들에 대한 태도보다
　는 노르만족의 반고리관이나 황에 대한 저항력에 관심
　이 있으며, 우리가 어떻게 프랑스의 희한하고도 유명한
　정신적 태도를 이해하느냐보다 낯선 약전藥典과 측정

* 전쟁을 끝내고 평화로 돌아가는 것을 뜻함.

체계 때문에 우리가 겪는 어려움의 이력에 대해 배우길
원하는 실용적인 사람들이다.

만일 아일랜드인과 프랑스인 사이에 긴장이 있었다면 그건
치료에 대한 의견이나 기대의 차이가 아니라 감정적인 관점이
달라서라는 얘기다. 다음은 우리 문장에 앞뒤를 더한 문단이다.

하지만 모든 일이 처음부터 관계 수립에 좌우되었고, 그
안에서 치료는 순전한 구실로 전락했다. 중요한 건 그
들에게 페니실린이 없을 때 우리에게 그것이 있었다는
사실이나 (당시 명칭인) 프랑스 재건부의 무심한 관대함
이 아니라, 우리가 그들 안에서 가끔 보았던, 또 누가 알
겠는가, 그들이 우리 안에서 보았던(그들은 상상력이 풍
부한 사람들이니) 인간의 상황에 대한 어떤 미소였고, 그
미소는 폭탄으로도 파괴되지 않고, 버로스와 웰컴의 명
약으로도 확장되지 못하며, 특히 가졌다는 것과 가지지
못했다는 것, 주는 것과 받는 것, 병과 건강을 조롱하는
것이었다.
은퇴중인, 아니 사실상 은퇴한 운영자가 자신이 만난 장
애물, 그리고 토박이들의 기질과 외지인들의 기질이 합
쳐져 (때로는 기괴하게) 고안해낸 체계에 대해 말하는 건
부적절한 일일 것이다. 그런 문제들은 이제 더는 중요하
게 여겨지지 않기에 극복할 수 없는 문제는 아니었으리
라. 겸허히 말하건대 영웅적 시대라 불릴 수도 있는 때에

반복되는 문제들에 대해, 특히나 너무나 어렵고 규정하기 힘들어 말로 표현하는 것이 불가능에 가까운 문제들에 대해 이제 와 생각해보니 우리의 고통은 단순하고도 필수적인, 그러나 도달할 수 없는 명제, 즉 '우리'가 되는 그들의 방식이 우리의 방식이 아니고, '그들'이 되는 우리의 방식이 그들의 방식이 아닌 그 명제에 내재되어 있었던 게 아니었을까 싶다. 우리 중 상당수가 외국에 가본 적이 한 번도 없다고 말하는 편이 공정할 것이다.

이 글은 프랑스인들과 아일랜드인들의 기질이 다르다는 사실을 섬세하고 우회적으로 말하고 있는 듯하다. "은퇴중인, 아니 사실상 은퇴한 운영자"에서는 이 구절에 만연한 거만하고 자조적인 톤을 조금은 후회하는 것 같은 느낌도 든다. ('만연하다'라는 끔찍한 단어를 쓰다니, 베케트의 오만함에는 전염성이 있다.) 어쩌면 어떤 문제들에 대한 교묘한 침묵도. 이를테면, "너무나 어렵고 규정하기 힘들어 말로 표현하는 것이 불가능에 가까운" 문제가 무엇일까? 이와는 대조적으로 첫 번째 문단의 긴 문장은 명료함의 기념비이자 절節을 위한 일종의 구문적 시청, 그러나 공습을 당한 창이 있는 시청으로, 각각의 절이 이 수수한 건물 뒤의 가혹한 역사를 지나칠 만큼 노골적으로 묘사한다.

괄호들과 조건들이 뻣뻣한 춤을 추는 가운데 글은 제임스 조이스라기보다는 헨리 제임스처럼 들린다. "nor", "but", "also" 등을 이용한 일종의 감별 작업이 전반부에서 진행되는데, '운영자 겸 통역사'에 어울리는 구성과 설명이다. 여기서 베케트는 문학적, 에세이적인 문체에 가까워지는 중이거나 아니면 이를 패러디하고 있는 듯하다. 마치 『와트』에서 와트의 걸음걸이며, 노트 씨의 개한테 먹다 남은 음식을 주는 일상에 대해 끝도 없이 현학적으로 묘사했던 것처럼. 괄호도 너무 많다. 과연 아일랜드 청취자들에게 정부의 정확한 명칭이 중요할까? (실제 명칭은 재건 및 도시 계획부Le ministère de la Reconstruction et de l'Urbanisme였다.) 아일랜드인들이 그들의 상황을 어떻게 이해하고 있는지 프랑스인들이 상상할 수 있으리라고 우리도 상상할 수 있지 않나? "그들은 상상력이 풍부한 사람들"이란 걸 우리가 꼭 직접 들어야만 할까? 그리고 끝으로 가며 등장하는 동명사 "가졌다는 것과 가지지 못했다는 것, 주는 것과 받는 것the having and the not having, the giving and the taking"은 어딘가 좀 이상하지 않은지? 또, "파괴되지 않고as little to be extinguished"와 "확장되지 못하며as to be broadened"는 지나치게 균형 잡혀 있지 않은지? (그런데 베케트는 Burroughs와 Wellcome의 철자를 Burroughes와 Welcome으로 잘못 썼다.) 그런데, 나는 이 모든 구문론적이고 문법적인 문제들business*이 (희곡에서 모자와 부츠, 테이프를 만지작거리는 것과 비슷하게) 가혹한 동시에 희망을 북돋는 진실을 표현하는 데 어쩐지 필요한 것 같다는 인상을 받는다. 생로에는 차가운 유머가 있었다는 사실을 말하는 데 말이다.

이 문장을 발견하고 그 독특한 형식과 어조에 놀란 사람이 내

---

* 'stage business'라는 단어를 상기시킨다. 연극 무대에서 상황과 분위기를 조성하기 위해 배우들이 하는 동작을 뜻하며, 베케트는 이를 극도로 중요시했다.

가 처음은 아니다. 베케트의 가장 예리한 독자 중 둘은 나와 마찬가지로 놀라지만 상당히 다른 결론에 이른다. 1998년, 학자이자 비평가인 스티븐 코너는 제임스 놀슨, 앤서니 크로닌이 쓴 베케트의 전기를 논평하며 「폐허의 수도」에 깃든 "충격적인 불감증"에 주목한다. 그는 이 글이 작가의 미성숙한 자존심과 폭격의 피해를 입은 사람들에게 공감하지 못하는 무능함을 보여주는 사례라고 말한다. 코너는 우리의 문장을 인용하며 이렇게 쓴다(에세이에서 이 문장만 인용했다).

> 베케트가 후기에 비인간적 조건을 탐구하며 얻는 인간성에 대한 이해만이 이같이 참을 수 없는 냉소적인 거만함을 구원할 수 있었다. …그가 이미 『와트』에서 구현하고 있었던 글쓰기에 담긴 인간화의 가장 두드러진 흔적은 위의 문장처럼 자기본위적이고 억압된 문장 질서에 (특히 콤마를 넣어) 가해진 윤리적 해체일 것이다.

나는 코너가 뜻하는 바를 이해한다. 하지만 여기, 같은 문장에 매혹된 철학자 사이먼 크리츨리가 저서 『유머에 관하여』(2002)의 말미에 쓴 글을 보자. "내게 유머의 본질은, 가졌다는 것과 가지지 못했다는 것, 쾌락과 고통, 인간 상황의 숭고함과 괴로움을 조롱하는 이 미소다." 생로의 프랑스인들과 아일랜드인들 사이를 오가는 모호한 미소는, "웃음 중의 웃음, 순수한 웃음, 웃음을 웃는 웃음"이다. 그러니까, 명료하고, 우울하며, 위로를 주는 웃음, 그리하여 최후에 우리에게 남는 전부인 것이다.

〈작은 그림들 1915~1940〉*
〈SMALL PICTURES 1915-1940〉

"His constant nagging at the attention by petty and often vapid titles is
a sign of his own nervousness and of a documentation which is perhaps
too thorough; he had made himself too accessible."
—Frank O'Hara

★『아트뉴스』 등의 비평 글에서는 전시 정보를 괄호로 덧붙이는 경우가 많았다.

"사소하고 때로는 무의미한 제목들로 계속해서 집요하게 주의를
끄는 것은 그가 초조해하고 있다는 증거이자 어쩌면 지나치게
철저히 기록하고 있다는 증거인데, 그는 스스로를 너무 접근하기
쉽게 만들어버렸다."
—프랭크 오하라

내가 처음 돈을 받고 쓴 글은 런던을 본거지로 둔 잡지『타임아웃
Time Out』에 실을 300단어짜리 서평이었다. 20년 전, 나는 죽을 때
까지 그 일을 행복하게 할 수 있으리라고, 일의 고됨에 싫증이 난
다거나 더 긴 글을 쓰고 싶어지지 않으리라고 생각했고, 지금도
이따금 애정 어린 마음으로 그런 생각을 한다. 그 일이 가진 제약
은 내게 어떻게 써야 하는지 가르쳐주었다. 좋든 나쁘든, 나는 글
쓰기란 버스표 크기만 한 지면에 스타일과 생각, 참고 자료의 범
위를 극대화하는 것이라 이해했다. 나는 때로는 서평을 쓰는 책
의 줄거리와 주제를 거의 다루지 못할 때도 있었지만, 작가로서,
글을 300단어에 꼭 맞게 다듬었을 때만큼 기분이 좋았던 적은 거
의 없다.

이 문장을 발췌한 전시 리뷰는 단어 수가 207개밖에 되지 않는다. 1954년 3월, 다작으로 유명한 비평가이자 시인인 오하라는 『아트뉴스』에 세상을 떠난 지 14년 된 예술가 파울 클레에 대해 썼다. 오하라는 자신의 다른 많은 리뷰에서와 마찬가지로 전시 작품이 실제로 어떤 모습인지에 대해서는 직접적인 언급이 거의 없다. 대신 그는 매 문장에서, 작품 혹은 예술가 안의 무언가를 응축해내고 있는 듯하다. 다음과 같은 클레에 대한 서두는 오하라의 비평 스타일에 관한 묘사로도 보인다. "파울 클레는 대작이 없다는 점에서 운이 좋다. 재치와 감각으로 떨리며 우리에게 오는 각각의 생각이 그의 전부인 듯, 실제로 거의 전부인 듯 보인다."

오하라는 사람들이 클레의 작품에서 하나의 위대하고 지속적인 표현을 보기를 원한다고 말한다. 그러나 우리가 보는 것은 묘한 매력을 가진 자그마한 작품들이다. 기념일 파티를 위해 한데 모인 제멋대로의 어린아이들 같은 작품들. "그들은 떠나면 다시 개별적이 되겠지만, 지금은 가족처럼 무척이나 닮았다. 그들 중 몇몇은 아름답고 재미있고, 몇몇은 차분하고 유치하다." 오하라가 마지막 문장에서 클레의 엉뚱한 제목들을 비판하는 것이 사소한 트집처럼 보일 수도 있다. 그러나 요지는 아주 재빠르고 섬세하게, 작품에 대한 반응을 통제하려는 클레의 조바심 섞인 노력에 대한 공감 섞인 분석으로 전환된다. 오하라의 의견에 동의하지 않더라도 마지막 구절, "그는 스스로를 너무 접근하기 쉽게 만들어버렸다he had made himself too accessible"에 대과거를 사용한 탁월함과 파토스를 감상할 수 있다. 그리고 하나 더. 『아트뉴스』

의 독자들이 주의를 기울였다면 이 누적된 단어들 안에서 W.
H. 오든의 시적 메아리를 들었을지 모른다. 1939년에 오든은
W. B. 예이츠의 죽음에 대해 이렇게 썼다. "그의 감정 흐름은 실
패했다, 그는 자신의 추종자가 되었다."

현실의 파편들

SPLINTERS OF ACTUALITY

"Speed sublimates, melting repetitive advertisements, gargantuan trios
of tin red roses, black griffins rampant on yellow banners, into fluid
ribbons, also unweaving skylines, liquefying stoniness into lakes,
powdering changing heights with more and more unattainable
little towns like sun-splashes."
—Elizabeth Bowen

"속도가 모든 걸 승화시킨다, 반복되는 광고판들, 양철로 된 거대한
빨간 장미 세 송이, 노란 깃발 위에서 날뛰는 검은 그리핀*들을
녹여 액체로 된 리본으로 만들고, 스카이라인을 풀어 헤치고,
돌 같은 단단함을 호수처럼 녹이고, 시시각각 변하는 높이 위에 튀는
햇살처럼 점점 더 닿을 수 없는 작은 마을들을 흩뿌리며."
―엘리자베스 보엔

나는 인생의 반을 보낼 때까지 엘리자베스 보엔을 읽지 못했다.
열아홉, 대학에서 보엔의 『마지막 9월』을 공부해야 했는데, 그
때까지만 해도 '앵글로-아이리시 문학'이라고 불리던 것에 대한
수업에 청년기 반항심이 있던 건지, 아니면 '빅하우스' 소설**에
등장하는 배경에 알레르기가 있던 건지, 책을 읽기는커녕 사지
도 않았던 걸로 기억한다. 아마도, 두 번째 이유는 아닐 거다. 나

* 머리, 앞발, 날개는 독수리이고 몸통, 뒷발은 사자인 상상의 동물.

** 아일랜드 문학의 독특한 장르로, 주로 가난한 아일랜드 농민들에 둘러싸인 앵글
로-아이리시 개신교 귀족이 살았던 빅하우스를 배경으로 한다.

는『다시 찾은 브라이즈헤드』에 그런 반감이 없고(에벌린 워와 가톨릭교에 관한 게 아니라면), 열일곱 살이던 1986년 여름, 아버지가 가진 몰리 킨의 소설 중 하나인, 최근 비라고Virago 출판사를 통해 재출판된 책을 빌린 기억도 있다. 그 책에 대해선 웅장하고 위협적인 에드워드시대의 분위기만이 기억에 남아 있는데, 1937년에 출판된『차오르는 물결The Rising Tide』이었던 것 같다. (정확히 기억하지 못하는 이유는 그 책을 읽었을 때가 어머니가 돌아가신 지 꼭 1주년 되던 때라 그 사실을 떠올리지 않으려 거의 멍한 상태로 읽었기 때문이다.) 영문학과 1학년 말 무렵, 나는『파도』를 읽고 푹 빠져 있었다. 어리석게 들리겠지만 버지니아 울프에게서,『마지막 9월』에서 볼 수 있으리라 약속된 정교한 모더니즘의 더 엄격한 버전을 발견했다고 생각했다.

어떤 우연한 계기로(엘리자베스 보엔의 문장이 지닌 우아함과 그 낯섦에 감탄하는 한 학생의 모습을 보고), 나는 수십 년간 무시하고 잊고 죄책감에 멀리했던 작가에게 어느 틈엔가 깊이 빠지게 되었다. 이와 같은 조급한 탐구 단계에서는 쉽게 흥미를 잃거나 과도한 노력을 퍼붓기 쉽다. 나는 몇 페이지가 넘도록 이어지는 대화가 지루하거나, 내가 읽을 수 있는 혹은 읽어야만 하는 다른 모든 책을 상기시키기만 할까봐 보엔의 에세이를 먼저 읽기로 했다. 이 글을 쓰는 지금, 1960년에 출판된『로마에서의 시간』의 3분의 2쯤 되는 부분을 지나고 있는데, 나는 다시 한 번, 내 마음이 따르는 작가를 찾은 것 같다는 느낌이 들었다. 읽기 인생에서 이런 일이 몇 번이나 일어날 수 있을까? 감히 몇 번이나? 열 번쯤 되려나? 아마도? 평생을 바쳐 읽고 흠모할 수 있는 작가들과 왠지 모르게 친밀감이 느껴지는 목소리를 가진 작가들 사이에는 차이가 있다. 그 놀라운 문장들 때문에 엘리자베스 보엔이 단숨에 후자 중 하나가 돼버린 걸까?

"속도가 모든 걸 승화시킨다, 반복되는 광고판들, 양철로 된 거대한 빨간 장미 세 송이, 노란 깃발 위에서 날뛰는 검은 그리핀들을 녹여 액체로 된 리본으로 만들고, 스카이라인을 풀어 헤치고, 돌 같은 단단함을 호수처럼 녹이고, 시시각각 변하는 높이 위에 튀는 햇살처럼 점점 더 닿을 수 없는 작은 마을들을 흩뿌리며." 보엔은 이 문단에서 차를 몰고, 혹은 차를 타고 로마 교외를 통과하는 일에 대해 묘사하고 있다. (그녀는 책 훨씬 뒤에서도 이와 비슷한 방식으로 서기 60년경, 로마에 가까워지고 있는 사도 바오로의 모습을 그린다. "저 멀리, 전차가 일으킨 먼지와 정원에 내린 황혼 속에 도시가 점점 짙어지며 모습을 드러내기 시작했다. 도시 꼭대기가 황금빛 바큇살처럼 반짝이고 있다.") 황혼으로 반짝이는 희미한 풍경을 묘사하는 완벽한 문장이다. 그런데 보엔은 어떻게 이를 가능하게 하는 것일까? 부분적으로는, 비인격체들이 빠르게 지나가는 풍경을 통해. 여기서의 동인은 속도 그 자체지, 눈을 크게 뜬 채 그것을 느끼는 탑승자가 아니다. 여기에 사용된 "sublimates(승화시키다)"라는 단어는 화학적 혹은 연금술적 의미를 지닌다는 점에서 이상적이다. 다른 동사들, "melting(녹이다)", "unweaving(풀어 헤치다)", "liquefying(녹이다)", "powdering(흩뿌리다)"은 전부 "sublimates"의 변주로, 규정되지 않는 에너지를 규정하려는 시도다. 문장은 서두의 첫 구절을 정교화하는 유체流體, 즉 일단 시동이 걸리고 나면 작가가 차분히 가속폐달을 계속 밟는 한 새로운 절과 새로운 예시, (앞 유리와 조수석 창을 통해) 새로운 시선을 만들어낼 수 있는 유체다. 엄밀히 말하면 문장은 새로이 가지를 뻗으며 수식하는 절을 무한히 만들어낼 수 있지만, 결과는 몽타주*가 아닌 영화처럼, 줌앤드팬**이 작동하는 방식으로 한 장면에서 다음 장면으로 미끄러진다. (보엔은 1945년 「소설 쓰기에 대한 노트Notes on Writing a Novel」에서 이렇게 말했다. "영화는 실제 카메라워크와 더불어 소설가에게 흥미로운 탐구 대상이다.")

나의 보엔 산문 모험은 이제 초반부이지만 벌써 이 문장처럼 눈과 귀를 사로잡는 문장의 특징들이 보인다. 우선 "trios of tin red roses… fluid ribbons(양철로 된 거대한 빨간 장미 세 송이… 액체로 된 리본)" 같은 구절의 작은 음악적 파노라마에는 감탄하지 않을 도리가 없다. 그런데 "시시각각 변하는 높이 위에… 흩뿌리며powdering changing heights" 같은, (아마도) 고의가 다분한 부적절한 표현은 또 어떤가. 가루를 흩뿌린다니powdering, 햇살이 튀는 것splashing과 우리가 기대한 만큼 어울리지 않아 좀 혼란스럽지 않은지? "돌 같은 단단함stoniness"도 그렇다. 보엔은 명백히 기이함을 빚어낼지라도 이런 식으로 특징을 이름 짓는 버릇이 있다. 50페이지쯤 뒤로 넘기면 멀리서 어렴풋이 보이는 로마 유적을 묘사하는 장면이 나온다. "포룸 쪽에서 보면 건물들이 늘어선

---

* 영화나 사진 편집 구성의 한 방법. 따로따로 촬영한 화면을 떼어 붙인다.

** zoom and pan. 카메라의 움직임을 통해 화면 안의 이미지를 강조하거나 시선을 유도하는 기법.

카이사르 언덕*은 버려진 거대한 호텔 같다. 열쇠 구멍처럼 좁은 아치들, 동굴 같은 창문들, 우울한 궁륭형 주택들, 경사로들, 통로들이 얽힌 벌집. 돌출됨과 응시함이 불안감을 조성한다." "돌출됨overhangingness", "응시함staringness"이라니, 수많은 편집자들을 움찔하게 만들 것 같은 단어다. 보엔의 출판사들은 이보다 더한 왜곡된 단어 선택과 예상을 엇나가는 문장 구성을 마주하고는 종종 멈칫했던 것 같다. 1948년에 그녀는 소설 『한낮의 열기』의 원고를 런던의 출판사 조너선 케이프에 보냈는데, 원고를 읽은 독자가 다소 걱정스러운 의견을 보내왔다. "전반적으로 'could but'이 쓰인 구절이 너무 많고, 이중부정 기법도 마찬가지다." 그 기록에 따르면, 보엔은 때때로 "독자들이 불편"을 느끼는 정도까지 스타일을 "남용"했고, "제임스보다는 제임스시대에 가까운"** 산문을 썼다. 그러나 보엔은 자신이 무엇을 하고 있는지 정확히 알았다. "나는 유리병이 '쨍그랑거리게', 그래서 그 이상함이 유지되게 하고 싶다. 이를테면, 'seemed unseemly', 'felt to falter'***처럼. 그것들은 내 마음에 무언가를 드러낸다. 어떤 때 나는 리듬이 덜컹이고 신경을 건드리기를 원한다, 그게 설령 독자들을 불쾌하게 한다 해도." 여기서 쓰인 "이상함

---

* 로마의 일곱 언덕 중 가장 중심이 되는 언덕. 로마 제국의 시초가 된 곳으로 알려져 있다.

** 헨리 제임스보다는 제임스일세시대(1603~1625) 스타일의 장황하고 화려한 글을 쓴다는 의미다.

*** 각각 '부적절하게 보이는', '흔들리는 느낌이 드는'이라는 의미로, 흔히 쓰이진 않지만 음악성을 살린 표현이다.

awkwardnesses"의 이상함awkwardness을 한번 보라.

『로마에서의 시간』에서 쨍그랑거리는 것들은 그것들이 없었다면 고요하고 우아하며 생생한 이미지였을 산문과 충돌한다, 혹은 이를 전복시키거나. 바실리카 소테라네아*에 대한 글은 어떤가. "사람들은 해저에 있는 대성당을 떠올리지만, 건물은 이교도적이고, 바다는 조용히 벽을 누르는 흙이다." 하지만 나는 이런 작은 것들 때문에 보엔의 스타일에 빠졌으며, 내 젊은 날의 무지를 후회한다. 하지만 동시에 중년의 나이에 늦게나마 이런 산문을 선물해준 미숙한 내게 고마운 마음도 든다. 보엔의 산문은 30년 전 내가 상상했던 것처럼 차분하거나 무심하지도, 때때로 사람들이 말하듯, 이해하기 힘들거나 너무 형식적이지도 않다. 그녀의 스타일은 정확하고, 편안하면서도 날카롭다.

* Basilica Sotterranea. 1917년 로마의 포르타 마조레 근처에서 발견된 지하 성당. 'Sotterranea'는 이탈리아어로 '지하'라는 뜻이다.

곡선의 형태를 따르는
OBEYING THE FORM OF THE CURVE

"They thought he was a real sweet ofay cat, but a little frantic."
—James Baldwin

"그들은 그가 정말 귀여운 백인 고양이라고 생각했지만,

그는 여유가 좀 없었다."

—제임스 볼드윈

1956년, 노먼 메일러는「빌리지 보이스The Village Voice」에 넉 달 동안 "힙과 스퀘어The Hip and the Square"*라는 제목으로 정기 칼럼을 게재했다. 글은 문화적, 정치적, 인종적, 정신적, 신체적으로 상반되는 두 가지 존재 방식을 다루었는데, 메일러는 적어도 그 순간만큼은 이 둘의 동시대적인 병치를 다소 거칠게 두 목록의 대결로 귀결시켰다. 힙의 영역에 속하는 용어로는, "야성적, 낭만적, 직관적, 니그로, 귀납적, 허무주의적, 연상적, 곡선의 형태를 따르는" 등의 단어들이, 그 반대편에는, "실용적, 고전적, 논리적, 백인, 계획적, 권위주의적, 순차적, 스퀘어 칸 안에서 살아가는" 등

* 노먼 메일러는 해당 칼럼에서 "힙"을 반문화적이고 진짜인 것으로, "스퀘어(정사각형이라는 뜻)"를 관습적이고 주류의 것으로 보며, 두 방식 사이의 문화적 긴장감에 대해 살펴보고자 했다.

의 단어들이 있었다. 이듬해 메일러는 에세이 「화이트 니그로The White Negro」에서 '힙'의 정의를 확장시켰다. 이 단어는 그의 것이 아니었지만 메일러는 이를 소유하고, 그 안에 살고, 그래서 자신이 힙해지기를 열렬히 원했다. 재즈, 마약, 섹스, 폭력, 그리고 그가 연루되고 싶어하는 문학적 전환 등, 미국 신scene 안에서 새로운 (사실 그리 새로운 것은 아닌) 감성이 어디에 존재하는지를 산발적으로 보여주는 「화이트 니그로」에서, 힙하다는 것은 무엇보다 흑인이고, 남성이며, 성적으로 강해야 했다.

메일러는 1959년, 에세이집 『나를 위한 광고Advertisements for Myself』에 「화이트 니그로」를 포함시켰다. 이 책에는 메일러가 동시대 예술가들에 대해 평한 「비평—방 안의 재능 있는 이들에 대한 짧고 값비싼 논평Evaluations—Quick and Expensive Comments on Some Talent In the Room」이라는 글도 실려 있다. 이 재능 있는 이들 중에는 제임스 볼드윈도 포함되는데, 메일러는 그가 "주류가 되기에는 너무 매력적charming"이라고 말한다. "charming"은 볼드윈이 게이라는 사실을 에둘러 암시하는 표현이었다. 이는 "그의 글에는 최고의 구절에조차 향수가 뿌려져 있다"는 표현보다는 덜 노골적인 것이었다. 악의에 찬 신념에 한껏 도취된 메일러는, 볼드윈의 문제는 그가 "독자들에게 'F—you'*라고 말하지 못한다는 데 있다"라고 말하며 글을 맺는다.

볼드윈은 적어도 한 명의 독자에게는 그것이 가능함을 알려주려고, 한때 친구였던 그에게 당장 전보를 보내 그 마지막 신

---

* "Fuck you"라는 욕설을 에둘러 하는 말.

넘을 바로잡아줄까도 생각했다. 그러나 그는 기다렸고, 1961년 「흑인 소년, 백인 소년을 바라보다The Black Boy Looks at the White Boy」라는 글을 게재해, 자신의 소설에 대한 메일러의 무례한 논평에 응수할 뿐 아니라 흑인 남성의 섹슈얼리티에 대한 백인 작가의 태도와 그것을 모방하려는 노력을 전면적으로 비난했다. 볼드윈과 메일러는 이전에 파리에서 만난 사이였다. 메일러가 더 성공한 작가였는진 모르지만 볼드윈은 자신 또한 존재감이나 자존감이 없는 사람이 아님을 확실히 하려 한다. "나는 그때 (지금도 별반 다르지 않은데) 아주 뻣뻣하고 긴장한, 호리호리하고, 비정상적으로 야망에 넘치며, 비정상적으로 똑똑한, 굶주린 검은 고양이였다." 볼드윈은 당시 메일러와 그의 아내인 아델 모랄레스와 수많은 저녁 시간을 함께하며 그들이 친구라고, 그들 사이에 진실한 온기가 존재한다고 느꼈다.

그럼에도 볼드윈은 메일러가 어떤 망상에 빠져 있다고 느꼈는데, 이를 부추기는 새 흑인 친구가 되고 싶지는 않았다. 메일러는 잭 케루악 같은 다른 동시대 작가들과 마찬가지로 흑인 남성성을 둘러싼 성적 신비주의를 믿었고, 문학 안에서라도—어쩌면 그것이 파멸을 불러올지 모를 현실에서도—이에 필적할 수 있기를 바랐다. 그러나 그건 흑인의 진짜 경험과는 아무런 관련이 없다고 볼드윈은 말한다. 폭력적인 흑인의 남성성은 물론 존재했으며, 볼드윈은 백인 권력의 폭력에 시달렸던 것만큼이나 그것의 잔혹함도 겪었다. 그는 「화이트 니그로」의 감상적인 비전을 받아들일 생각이 없었다. 볼드윈은 제목에서부터 발끈했고, 이렇게 다 늦어서, 빌려 온 그 수많은 문화적 유산들을 휘감은 채, 흑인에 대한 그렇게 고루한 시각이 A 트레인*에서 막 내린 것처럼 등장한다는 것에 일종의 분노를 느꼈다.

파리에서, 흑인 경험에 대한 메일러의 낭만적 관점이 볼드윈에게는 뻔한 것이었음에도, 볼드윈은 이를 바로잡을 수 없다고 느꼈다.

> 우리가 종종 만나는, 노먼을 정말로 좋아하는 니그로 재즈 뮤지션들조차 그가 "힙"하다고는 전혀 생각지 못했고, 노먼은 이를 몰랐으며, 내가 그에게 이를 말할 수 없었다는 사실은 상황에 도움이 되지 않았다. 내가 아는 한 그는 그들에게 닿지 못했고, 그들이 그에게 가기에는, 내가 원하는 용어가 이게 맞는진 모르겠지만, 그들이 너무나 "힙"했다. 그들은 그가 정말 귀여운 백인 고양이라고 생각했지만, 그는 여유가 좀 없었다.

"내가 원하는 용어가 이게 맞는진 모르겠지만". 여기서 볼드윈은 능란하게, 언어를 세심히 고르는 듯한 모습을 보인다. 아프리카계 미국인의 예술과 삶의 자유에 대해 메일러(그리고 더 넓게는 백인 문화)가 투사하고 전유하는 "힙"과 흑인들이 더 엄격한 의미를 지켜 사용하는 "힙" 사이에 차이가 있음을, 볼드윈은 넌지시 암시한다. 20세기 중반의 힙한 흑인이란 스타일과 섹

* 듀크 엘링턴의 재즈곡 「Take The "A" Train」에 뉴욕 지하철 A 트레인을 타고 할렘으로 가라는 가사가 나온다.

134

스, 마약과 예술과 범죄가 뒤섞인 주류 바깥 변두리에 산다는 것을 의미했고, 메일러는 반은 자신이 꾸며낸 순수함 속에서 그 세계에 매혹되었다. 그러나 (비평가 이언 펜먼이 일컬었듯) "힙의 축복"은 일종의 과묵함, 고립, 금욕을 뜻한다. 힙이란 코드이자 암호, 숨겨진 의미인 것이다. 그렇지 않을 경우, 미국의 치명적인 인종적 혼란 속에서 말 그대로 자신을 노출하게 되기 때문이다. 바로 이것이 수다스러운 메일러가 이해하지 못하는 지점이었다.

"그들은 그가 정말 귀여운 백인 고양이라고 생각했지만, 그는 여유가 좀 없었다." 온화하게, 그러나 에세이를 통틀어 메일러를 가장 신랄하게 비난하는 문장이다. 거의 단음절로 이루어진 문장의 리듬과 그것들이 깔끔하게 연결되는 소리는〔"real sweet(정말 귀여운)", "ofay cat(백인 고양이)", "frantic(여유가 없는)"〕볼드윈의 것이면서도 그가 반쯤 인용한 재즈 뮤지션들의 것이기도 하다. 문장은 사람들이 편히 "자유간접화법"*이라 부르는 것의 한 예라고 할 수 있다. 작가의 말이 주어나 등장인물의 말처럼 들린다. 솔직하고 희극적이다. 이 문장을 읽는 우리가 메일러를 말 그대로 '여유가 좀 없는 고양이'로 생각하지 않기란 어렵다. 그런데 문장 속의 또 다른 것이 내 눈길을 끈다. 볼드윈이 사용한 단어 "ofay(백인)"에는 혼란하고 매혹적인 역사가 담

---

* 19세기 중반 플로베르의 소설에서 본격적으로 나타난 현대소설 특유의 문체. 인물의 생각이나 말이 서술자의 말과 겹쳐져 이중적 목소리로 서술되기에 둘을 분간하기 어렵다.

겨 있다. 단어는 표면적으로는 단순히 백인을 의미한다. 그러니까, 당신이 아프리카계 미국인이고 어느 정도 경멸과 공격, 무시를 담은 단어를 쓰고 싶다면. 이 단어가 갖는 적대감의 정도는 한 세기가 지나는 동안 지역과 역사에 따라 달라져왔다. 미국 일부 지역에서 더욱 폭력적인 욕설로 사용되었다는 예시가 있기는 하지만, 'ofay'는 'honky(흰둥이)'만큼 미국 백인 주류 사회에까지 널리 퍼지지 못했다.

그런데 왜 "ofay"라고 했을까? 지금 이 단어를 검색해보면 다소 이국적인 어원을 확인할 수 있다. 'foe'의 피그라틴*이라는 설명도 있고, 『미국 지역 영어 사전*Dictionary of American Regional English*』에는 나이지리아의 이비비오어에서 유래되었다는 설명도 있다. (영어에서 적어도 1904년까지 거슬러 올라가는 단어인 'hip'이 아프리카에 그 기원을 두고 있다는 주장도 있는데, 이는 억측 같다.) 하지만 'ofay'에는 또 다른 기원과 역사가 있으며, 그 역사는 볼드윈이 우연히, 그러나 세심히 고른 듯 보이는 단어와 무관하지 않은 듯하다. 언어학자 제럴드 코언은 이 단어가 'au fait'의 변형으로, 19세기 말 미국에서 '유행을 따르는', '다 안다는 듯한', '특정한' 등의 의미로 쓰였다고 말한다. 'au fait'는 흑인 미국인들 사이에서 거들먹대고, 지나치게 올바른 중산층 같은 특정 유형의 백인 혹은 백인 문화로 뜻이 바뀐 듯하다. 그 후 다시, 단순히 백인을 뜻하는 것으로. 이를테면 20세기 초반에 이 단어는 저명한 흑인 신문 「볼티모어 아프로-아메리칸*Baltimore Afro-American*」에서 심

---

* Pig Latin. 어두의 자음군을 어미로 돌리고 그 뒤에 ay를 덧붙이는, 일종의 말장난.

심찮게 볼 수 있었음에도, 기자는, 혹은 다음 경우에서처럼 편지 작성자는 설명할 필요를 느꼈다. "이 북부 오페이ofay(이른바 백인)가 우리에게서 얻은 이익으로 얼마나 쉽게 부자가 되고 있는지를 자랑하는 기사를 통해 우리 쪽 사람들에게 경고해주는 것이 좋으리라 생각합니다." 용어가 흑인 사회 전체에 침투하지는 못했던 거다. 1931년에 한 흑인 독자는 「볼티모어 아프로-아메리칸」에 이런 내용의 편지를 쓴다. "귀사의 신문에서 자주 보이는 'ofay'라는 단어에 대한 설명을 듣고 싶습니다. 좋은 의미인가요? 아니면 유감스러운 의미를 담고 있나요?" 다음은 편집진의 대답이다. "이 독자는 근거 없는 의심을 하고 있습니다. '오페이ofay'는 백인을 뜻하는 단어로 적의를 내포하지 않으며, 유색 인종에 대해 사용되는 '세피아sepia'와 다르지 않습니다." 그러나 비교 대상이 된 'sepia'는 또 다른 낡은 용어로, 'ofay'가 중립적인 의미로 사용되었다는 주장에 의심을 품게 한다. (한편 'sepia'는 텍사스 포트워스에서 아프리카계 미국인 독자를 겨냥해 1948년에 창간, 1983년까지 발행된 잡지의 제목으로 쓰였다.) 'ofay'가 주류와 전문가 또는 엘리트 사이를 맴돌았으며, 동시에 'au fait'에서 유래되었을 가능성을 드러내는 대목이다.

이 모든 것이 볼드윈이 사용한 단어 안에 들어 있지만, 그는 이 짧은 어원적 나들이가 허용하는 것보다 훨씬 더 정확하다. 그가 말하는 'ofay'는 재즈 그리고 힙의 맥락 속에서 특히 더 강조되고 변형된다. 마치 너무 많은 관광객이 방문하는 아름다운 도시의 시민들이 관광객들에 대해 말하듯, '백인 군중ofay crowd', '백인 청중ofay audience'도 그렇게 얘기된다. 빌리 홀리데이는

1956년 자서전 『레이디* 싱스 더 블루스Lady Sings the Blues』에서, "그때 밤에 할렘을 찾아온 그 흰둥이들ofays, 즉 백인들 대부분은 분위기를 즐기러 온 것이었다"라고 말했다. 이처럼 'ofay'는 접촉 장소이자, 기대, 관음, 연출, 평가의 현장을 암시한다. 더불어 프랑스어 기원, 더 정확하게는 'au fait'의 영어식 변형을 상기시킨다. 듀크 엘링턴은 1973년 자서전 『음악은 나의 여주인Music is My Mistress』에서 이렇게 말한다. "1933년 올림픽을 위해 처음 유럽에 갔을 때 테이블 위의 그 온갖 은식기들이 너무 백인au fait 처럼 느껴졌다."

볼드윈의 단어 사용에는 모순이 있다. 만일 'ofay'가 자신을 낮춰 다른 사람이 되고, 힙스터 관객으로서라도 아프로-아메리칸 문화에 속하고 싶어하는 특정한 백인의 욕망을 묘사하는 표현이라면, 그렇다면 그건 'hip'이라는 것의 모호성에 절묘하게 가까워진 게 아닌가. 두 단어는 모두 정직과 자유를 상징한다.〔옥스퍼드 영어 사전 편찬자인 제시 샤이드로워가 주장하듯, 20세기 초 'hip'이 처음 사용될 때에는 정확히 '(…에 대해 남들보다 더) 잘 아는', '(…에 대한) 의식이 높은'이라는 의미가 포함되어 있었다.〕 그러나 볼드윈은 이 문장 안에서 더 큰 두 가지에 대해 말하고 있다. 만일 'ofay'가 여러 측면에서 'hip'에 대척되는 것이라면, 'frantic'은 분명, 부재하는 'cool'과 정반대인 용어라고. 'cool'은 그 안에 편안함과 호기로움을 내포하고 있음에도, 통제의 문제이기도 하

---

* 별명 '레이디데이'에서 왔다. 존경과 애정이 담긴 존칭 '레이디'에 그녀의 이름을 합친 것이다.

다. 메일러의 문제는 그가 자신을 통제하지 못하는 데 있는 게 아니라, 실은 존재하지도 않는 해방 상태를 비겁하게 열망한 데 있다. 그가 그것을 흑인 남자들에게서 목격했다고 믿는 것에 대해서는 말할 것도 없다. 결국 볼드윈에게 있어 이 모든 것, 즉 오해받는 힙에 대한 추종, 희화화된 흑인 남성성을 향한 숭배, 진짜 약탈을 겪어본 적도 없이 미국이라는 권력에 맞서려는 야망은, 볼드윈이 쓴바 "삶과 사랑에 관한 모든 공포를 회피하는 방식"일 뿐이었다.

위대한 환상

THE GRAND ILLUSION

"Opposite, above: All through the house, colour, verve, improvised treasures in happy but anomalous coexistence."
—Joan Didion

"반대편 위: 집 안 전체에 배어 있는 색채, 활기,
즉흥적으로 만들어진 보물들의 행복하지만 변칙적인 공존."
—조앤 디디온

나는 신문이나 잡지를 볼 때 목차보다 작가 명단을 먼저 보는 독자다. 난 무엇에 관한 이야기인가보다는 누가 썼는지가 궁금하다. 작가들은 종종 간단한 자기소개 글(엉뚱함이나 자존심이 드러나곤 한다)을 써달라고 요청을 받는데, 이를 보면 작품에 대해 모를지라도 지면에서 어떤 목소리를 들려줄 것인지 가늠해볼 수 있다. 온라인으로 글을 읽을 때도 비슷한 일이 일어난다. 소셜미디어의 평판이 글보다 먼저 눈에 들어오기에 소셜미디어가 아니었다면 그 글을 만나지 못했을지 모르는 상황들이 생긴다. '내가 X에 대한 글을 썼다', '이것은 Y가 쓴 글이다' 하는 식으로. 과거에 정기간행물의 수많은 글들이 익명으로 실렸던 것을 우리는 쉽게 잊는다. 이를테면 버지니아 울프가 쓴 최고의 비평 에세이들도 「타임스 리터러리 서플리먼트」에 익명으로 실렸다. 「타임스 릿 Times Lit」(당시 사람들은 이렇게 불렀다)에서는 아무도 저자 이름을 표기하지 않았다. 이는 초기에 쓴, 혹은 간헐적으로 쓴 작품이 저명한 작가들의 단편이나 에세이, 기사 옆에 저자 표기 없이 실린 작가들의 경우와는 사정이 다르다. 이 카테고리 안에 여성 작가들이 많다는 사실 또한 놀랍지 않다. 메이브 브레넌, 저메이카 킨케이드, 재닛 맬컴 같은 작가들. 그들은 (당시에는) 대체로 익명으로 글을 싣던 『뉴요커』의 앞쪽 지면에서 자신들의 예술을 빠르게 단련했다.

1960년대 초반, 『보그』 기자였던 조앤 디디온은 독자들에게 완전히 낯익은 이름은 아니었다. 그녀의 이름은 주기적으로 등장했다. 처음 그녀의 이름이 실린 글은 1961년 6월, 질투에 관한 짧은 에세이였는데, 그 글에는 벌써 디디온의 완숙한 글이 지니는 특징이 담겨 있다. 불안한 성격에 대한 성실한 고찰, 그녀 자신의 것을 포함한 언어에 대한 섬세한 주의 같은 것들. "관련 없는 디테일한 것들을 기록하고자 하는 열정은 고통받는 사람들의 특징이다." 물론 우리는 디테일은 절대로 관련 없지 않다는 것을 이해한다. 질투에 대한 에세이 「질투: 치료 가능한 병인가? Jealousy: Is It a Curable Disease?」는 그녀의 첫 번째 선집 『베들레헴을 향해 웅크리다』에는 실리지 않았으나, 선집에 실린 자존감, 존 웨인, 노트 쓰기, 뉴욕과 그에 대한 불만에 관한 유명 에세이들과 마찬가지로 글 안에서 그녀가 조앤 디디온이 되어가는 것을 보거나 들을 수 있다. 하지만 그 시절 디디온이 다다른 경지에 이르려면 이따금 에세이를 쓰는 것보다 더 많은 것을 해야 한다. 그녀는 자신이 말했듯, 튼튼한 로열 타자기 앞에 앉아 헤밍웨이의 글들을 연습 삼아 타이핑한 것 말고도 훨씬 더 많은 걸 했다.

142

무엇을, 다른 어떤 것을 더 했단 말일까? 그녀는 『보그』의 정기 칼럼 "요즘 사람들이 말하는 것" 코너에 (에세이라고도, 기사라고도 할 수 없는) 저자 이름이 없는 짧은 글들을 썼다. 그녀는 영화 「007 살인번호」, 「맨추리언 캔디데이트」에 대해 썼고, 핵폭탄과 텔스타*, 구겐하임 미술관 건립에 대해 썼으며, 신예 윌렘 드 쿠닝, 우디 앨런, 바브라 스트라이샌드의 커리어와, "우리의 마음을 뒤흔든 뮤즈" 마릴린 먼로의 죽음에 대해 썼다. 디디온은 사진 캡션 작업도 했다. 발터 벤야민이 "표지판"이라 일컬었던, 20세기 인쇄 잡지에 있어 필수 요소가 된 사진 캡션. 1960년대 『보그』에서 캡션은 놀라울 정도로 상당한 분량을 차지했고, 편집에도 상당히 공들인 듯하다. 디디온이 쓴 캡션들은 그녀의 작업을 둘러싼 신화에 있어서 작지만 강렬한 측면을 이룬다. '신화'는 잘못된 단어일지 모른다. 이는 스타일의 문제이며, 스타일이란 지면에서 확인 가능한 무엇이다. 다시 말해, 물성物性의 문제인 것이다. 디디온은 정확하고 까다로운 작가로 자주 묘사된다. 반짝이는 등딱지처럼 산문을 쌓아 올리는 그녀의 글솜씨에 감탄하기는 쉬워도 모방하기는 쉽지 않다는 말이다. 그뿐 아니라 그녀는 글에서도, 인간으로서도 불안정하고 신경쇠약에 시달렸고, 유령처럼 거의 없는 듯 존재했다고 알려져 있다. 그러나 이런 얘기들 중 어떤 것도 그녀의 산문을 제대로 설명하지 못한다. 그녀의 산문은 직접적이고, 선언적이며, 병렬된 절들과 리

---

* Telstar. 1962년에 발사된 최초의 통신위성으로, 같은 해 영국의 록밴드인 '더 토네이도스'가 발표한 동명의 곡도 유명하다.

드미컬한 반복이 가득하고, 구체적인 묘사가 풍부하다. 그녀의 작품 속 아이러니는 주로 그녀가 묘사하는 인물이나 기관의 순수하거나 광적이거나 악의적인 언어에 의해 변형된 사소한 내용에 대한 건조한 서술로 드러난다. 때로는 이 평면에서 좀 더 추상적이고 은유적이며 고딕한 곳으로 떠나기도 한다. 그 예로 잘 알려진 구절이 있다. 그녀는 『화이트 앨범*The White Album*』에서 1960년대 말 로스앤젤레스에 만연한 공포와 다가올 재앙에 대한 감정을 다음과 같이 묘사한다. "광적이고 유혹적인 소용돌이 같은 긴장이 지역사회 안에 조금씩 쌓이고 있었다. 불안감이 퍼지기 시작했다. 매일 밤 개들이 짖고, 하늘엔 항상 보름달이 떠 있던 것이 기억난다." 이 글 뒤로 그녀가 맨슨 살해 사건 소식을 들었을 때 누구와 어디에 있었는지에 대한 아주 정확한 회상이 이어진다. 1971년 UCLA 강연에서 디디온은 이렇게 말했다. "나는 즉흥성에는 그다지 관심이 없습니다. 난 영감을 북돋워주는 작가가 아니에요. 내가 관심 있는 건 전체적인 통제입니다."

디디온은 캡션 작업이 고급 잡지에 대한 "이달의 위대한 환상"을 만드는 작업의 일부였다고 말했다. 당시 편집장은 다이애나 브릴랜드였지만 세부 작업은 얼린 탈미가 맡았다. 그녀는 1930년 중반 『보그』에서 일을 시작해 1963년 어소시에이트 에디터가 되었다. 디디온과 동료 작가들에 따르면 탈미는 무자비한 편집자이자 상사였다. (큼직한 아콰마린 은반지를 낀 손으로 테이블을 두드리며) 그녀가 다른 작가의 원고에 연필을 휘두르고 나면 어린 디디온은 정신이 혼미해지곤 했다. "이봐, 아가씨, 난 집에 가서 욕조에 앉아 울었다고." 다음은 1978년 『파리 리뷰*Paris*

144

Review』인터뷰에서 디디온이 했던 말이다. "매일 여덟 줄짜리 카피나 캡션, 또는 뭔가를 들고 [탈미의] 방에 갔어요. 그녀는 거기 앉아 연필로 줄을 죽죽 그으면서 글이 길다고, 동사가 어울리지 않는다고 불같이 화를 냈죠." 1979년 디디온이 「뉴욕 타임스」에 소개되었을 때, 탈미는 자신이 디디온에게 300자에서 400자 분량의 글을 쓰게 한 뒤 함께 50자로 줄이곤 했다는 이야기도 들려주었다. "우리는 길게 써서 짧게 실었고, 그렇게 조앤은 글 쓰는 법을 배웠죠."

「뉴욕 타임스」 기사에 디디온이 소개된 것은 디디온의 유일한 단편집(세 편을 묶은 경우도 단편집이라 부를 수 있다면)『텔링 스토리 *Telling Stories*』(1978)가 출판된 때였다. 디디온은 이 책 서문에 『보그』에서 일하던 시절에 대해, 탈미 아래서 일하는 것의 혹독함에 대해 한층 더 상세히 썼다. "우리는 유의어 전문가였다. 우리는 동사 수집가였다." 어떤 말들은 반짝 유행했다가 사라진다. '매혹하다to ravish'라는 단어는 몇 달간은 편집부의 승인을 얻었다. "나는 그 단어에서 파생된 '매혹적인 것들ravishments'이란 명사도 서너 호보다는 더 오래, 자주 쓰였던 것을 기억한다. 예를 들면, 자기로 된 튤립, 파베르제 달걀*, 다른 매혹적인 것들ravishments로 어수선한 테이블, 이런 식으로." 디디온과 어린 동료들은 수동태 대신 능동태를 쓰는 법을 배웠고, '그것it'의 경우 항상 근처의 어떤 것을 지칭하는지 분명히 했으며, 정확성만큼이나 놀라

---

* 1842년에 설립된 러시아 보석상 파베르제(Fabergé)에서 특히 러시아 황실을 위해 제작한 부활절 달걀.

움을 주기 위해 옥스퍼드 영어 사전을 자주 들여다보았다. "아니면 떠나거나." 그리고 무엇보다 그들은 흥분과 우아함 사이에서 아슬아슬한 균형을 찾기 위해 다시 쓰는 법을, 몇 번이고 다시 쓰는 법을 배웠다. "다시 봐, 자기." 탈미가 그들에게 말했다. "아직 아냐."

"반대편 위: 집 안 전체에 배어 있는 색채, 활기, 즉흥적으로 만들어진 보물들의 행복하지만 변칙적인 공존." 나는 이 문장을 디디온의 1979년 온라인 프로필에서 처음 만났다. 그녀의 경력 초기에 『보그』에 실린 캡션으로 올라 있는 문장이다. 이 문장에는 감탄할 것투성이다. 특히 동사를 필요로 하지 않는 문장의 경제성. 마치 캡션의 지시적인 기능(그것의 가리키는 행위, 손을 펼쳐 보이는 몸짓)이 동사의 필요성을 폐기해버린 듯하다. (동사가 있었다면 문장은 어떻게 될까? '집 안 전체에 색채, 활기…이 존재한다.' 아니면 '…이 있다', 혹은 '…을 볼 수 있다' 정도가 될 터인데, 기존 문장에 추가되는 것들은 전부 문장을 약하게 만들 뿐이다.) "반대편 위"와 "집 안 전체에" 사이에도 어떤 긴장감이 흐른다, 그렇지 않은가? 아니, 아닐 수도, 캡션이 가리키는 건 거기 있는 사진이지만 그것이 전체를 대변하니까. "집 안 전체에 all through the house", 이 구절이 나른한 익숙함과 함께("크리스마스 전날 밤이었다…") 시간과 더불어 장소도 만들어낸다. 우리는 이 집을 둥둥 떠다니고 천천히 거닌다(곧 어떤 집인지 말할 수 있게 될 것이다). 『텔링 스토리』의 서문에서 디디온은 탈미가 미사여구가 화려한 유행을 따랐으며, 무엇이든 세 개씩, 특히 수식어를 세 개씩 묶는 걸 좋아했다고 회상한다. 여기에 나열된 "색채, 활기, 즉흥적으로 만들어진 보물들"을 보면, 집과 가정을 묘사하기에는 다소 추상적인 특징들이다. 즉흥적으로 만들어진 보물이란 무엇일까? 예술가이자 수집가가 선택해서 가지고 있다는 사실에 의미와 가치가 있는 파운드 오브제 혹은 뒤샹적 레디메이드인가? 아니면 "즉흥적"이란 말이 일상적이고 직관적인 배치 혹은 전시된 상태를 가리키는 걸까? 사물 자체가 아닌, 그것들과 함께하는 삶의 방식 말이다.

"행복하지만 변칙적인 공존happy but anomalous coexistence", 여기서 "행복"은 기쁨이나 (이제는 그 의미가 거의 사라진) 기분 좋은 우연이 아니라, 적절한, 운 좋은, 만족스러운 것을 뜻한다. 나는 이 문장의 간략한 목록에서 이 세 번째 항목, 가장 구체적이면서도 동시에 그리 구체적이지 않은 항목이 길어지며 스스로 확장되는 방식이 마음에 든다. "변칙적인" 주위에 엄격한 콤마가 없는 건 디디온의 후기 스타일과도 이어진다. 그녀는 다른 작가들(또는 편집자들)이라면 본능적으로 사용할 콤마를 빼야 할 때를, 그리하여 문법과 어떤 음악적 편안함에 글을 맡겨야 할 때를 누구보다 잘 안다. 문장은 디디온처럼 들린다. 그 리듬과 섬세함, 경제성, 그리고 좀 더 골치 아프고 미스터리한 무언가로의 갑작스러운 전환, 마지막 구절에서 나타난, 집 안에서만 볼 수 있는 장난기 어린 큐레이션 성격에 대한 암시까지.

문장을 이런 식으로 봐도 되는 걸까? 어쨌거나 「뉴욕 타임스」에서 『텔링 스토리』로 넘어가며 발견한 게 있다. 디디온은 『보그』에서 일하던 당시에 대해 더욱 자세히 설명하며 사람들이 수습 기간을 우습게 본다고 말했다. 디디온은 가장 먼저 판촉용 카

피merchandising copy를 썼고, 그다음에 홍보용 카피promotional copy
("이 둘의 차이는 명백함에도 잘 알려지지 않았다")를, 그리고 마지
막으로 캡션을 포함한 에디토리얼 카피를 썼다. 다음은 "마지막
의 예시"로 디디온이 쓴 것이다.

> 반대편 위: 집 안 전체에 배어 있는 색채, 활기, 즉흥적
> 으로 만들어진 보물들의 행복하지만 변칙적인 공존. 사
> 진 속엔 프랭크 스텔라, 아르누보 스타일의 스테인드글
> 라스, 로이 리히텐슈타인이 있다. 사진에는 나오지 않지
> 만, 노골적으로 화려한 색채의 식탁보, 야드*당 15센트
> 준 멕시코 발견품이 깔린 테이블도 있다.

문장은, 적어도 이 글 안에서는 또 다른 문장으로 확장되며
우리에게 조화롭지 않은 보물을 선보인다. 우리는 여기서 다시
한 번, '멕시코에서 발견한a find in Mexico'이 아닌 "멕시코 발견품
a Mexican find"이라고 쓴 뛰어난 경제성과 "노골적으로 화려한 색
채의 식탁보"와 같은 선명한 구절을 확인할 수 있다.

하지만 다시 보자, 우린 아직 제대로 보지 않았으니까. 내 앞
의 책상 위에는 50달러 준 이베이 발견품an eBay find인 미국판
『보그』 1965년 8월호가 있다. 당시 인기 있는 잡지들이 그랬듯,
지금 보니 놀라울 만큼 수준 높은 작품이다. 상당한 비중의 자코
메티 특집, 엘리자베스 하드윅의 영화 리뷰(캐서린 앤 포터의 소

* 1야드는 약 91.44cm에 해당된다.

설을 원작으로 한「바보들의 배」였다), 그리고 (반대편의) 멕시코시티에 새로 개관한 국립인류학박물관에 대해 디디온이 쓴 기사. 다음은 디디온이 쓴 글의 일부다. "기묘한 기분에 휩싸인 채 어떤 자그마한 것들을 떠올리며 박물관을 나서게 된다." 글의 참신성은『보그』에디터들에게 놀라울 만큼 큰 영향력을 발휘했던 것 같다. 커버가 선보이듯 잡지는 "영 치세리노young chicerino"라 불리는 사람들의 스타일과 취향, 태도에 대해 집중적으로 다룬다. '패셔니스타'를 대신해 만든 이 어색한 신조어는 이제 이 지면 밖에서는 찾아볼 수 없는 한물간 선구자다. (『보그』는 정확히 1년 전에 이 스타일을 소개한 바 있다. "그녀의 표현 방식은 완벽하다. 확신에 찬 그녀는 모든 이의 관심을 끌고, 이를 유지하며, 도발한다. 제스처, 분위기를 조성하는 눈빛, 자질, 매혹적인 당돌함 등 자신에게 무엇이 어울리는지를 택할 때는 한 치의 망설임도 없다.") 디디온과 하드윅을 지나 몇 페이지 넘기면 "대학 졸업반을 위한 커리어 대회"인 제25회 프리드파리Prix de Paris에 대한 기사가 나온다. 1등에게는 1년간 주니어 에디터로 활동하고 파리에서 쇼를 관람할 수 있는 기회가 주어지는 프로그램이다. 디디온도 1956년에 캘리포니아 건축가 윌리엄 윌슨 워스터에 관한 에세이로 이 상을 받고 뉴욕에서 일을 시작할 수 있게 되었다. 하지만 그녀는 진짜 일을 하기 위해 파리 여행을 거절했다. 1965년 참가자들은 10대의 패션 트렌드를 파악해 "요즘 사람들이 말하는 것" 코너에서 취재할 인물을 제안하고, 완전히 탈미스럽게 들리는 연습의 일환으로, '저렴하고 시크한 제품', '영 치세리노', '액세서리', '쇼핑광', '생활 속 패션'을 대체할 단어나 문구를 제시하라는 과제를 받았다.

디디온의 캡션이 실린 글은 "생활 속 패션" 섹션의, 소설가 겸 시나리오작가인 테리 서던이 쓴 「데니스 호퍼* 부부의 사랑받는 집The Loved House of the Dennis Hoppers」(호퍼와 그의 아내이자 배우인 브룩 헤이워드를 지칭하는 데 이제 구식이 된 복수형이 쓰였다)이라는 글이었는데, 호퍼가 집과 가족 사진을 직접 찍었다. (이 글 옆에는 폴 뉴먼과 조앤 우드워드의 요리 대담이, "제스트, 큐브와 가장 깊은 여름을 통과하며"라는 제목의 짧은 음료 특집으로 실려 있다.) 지면에서 서던은 내부자인 동시에 힙스터 같은 신예 저널리스트의 분위기를 풍기는데, 시대를 고려하면 당혹스러울 정도다. 그의 첫 문단을 보자. "데니스 호퍼 부부는 자기 분야의 최고들이다. 그들의 분야가 정확히 무엇인지는 확실하지 않다. 다만 그녀가 대단히 아름다우며 그가 미친 사람 부류라는 건 확실하다." 서던의 에세이는 엉뚱한 여정처럼 호퍼의 연기 경력과 정치적 행보(그해 초 셀마 행진 촬영을 위해 "짧은 여행"을 떠났다), 반문화에의 합류(긴즈버그 등), 예술품 수집 등을 훑는데, 예술품 수집에 관한 내용은 프랭크 오하라의 호평을 얻기도 한다. 서던이 자신의 취재 대상에 대해 했던, "그와 함께 도시를 걷는 건 움직이는 아드레날린 펌프를 몸에 연결하고 걷는 것과 같다"는 말처럼, 재밌지만 불확실하고 사람을 피곤하게 만드는 글이다.

캡션들에도 독특한 에너지가 있다. 하지만 그것은 침착하고

* 미국의 영화감독이자 배우(1936~2010). 영화 「이지 라이더」를 감독하고 빌리 역을 맡았다. 「지옥의 묵시록」과 「블루 벨벳」에서 연기한 것으로도 유명하다.

엄격하게 절제되어 있다. "*왼쪽*, 호퍼 부인이자 배우인 브룩 헤이워드가 로버트 워커 주니어* 앞에서 빨간색 가죽 의자에 앉아 포즈를 취하고 있다. 쿠션에는 '영원토록 휘날리길Long May It Wave'이라는 문구가 쓰여 있다." 또는 이런 것. "호퍼의 집을 방문한다는 건 변화무쌍하게 나타나는 파운드 오브제, 아끼는 물건, 아트 오브제objets d'art 들에 매번 놀라며 새로이 이끌리는 걸 말한다." 그 오브제는 이런 것들이다. "*반대편 아래*, 다이닝룸 벽에 걸린 「1907 버드와이저 걸」과 세레**의 포스터. 복도에는 집 안에 있는 가로등들 중 하나가 서 있다. 응접실 벽에는 마르셀 뒤샹의 오브제, 그리고 그 위에 앤디 워홀의 「더블 모나리자」가 있다."

서던의 글 첫 페이지 하단에는 디디온이 『텔링 스토리』에서 인용한 구절이 나온다. (그 후 「뉴욕 타임스」에도 소개되고, 디디온의 전기 작가 트레이시 도허티가 디디온의 『보그』 에디토리얼 카피 "초기 예시"로 소개하기도 한 구절이다.) 아니, 다음의 문장이라 해야 할 것이다. "*반대편 위*, 집 안에 흩뿌려진 색채, 활기, 사물들의 행복하고도 변칙적인 공존. 사진 속엔 프랭크 스텔라의 그림, 아르누보 스타일의 스테인드글라스, 로이 리히텐슈타인의 그림이 있다." 정확히 무슨 일이 일어난 걸까? 일단 첫 번째 문장부터 보자. 이탤릭체는 신경 쓰지 말자. 그건 캡션에서 자주 쓰는 관례고, 나중에 디디온이 인용할 때 생략할 가능성이 높으니

---

* 영화 「이지 라이더」에 출연한 미국 배우.

** 예술 포스터로 유명한 프랑스의 포스터 제작자, 쥘 세레(Jules Chéret).

까. 콜론 대신 쓴 콤마도 신경 쓰지 말자. 마치 새로운 문장을 시작한다는 듯 콜론 뒤에 대문자를 쓰는 (대체로 미국인의 것인) 습관을 난 좋아하긴 하지만. 그게 무엇을 하고 또 무엇을 의미하는지에 대해 생각하는 일은 늘 흥미롭다. 이제 가장 명백한 차이에 대해 이야기해보자. 그건 물론 "사물들의 행복하고도 변칙적인 공존things in happy, anomalous coexistence"이다. 사물들things—『보그』지 138페이지의 캡션에서 이 단어는 밑에서 세 번째 줄에, 짧은 명사들이 이어지는 부분의 오른쪽 맨 끝에 놓여 있다. "집house, 색채colour, 활기verve, 사물들things", 이렇게. (나는 이 문장을 이렇게 한 줄 한 줄 다루는 것이 정당하다고 느끼는데, 왜냐하면 디디온이 단어 수뿐 아니라 글자 수까지 엄격히 고려해 작업했다고 스스로 말했기 때문이다. 그녀에게는 지면 위에서 사용할 수 있는 공간의 형태 또한 중요했다.) 사물들이란 단어는 소리 내어 읽을 때 문장의 리듬을 손상시키고, 모든 면에서 부정확하고 힘이 빠진, 빈약한 단어 선택으로 보인다.

그러나, 그러나, 디디온이 멕시코의 박물관에 대해 쓴 문장을 떠올려보자. 전체 문장은 다음과 같다. "내부 컬렉션은 한 번에 다 보기에는 너무 압도적이어서, 기묘한 기분에 휩싸인 채 어떤 자그마한 것들을 떠올리며 박물관을 나서게 된다Inside, the collection is too overwhelming to see all at once; one comes away remembering certain small things, haunted by oddities." 이따금 너무나 풍요로운 보물들의 유혹을 받을 때 "사물들things"처럼 과시적이지 않은 단어가 필요한 법이다. 여기엔 어쨌거나 디디온만의 어떤a certain(디디온이 이 표현을 얼마나 좋아하는지!) 개성이 배어 있기에 진부하지 않다. 열일곱 줄 길이의 캡션은 (메인인 특집 기사와 달리) 오른쪽 가장자리의 들쭉날쭉한 공간 안에 작은 크기의 산세리프체로 인쇄되어 있다. 글은 이렇게 시작한다. "할리우드힐스 선셋스트립 위쪽에 있는 데니스 호퍼 부부(사진, 위 *왼쪽*)의 유쾌하고 재치 넘치는 집에는 보물찾기에서 찾아낸 듯 즉흥적으로 만들어진 보물들이 한가득, 극도의 경지에 이른 각각의 기이하고 아름답고 따분한 것들이 거칠게 뒤섞여 있다." 거기엔 마치 부주의한 손님이 한번 들었다가 아무 데나 둔 것처럼 "즉흥적으로 만들어진 보물들"이 있다. 디디온이 훗날 회상한 캡션 버전에서 자리가 처음과 달라진 듯 보이는 건 이것뿐이 아니다. 다시 한번, 1965년 버전의 두 번째 문장을 보자. "사진 속엔 프랭크 스텔라의 그림, 아르누보 스타일의 스테인드글라스, 로이 리히텐슈타인의 그림이 있다." 그리고 다음은 1978년에 디디온이 우리에게 건넨 버전이다. "사진 속엔 프랭크 스텔라, 아르누보 스타일의 스테인드글라스, 로이 리히텐슈타인이 있다." 반복되는 '그림'이 없으니 훨씬 낫다. 사진에 나오지 않는 것에 대한 설명은 어떤가? "노골적으로 화려한 색채의 식탁보, 야드당 15센트 준 멕시코 발견품이 깔린 테이블도 있다." 이 문장 속의 테이블은 네 페이지 뒤에 다음 캡션과 함께 등장한다. "호퍼 집 안의 모든 공간이 기쁨과 즐거움을 주기 위해 존재한다. *바로 오른쪽 위*, 아침 식사 공간에는 화려한 색채의 식탁보, 야드당 15센트 준 멕시코 발견품이 깔린 테이블도 있다."

설명과 인용은 이쯤 하고. 1965년에서 1978년 사이에 무슨 일이 있었던 걸까? 디디온은 무엇을 했으며, 당신은 차치하고라도 나는 왜 이것에 이리도 신경을 쓰는가? 처음 이 작은 차이를 발견했을 때 나는 진짜 학자들이 위대한 시의 인쇄본이나 원고에서 미세한 차이를 발견할 때처럼 흥분했다. 하지만 한낱 패션 잡지의 사진 캡션? 그것도 당시 이미 매우 능숙하고 심도 있으며 요령 있는 작품을 쓰고 있던 작가의, 이름 없이 실린 초창기 조각 글? 그런 작은 디테일이 그리 중요할까? 그러나 이 문장을 굳이 다시 끌어왔을 만큼 디디온에게 디테일은 중요했다. 아니, 여전히 중요하다. 그런데 글은 어디에서 가져온 걸까? 자필 혹은 타이핑한 초고? 그럼 인쇄된 버전은 탈미의 편집("다시 봐, 자기.")을 거쳐 디디온이 재작업한 흔적일까? 처음 쓴 글의 조각들이 잡지 여기저기에 흩뿌려져 있다? 아니, 어쩌면 (나는 이 가능성이 훨씬 좋은데) 디디온이 잡지를 들춰 보고(경력 초기에 쓴 정기 간행물을 13년 혹은 그 이상 보관하는 건 그리 이상한 일이 아니다) 자기가 1965년에 쓴 버전을 수정했는지도.

1984년, 디디온의 소설 『데모크라시*Democracy*』의 서평을 쓴 메리 매카시는, 디디온의 작품 속에, 그리고 더 나아가 문학과 삶 전반에 나타나는 윤리와 스타일의 관계에 질문을 품는다. "귀는 최후의 도덕 심판관인가?" 소리, 알맞은 소리를 찾는 것은 디디온의 글쓰기에 있어 평생의 과제였다. 그녀는 『상실』에서 이렇게 말한다. "작가로서, 내가 쓴 글이 책으로 나오기 훨씬 전인 어릴 적부터, 나는 의미가 단어와 문장, 문단의 리듬 안에 존재하는 거라고 생각하며 그 감각을 키워왔다. 나는 파고들기 어렵도록 점점 다듬어지는 글 뒤에 내가 생각하거나 믿는 것을 숨기는 기술을 개발했다." 그녀는 단어들이 옳게 들릴 때까지, 그리하여 옳게 될 때까지 글에 매달려 다듬는 법을 배웠다.

그녀는 듣지만, 보기도 한다.

> 단어의 배열은 중요하다. 그리고 당신이 원하는 배열은
> 마음속 그림에서 발견할 수 있다. 그림이 배열을 결정한
> 다. 절이 있는 문장이 될지 없는 문장이 될지, 딱딱하게
> 끝날지 아니면 사그라들듯 끝날지, 길지 짧을지, 능동적
> 일지 수동적일지 그림이 결정한다.

위의 글은 1976년 디디온이 「뉴욕 타임스」에 쓴 「나는 왜 쓰는가」에서 가져온 것이다. "그림이 배열을 결정한다." 이게 진짜 그림에 관한 글이 아니라면, 당신은 작가가 무엇에서 이런 교훈을 얻었는지, 어떻게 이렇게 표현하는 법을 배웠는지 궁금할 것이다. 디디온이 『보그』에 이런 캡션을 쓰던 그 나이에 나는 책에 대한 글쓰기와 말에 대한 글쓰기, 글쓰기에 대한 글쓰기에만 익숙했다. 나는 사진에 대해 쓰면서 다른 모든 것(그러니까 우리가 삶이라 부르는 것)에 대해 쓰는 법을 배웠다. "나는 내가 상상한 것을 보았다." 단어와 사물 사이, 장면의 구조와 문장의 형태 사이의 연관성을 듣는 것은 훌륭한 학습법이다. "그림이 배열을 결정한다." 이것이 내가 문장에서 들은 것이다. 디디온은 이 사실을 발견했고, 13년 후 상기했다. 디디온은 말했다. 스텔라와 리히텐슈타인, 멕시코에서 값싸게 산 물건들을 가진 사람들에 대해 쓰는 일에 익숙해졌지만, 어느 것 옆에 다른 하나를 놓는 일에도 익숙해졌다고.

기념비로의 여행

A TOUR OF THE MONUMENTS

"Noon-day sunshine cinema-ized the site, turning the bridge and
the river into an over-exposed *picture*."
—Robert Smithson

기념비로의 여행

A TOUR OF THE MONUMENTS

"정오의 햇빛이 그곳을 영화 속 장면으로 만들어,
강과 다리가 노출 과다된 사진처럼 보였다."
—로버트 스미스슨

1967년, 대지 미술가 로버트 스미스슨은 『아트포럼*Artforum*』의 한 지면에서, 얼마 전에 뉴욕을 출발해 뉴저지주 퍼세이익과 그 주변을 다녀온 여정을 묘사했다. 스미스슨은 우리에게 그가 퍼세이익에서 태어나 근방의 러더퍼드에서, 그 후 인근 클리프턴에서 자랐다는 사실도, 가족 주치의가 윌리엄 카를로스 윌리엄스라는 사실도 말해주지 않는다. 하지만 이 문장이 실려 있는 에세이 「뉴저지 퍼세이익, 기념비로의 여행A Tour of the Monuments of Passaic, New Jersey」에는 모더니즘 문학의 분위기가 짙게 서려 있다. 인스타매틱*으로 찍은 퍼세이익의 무너져가는 도심과 산업화 이후의 외곽 지역, 공사중인 고속도로의 흑백사진을 담은 이 에세이는 현대의 폐허를 향한 아이러니한 찬가로, 스미스슨의 장소적 이동과

* 1963년 코닥에서 출시한 소형 간편 카메라.

시간적 추방의 예술을 약간은 몽환적으로, 약간은 SF적으로 풀어
낸다.

스미스슨은 맨해튼의 항만관리청 빌딩에서 버스를 타고 러더
퍼드 변두리로 향한 뒤 퍼세이익강 위 다리를 건넌다. 그는 마치
자신이 19세기 고상한 박물학자나 18세기 말 그림 같은 풍경을
찾아 떠난 용감한 여행자인 것처럼 경관을 관찰하고 묘사한다.
그는 버스에서 마침, 폐허를 주제로 한 새뮤얼 모스의 1836년작
「우화적 풍경Allegorical Landscape」*을 다룬 「뉴욕 타임스」 기사와,
브라이언 올디스의 SF 소설 『어스웍스Earthworks』**를 읽은 참이
었다. 스미스슨은 이미 과거의 잔해와 미래의 재난에 대한 상상
에 사로잡혀 있었다. 공교롭게도 그는 퍼세이익강 강둑 위에서
이 둘을 본다. 파이프, 크레인, 펌프, 잔해가 만든 피라미드, 모
래 구덩이 같은 '유적', '기념비' 들이 흩어져 있어 사라진 문명
을 떠올리게 했다. 스미스슨은 퍼세이익이 로마를 대신해 새로
운 영원의 도시Eternal City***가 되었다는 실없는 소리를 한다. 하
지만 황폐화된 고전 산업이 자아내는 풍경은 폐허가 늘 그러하
듯 참혹한 미래를 연상시킨다. "바닥없는 유토피아, 기계들이
가동을 멈추고 태양이 유리가 되어버린 곳".

스미스슨의 글에는 이러한 포스트 아포칼립스적인 이미지가

---

* 뉴욕대학교 건물을 그리스신화 무사(Mousa) 여신들의 거처인 헬리콘산 기슭의 아
가니페 샘 속으로 옮겨놓은 우화적 회화.

** 환경 재난과 사회적 불평등이 만연한 세계를 배경으로 한 1965년작 디스토피아 SF
소설.

*** 로마를 일컫는 명칭 중 하나.

가득한데, 그중 일부는 J. G. 밸러드*와 같은 동시대 작가들에게서 차용했거나 영향을 받았다. 『황무지』의 흔적과 보르헤스, 나보코프에 대한 언급도 있다. 나보코프는 초기 단편에서 "미래는 방향이 바뀐 낡은 것일 뿐이다"라고 말한 바 있다. 「뉴저지 퍼세이익, 기념비로의 여행」에는 스미스슨의 열렬하지만 산만한 독서에서 비롯된 작품들이 가득하다. 내가 아는 어느 소설가는 최근 내게, 스미스슨이 글과 예술 작품 속에서 미국 준교외**에 대해 말하는 바와 영토를 말과 이미지로 포착하려는 예술적 시도가 영감을 주긴 하지만, 스미스슨 산문의 문체와 질감에는 거부감이 든다고 했다. 실은 편집자처럼 연필을 들고 책에 손을 대고 싶다고도 했다. 나는 그가 무엇을 싫어하는지 알 것 같다. 발췌한 문장의 전체 문단을 한번 보자.

버스가 첫 번째 기념비를 지났다. 나는 버저 줄을 당겨 유니언 애비뉴와 리버 드라이브 교차로에서 내렸다. 기념비는 버건 카운티와 퍼세이익 카운티를 잇는 다리다. 정오의 햇빛이 그곳을 영화 속 장면으로 만들어, 강과 다리가 노출 과다된 사진처럼 보였다. 내 인스타매틱 400 카메라로 그곳의 사진을 찍는 건 마치 이미 사진인 걸 또 사진으로 찍는 일 같았다. 태양이 괴물 같은 전구로 변해 카메라를 통해 일련의 단절된 '스틸 사진'을 내

---

* 1960년대 SF 뉴웨이브 운동을 이끈 영국 SF 작가.

** exurban. 도시 외곽의 번영하는 지역.

눈에 투사했다. 다리 위를 걷는데, 흡사 나무와 철로 만들어진 거대한 사진 위를 걷는 듯했고, 아래로는 강 위로 빈 화면만이 펼쳐지는 거대한 영화가 흐르는 듯했다.

나는 이 문단에서 그가 고통스러워하면서도 너무 담담하고도 이상한 방식으로 자신을 고집하는 것이 좋다. 비현실적인 도시의 비현실적인 교외 풍경을 바라보는 것은 보는 자신을 보는 것과 같다. 장소는 이미 이미지이기에 이미지를 이용하는 것은 동어반복이자 반복, 재연의 일이다. 스미스슨의 문단 역시, 처음 이미지에 머무르지 않고 요점을 밀어붙인다. 거대한 사진, 거대한 영화. 태양은 전구이며, 카메라는 눈, 눈은 다시 스크린, 강물 역시 스크린이지만 그 위에는 아무것도 투사되지 않는다. (그는 한국 예술가 백남준의 1964년작 「필름을 위한 선Zen for Film」을 떠올렸을지 모른다. 존 케이지의 침묵의 연주곡, 「4분 33초」에 바치는 영화적 오마주인 이 작품은 8분간 빈 필름만을 영사한다.)

다른 문장이나 스미스슨의 상상 속 같은 '기념비들' 사진이 아니라 왜 이 문장이 내 마음에 남았을까? 그건 문장이 더 매끄럽고 통일된 성질을 가졌기 때문이리라. "sunshine cinema-ized the site(햇빛이 그곳을 영화 속 장면으로 만들어)"의 치찰음*과, (후반부에서는 늘어지다 못해 낭비되기까지 하는) 첫 번째 절이 갖는 무게감. "*picture*"의 이탤릭체는 문장이 마지막에 힘없이 사그라들까봐 쓴 걸까? "cinema-ized"의 조잡함이라든가 문장에 하이픈이

---

* sun, cinema, site처럼 혀끝과 윗잇몸의 뒷부분 사이를 마찰해 내는 소리.

너무 많은 것, 불필요하게 강조된 이탤릭체 등, 모든 게 한편으로 론 우아하지 못한 "언어의 더미heap of language"가 아닐까? 이 표현은 스미스슨의 1966년작 텍스트 겸 드로잉 작품의 제목으로, 이 드로잉은 언어에 관한 연필로 쓰인 단어들이 삼각형 혹은 산의 형태를 이룬다. "Language/ phraseology speech/ tongue lingo vernacular/ mother tongue King's English/ dialect brogue patois idiom…"*, 이렇게 동사 없는 문장들이. 어쩌면 이것이 요점인지도 모른다. 문장은 의미의 잔해를 담는 용기일 뿐이라는, 작가가 조각한 "비非장소non-sites"(갤러리의 흰색 큐브 위에 재배치된 자연의 무질서한 장소나 지질의 일부)처럼.

2006년 봄, 나는 항만관리청 빌딩에서 버스를 타고 러더퍼드 외곽으로 향한 뒤, 곧 버스에서 내려 강 쪽으로 걸었다. 1967년 스미스슨이 서 있었던 십자형 철골과 나무로 만들어진 다리는 오래전에 사라지고, 칙칙한 콘크리트 교각이 세워져 있었다. 나는 스미스슨의 여정을 따라 퍼세이익으로 들어가려 했지만 그가 「뉴저지 퍼세이익, 기념비로의 여행」을 쓰고 있던 때는 공사 중이던 고속도로가 이제는 완공되어 내 앞을 가로막았다. 집으로 돌아가는 길을 찾아보니, 다리 끝에서 멀지 않은 곳에서 길을 건너면 퍼세이익 교외로 들어갈 수 있는 듯 보였다. 나는 시 관리자에게 메일을 보내 안전 여부를 물었다. "어떠한 경우에도 고속도로를 건너서는 안 됩니다. 죽을 수 있습니다." 하지만 내

---

* "언어/ 어법 화법/ 말투 용어 토착어/ 모국어 순수영국영어/ 방언 악센트 사투리 관용어…".

게는 다른 선택지가 없었다. 나는 구름 한 점 없는 하늘 아래, 스미스슨이 그곳에 가져온(혹은 다시 가져온) 무너진 아름다움을 보고 들으려 애쓰며, 새로운 폐허를 찾아 길을 나섰다. "정오의 햇빛이 그곳을 영화 속 장면으로 만들어, 강과 다리가 노출 과다된 사진처럼 보였다."

단지 종이로 된 단도

IT IS ONLY A PAPER DAGGER

"Singular perspective the lady had as she looked about the room
in which nothing was real except her blue eyes."
—Maeve Brennan

단지 종이로 된 단도

IT IS ONLY A PAPER DAGGER

"그녀의 푸른 눈 외에 진짜라고는 없는 그 자리를 둘러볼 때
독특한 관점이 그 아가씨에게는 있었다."
—메이브 브레넌

이 문장은 그 자체로 시점이며 사실상 시선들의 춤이라 할 수 있
다. 아일랜드 작가 메이브 브레넌은 완벽할 정도로 정교한 소
설들을 쓴 저자이자 『뉴요커』에서 "잔말 많은 아가씨The Long-
Winded Lady"라는 필명으로 활동한, 정확하고 엄격한 에세이스트
다. 1968년, 그녀는 다시 한 번 맨해튼으로 나가 눈에 보이는 사람
들을 멀리서 아주 세심히 살핀다. 그들의 작은 도시 드라마와 아
마도 장대할 내면의 이야기들을. 브레넌은 웨스트 8번가의 유니
버시티 레스토랑에서 이 여자를 발견한다. 짙은 회색 리넨 원피
스에 엷은 레인코트를 걸친 그녀는 "실버-베이지색" 머리에 손
을 얹은 채 어디론가 서둘러 가는 중이다.

그녀는 날씬하고 매우 흰 피부에 눈동자가 푸른 예쁜 얼
굴을 가졌다. 아무것도 관심이 없는 것이 특유의 성격

인 듯 그녀는 차갑고 단호한 표정으로 식당 안을 둘러보았다. 어떤 사람들은 자기와 관련 있는 모든 것에 의미를 부여하는 것처럼 그 길 잃은 아가씨는 오로지 외면하기 위해 보는 것 같았다.

브레넌은 에세이에서 여자를 내내 "길 잃은 아가씨the lost lady"라고 부르는데, 이 명칭은 1969년 브레넌의 선집『잔말 많은 아가씨』가 출판될 때 글의 제목이 된다. 여기에 나오는 아가씨는 처음엔 길을 잃지 않았다. 그녀는 자신이 어디에 있는지, 자신을 위로하기 위해 무엇을 해야 하는지 정확히 아는 듯 보였다. 식당 부스에 혼자 앉은 그녀는 메뉴판을 무시하고 음료도 거부한 채 담배에 불을 붙인다. 그녀는 누군가를 기다린다. 언제나 등장하는 남편, "키가 크고 마른, 어깨가 각진 남자"다. 열일곱 살 무렵엔 아마도 잘생겼을 그가 미소 짓는 얼굴로 나타나 말을 걸며 아내의 손가락에 있는 담배를 빼낸 뒤 불을 끈다. 그는 아내에게 위스키를 주문해주고, 메뉴판을 들고는 오늘 하루에 대해 떠들기 시작한다. 그가 와인병을 잠시 확인할 때 말고는 말을 멈추지 않는 동안 우리의 아가씨는 입술을 굳게 닫고 이따금 위스키를 마시다가, 마침내 저녁을 먹지 않겠다고 말한다. 취기 오른 수다쟁이 남편에게 마치, "보스턴으로 가는 버스를 탈 거예요", "오늘 밤 당신을 독살할 거예요", 아니면 "새로운 프라이팬을 사야겠어요"라고 말하듯, 여자는 이렇게 말한다. "이제 배고프지 않아요."

브레넌은 곧 식당을 떠나야 하지만 그 전에 다음과 같은 결론에 이른다. "이 사람들 중 하나는 구세주였던 것 같다. 구원자라면 구원자일 수도, 당신에게 그게 편하다면. 그러나 이 길 잃은 아가씨가 무언가로부터 그를 구하겠다는 희망으로 남편과 결혼했는지, 아니면 남편이 무언가로부터 자신을 구해주었으면 하는 희망으로 그와 결혼했는지는 알 수 없다." (어떤 방식으로든 희망이 남편이 아닌 아내에게 속해 있는 것에 주목하자.) 브레넌의 첫 번째 문단 마지막에 등장하는 우리의 문장은 교차대구법* 퍼즐 같지 않은지? "Singular perspective the lady had(독특한 관점이 그 아가씨에게는 있었다)", 다섯 단어가 만들어낸 이 도치! 'The lady had a singular perspective(그 아가씨는 독특한 관점을 갖고 있었다)' 라고 쓰지 않은 것 말이다. 시작부터 우리는 이미 길 잃은 아가씨의 시선과 그녀를 돌아보는 세상(남편, 작가, 식당 손님들, 장식, 그리고 물론 에세이에서 보이지 않는 화자로서 모든 것을 보고 그녀의 대상이 보는 것을 지켜보는 브레넌 자신까지)의 시선 사이에서 숏/리버스숏** 대치 상태 안으로 들어오게 된다. 이 문장은 내게 존 던의 시 「좋은 아침The Good-Morrow***」에 나오는 "그대의 눈 안에 내 얼굴이, 내 눈에 그대의 얼굴이 비치오"라는 구절을 떠올리게 한다. 그리고 던의 시 「황홀경The Extasie」의 "우리의 두 눈빛이 얽혀, 하나의 겹실에/ 우리의 눈을 감아놓았지요"라는 구절

* chiasmic. 문장에서 같거나 대등한 어구를 두 번 반복할 때, 두 번째와 첫 번째의 순서를 바꾸어 배열하는 방법.

** 영화에서 한 캐릭터가 다른 캐릭터를 바라보고(종종 화면 밖에서), 다른 캐릭터가 첫 번째 캐릭터를 돌아보는 모습을 보여주는 기법.

*** 'Good morning'의 옛 표현. 특히 영국 중세시대와 엘리자베스시대에 많이 쓰였다.

도. 다만, 이 길 잃은 아가씨에게는 보이는 것들에 대한 애정이 없다, 그런 건 이미 다 지나온 듯이. "부스에 앉은 손님들, 벽에 걸린 어둡고 낭만적인 구식 의상 그림들, 테이블마다 놓인 소금 후추 통들, 그리고 불을 밝히는 초들", 이 모든 광경이 그녀에겐 정교한 벽지 무늬처럼 보일 뿐이다.

다시 문장으로 돌아가보자. "그녀의 푸른 눈 외에 진짜라고는 없는 그 자리를 둘러볼 때 독특한 관점이 그 아가씨에게는 있었다." 내가 오가는 그 시선을 잘못 본 것도 같다. 이제 문장은 거울로 둘러싸인 방 안을 찍은 파노라마 사진처럼 읽힌다. 아가씨가 보고 우리도 본다, 아니, 보지 않는다고 해야 할까, 왜냐하면 그녀에게 그것들은 다 진짜가 아니니까. 이를 알아차리기도 전에(잠시 숨을 고르게 해주는 구두점도 없이) 우리는 꿈 혹은 디오라마의 일부가 되고, 이 비현실적인 도시로 빨려 들어가, 우리도 그 푸른 눈에 비친 허상이 된다. 엘리자베스 하드윅은 여행을 떠나고 나서 우리가 가장 먼저 배우는 건 우리가 존재하지 않는다는 사실이라고 쓴 바 있다. 이를 집에서 배워야 한다는 것, 더 정확히는 잔말 많은 아가씨가 바라듯, 내가 여전히 집이길 바라는 도시에서 배워야 한다는 건 무서운 일이다. 이 글을 쓰고 난 뒤 수십 년이 흐르는 동안 세상과 연결된 브레넌의 정신적 끈은 술과 이혼으로 약해져, 해어지고, 결국엔 끊어지고 말았다. 어느 에세이에서 그녀는 향수를 앓기엔 이제 집이 너무나 많다고 썼다. 소문에 따르면, 그녀는 한동안 홈리스로 살았고, 『뉴요커』의 화장실에서 잠을 잤다고 한다. "길 잃은 아가씨", 그리고 이 작은 미로 같은 문장 안에서, 그녀가 보듯 그녀가 모든 것으로부터 멀어져가는 모습이 보이는 것만 같다.

멀어져가는 모습이 보이는 것만 같다.

먹는 건 메뉴를 따르는 것과 같지 않다
TO EAT IS NOT TO RESPECT A MENU

"The eel (or the piece of vegetable, of shellfish), crystallized in grease, like the Branch of Salzburg, is reduced to a tiny clump of emptiness, a collection of perforations: here the foodstuff joins the dream of a paradox: that of a purely interstitial object, all the more provocative in that this emptiness is produced in order to provide nourishment (occasionally the foodstuff is constructed in a ball, like a wad of air)."
—Roland Barthes

"잘츠부르크의 가지처럼 기름에 결정화된 장어는(또는 채소,
조개 조각은) 작은 텅 빈 공간 덩어리, 구멍들의 집합으로 축소되고,
여기서 음식은 완전히 틈으로만 이루어진 사물이라는 역설적인
꿈에 도달한다, 이 구멍은 영양을 공급하기 위해 만들어졌다는
점에서 한층 더 도발적이다(이 음식은 때때로 공기 뭉치처럼
공 모양을 취하기도 한다)."
—롤랑 바르트

롤랑 바르트는 내 문장들의 수호성인이다. 그가 문장 안에서 쓰
는 습관이나 문장에 대한 그의 생각을 나는 언제나 마음에 새기
고 있다. 엘리자베스 하드윅이 "한여름의 오로라"라고 일컬은 그
의 뛰어난 산문이 아니었다면, 나는 영영 아마 한 글자도 쓰지 못
했을 거다. 그가 이름을 붙여 책과 에세이로 묶어낸 차분한 단편
들이 아니었다면, 나는 (책은 말할 것도 없고) 기사나 에세이는 차
치하고, 내 문장과 더 큰 문단을 쌓아갈 용기를 내지 못했을 것이
다. 바르트의 어조는 분석적이지만 황홀하다. 그의 형식은 경구
적이지만, 그는 경구란 것이 깨지기 쉬운 수사적 공예품이기에
재빨리 다른 것으로 눈길을 돌려야 한다는 걸 유감스러울 만큼

잘 알고 있다. 무엇을 위해? 정면으로 논박하는 비평이나 이론에 대한 단호한 비난이 아닌 축적된 곁눈질이 만들어내는 진실을 위해. 이것이 이 비평가(이게 정말 바르트를 가리키는 데 가장 적합한 단어일까?)가 내가 아는 가장 매력적인 작가가 되는 방식이다.

문장은 바르트의 『기호의 제국』(1970)에 실린 것으로, 이 책은 그가 1960년대 후반에 일본에서 석 달을 보내고 난 뒤 쓴 책이다. 1970년 초에 그는 발자크의 중편소설 「사라진Sarrasine」을 조각 단위로 탐구한 『S/Z』를 출판한다. 소설을 561개로 쪼개어 차례로 해석학적 코드, 의미론적 코드, 상징적 코드, 행동적 코드, 문화적 코드, 이 다섯 개의 코드에 따라 해설을 달았다. 「사라진」은 로마의 스타 오페라 가수 잠비넬라에게 완전히 매료된 견습 조각가 사라진에 대한 이야기다(다음은 클라라 벨의 번역이다).

잠비넬라는 사라진이 그토록 보기를 갈망했던 여성의 아름다운 비율을 말로 표현할 수 없을 만큼 몹시 생생하고 섬세하게 그녀 자신으로 드러냈습니다. 조각가야말로 가장 엄격하면서도 가장 열정적인 심판자이지요. 그녀의 입은 표정이 풍부하고 눈은 사랑스럽고 살결은 눈이 부시게 하였습니다.

사실은 거세된 카스트라토인 잠비넬라는 사라진을 오해하게 만들고는 그의 유혹에 넘어가지 않는다. 진실이 밝혀지자 사라진은 잠비넬라를 죽이겠다고 선언하지만, 그녀의 후원자의 명령으로 칼에 찔려 죽임을 당한다.

『S/Z』와 『기호의 제국』은, 바르트가 구조주의와 기호학의 방법론을 연구하고 확장한 엄격한 학문적 작업과 그가 이후 10년간 작업하게 될 보다 개인적이고 '작가적인' 책들(『롤랑 바르트가 쓴 롤랑 바르트』, 『사랑의 단상』, 『밝은 방』) 사이에서 일종의 경첩처럼 연결 고리 역할을 한다. 그의 주관적인 목소리는 『기호의 제국』에서 이미 이론가이자 문화 비평가의 목소리를 넘어서기 시작한다. 바르트의 존재는 지면 위에서 몸도 영혼도 더 선명해지고 그렇기에 취약해지지만 도움을 필요로 하지는 않는다. 때때로 일본 극장과 건축, 대중문화, 미적 취향을 묘사할 때면 그는 사회가 스스로를 구성하는 코드를 명명하고 여전히 기호학자로서의 면모를 보인다. 이와 마찬가지로 그는 사물의 질감에 매료되는 작가다. 그는 자신이 찾을 수 있는 가장 독특한 언어로 자신을 사로잡는 디테일을 풀어낸다.

『기호의 제국』은 뻔뻔스레 저자와 대상 사이의 거리 두기를 선언하고 이를 찬미하기까지 하는 책으로도 악명 높다. 바르트는 관광객은 아니지만 일본어를 모르기에, 이국적 외면의 집합으로만 일본을(더 나쁘게는 '동양'을) 바라보는 클리셰에 빠진다. 그는 자신이 일본과 일본인들을 부당하게 타자화했다는 사실을 아주 잘 알고 있다. 그럼에도 그는 매혹된다. 유럽 중심주의라는 비난에 대해선 그 매혹을 묘사하는 데 대한 노력을 감안해 어쩌면 면제까진 아니더라도 일종의 사면이 베풀어질 수도 있으리라 생각한다. 묘사 방식은 바르트가 대부분의 대상에 대해 갖는 관심의 방식, 즉 훑어보기grazing(그의 말이다)와 크게 다르지 않다.

문장이 포함된 문단은 『기호의 제국』 이십몇 페이지쯤에 실려

있다. 일본 요리와 식습관에 대한 네 가지 단상 중 마지막 부분
이다. 『S/Z』의 저자이며 글을 섬세하게 해부하기로 정평이 난
비평가가 일본 요리를 글의 한 종류처럼, 텍스트의 유형처럼, 심
지어 예술이나 문학 창작composition(소비consumption가 아닌)의 유
토피아적 이미지처럼 다루는 것은 그리 놀랍지 않다. 바르트는
테이블이나 쟁반 위의 음식 배치가 무엇보다 모종의 그림이며,
체스와 같은 게임이라고 말한다. 그러나 군더더기 없는 바르트
의 분석에서 해당 예술 혹은 대회는 곧 글이 쓰이는 방식으로 전
환된다.

> 일본 음식은 흔들리는 기표 안에, (맑은 것에서부터 분리
> 가능한 것까지) 물질의 축소된 체계 안에 자리를 잡는다.
> 이는 일종의 불확실한 언어에 기초하는 글쓰기의 기본
> 적인 특징이다. 실제로 일본 음식은 분리와 선택이라는
> 몸짓에 의해 글로 쓰인 음식처럼 보인다.

한 쌍의 젓가락은 잉크를 묻힌 붓이나 펜이다. 그것은 가리키
고, 식별하고, 발명하고, 묘사하며, 이 모든 건 중심 없는 배열
안에서 이뤄진다. 이는 바르트가 자신의 작품을 구성하는 방식
과도 닮았다. "테이블 위, 쟁반 위의 음식은 파편들의 집합에 불
과하다."
우리의 문장도 어떤 면에서는 마찬가지다. 바르트를 번역한
미국 시인 리처드 하워드는, 원문에 있는 드물지만 기이하게 느
껴질 정도로 과잉된 구두점들을 유지했다. 아래는 불어로 쓰인

원문이다.

> L'anguille (ou le fragment de légume, de crustacé), cristallisée
> dans la friture, comme le rameau de Salzbourg, se réduit à
> un petit bloc de vide, à une collection de jours : l'aliment
> rejoint ici le rêve d'un paradoxe : celui d'un objet purement
> interstitiel, d'autant plus provoquant que ce vide est
> fabriqué pour qu'on s'en nourrisse (parfois l'aliment est
> construit en boule, comme une pelote d'air).

콜론 두 개, 괄호 두 개라니? 적어도 영어를 쓰는 대부분의 작가들이 초고에서는 자유롭게 쓸지 몰라도 이후 퇴고 과정에서 삭제하거나 수정하게 될(혹은 편집자들이 바꾸기도 할) 것들이다. 바르트는 늘 이 둘을 다 애용하는데, 그의 문장은 종종 마치 어떤 뉘앙스와 수식어 없이는 그의 시선을 피해 갈 수 없다는 듯 삽입절들로 구멍이 나 있다. 오랫동안, 대학에서부터, 아니, 그보다 더 어릴 적부터 나는 에세이를 쓰거나 첫 책을 쓸 때 바르트가 콜론을 쓰는 방식을 모방했다. 그것들은 자주 세미콜론이나 대시처럼 기능한다. 뭔가가 일어나게 한다. 예시나 목록을 제시하고 보여주는 게 아니라 문장 내부에서, 문장 바깥 세계에서, 변화의 낌새를 알린다.

하지만 내가 문장에서 가장 감탄하는 부분은(바르트에게서 가장 좋아하는 점을 꼽자면 아마도 그의 생각과 단어의 기이함일 텐데) 구조와 문법, 구두점 안에서 드러나지 않는다. 대신 그의 글 도처에는 말로는 거의 표현된 적 없는 움직임이랄까 모티프가 있다. 그건 기호나 기의가 아닌 물질의 상태와 관련되어 있다. 바르트는 한 물질이 인접하거나 정반대에 있는 것이 되는 그 순간을 혹은 그것으로 폭로되는 순간을 끊임없이 묘사한다. 이것은 메타포에 대한 그의 해석, 그가 정의하는 시적 감각, 그가 경이와 기쁨으로 여기는 작가들과 (일본 요리 예술가들을 포함한) 예술가들에게서 반복해서 발견하는 성변화聖變化*의 기적이다.

바르트가 쥘 미슐레에 대해 쓴 초기 저서에는 19세기 프랑스 역사가인 미슐레의 삶과 작업이 유기적 과정의 관점에서 반복적으로 묘사된다. 미슐레는 월경에 강박을 보이며, 프랑스 사람들을 역사 속에서 분출하는 피의 근원으로 그린다. 그는 동물처럼, 과거를 자신이 풀을 뜯는 들판으로 본다. 또, 바르트의 글에는 음식이 도처에 널려 있다. 『현대의 신화』에 나오는 스테이크와 감자, 이때 피비린내 나는 고기는 프랑스 혹은 그 땅과 거기서 나는 산물과 사람들에 대한 관념을 암시한다. 자서전이나 다름없는 『롤랑 바르트가 쓴 롤랑 바르트』에는 그가 좋아하는 것과 싫어하는 것이 나열된 장도 있다. (지금 생각나는 건 그가 배를 좋아했다는 사실뿐인데, 당시 그는 배와 닮아 있었다.) 때때로 음식은 예기치 않은 순간에 등장한다. 그는 사드가 "밀가루와 물의 해로운 조합"이라며 빵을 싫어했다는 사실을 상기시키는데, 빵이 사람을 식분증** 행위에 부적합하게 만드는 비非사드적 결과

* 가톨릭교의 성체성사에서 빵과 포도주가 그리스도의 몸과 피로 변하는 일.

** 대변이나 배설물을 먹는 행위.

를 초래한다고 봤다는 것이다. 바르트는 같은 책(『사드/푸리에/
로욜라Sade/Fourier/Loyola』)에서 모로코의 스멘*에 얽힌 자신의 불
운한 경험에 대한 흥미로운 일화를 통해 샤를 푸리에**의 유토
피아적 사상을 소개한다. "어느 날, 나는 산패酸敗한 버터를 곁
들인 쿠스쿠스를 들라고 권유받았다. 그 발효 버터는 전통 음식
이고 일부 지역에서는 쿠스쿠스에 필수로 넣기도 한다. 하지만
편견이든, 낯설어서든, 소화가 되지 않아서든, 나는 발효된 것을
좋아하지 않는다." 바르트는 푸리에가 자신을 도와주었을 거라
고, 자신의 반응이 게으르거나 경솔한 것이 아니며, "그러한 논
쟁은 성변화를 논하는 것만큼이나 의미가 있다" 하고 말해주었
을 거라고 쓴다.

『기호의 제국』 안에서 물질은 끊임없이 놀라움을 준다. 음식
은 곧잘 반대로, 아니, 더 정확히는 서구의 시선이나 감성이 반
대이리라 상상하는 것으로 변한다. 가령, '덴푸라tempura'는 새우
와 고추를 감싸는 반죽(금빛 우유) '옷'이 너무나 섬세해 레이스
가 된다. 그것이 튀겨진 기름은 우리에게 익숙한 밀도 높고 과도
한 액체가 아니다.

　기름(그런데 이게 정말 기름일까? 이게 정말 **기름진 것, 모성**

* smen. 양젖 또는 소젖으로 만든 버터를 녹여 정제한 뒤 소금을 약간 섞어 토기에 숙
성시킨 것.

** 19세기 초 프랑스의 유토피아 사회주의자로, 근대 문명 전체를 비판하고 공동체
사회를 구상했다.

적인 재료란 말인가?)은 당신의 덴푸라가 담겨 나올 때 작
은 고리버들 바구니에 깔리는 종이 냅킨에 곧바로 흡수
된다. 이 기름은 지중해나 근동 지역에서 요리나 페이스
트리를 뒤덮는 윤활유와는 전혀 달라 어느새 휘발되어
있다. 기름이나 지방으로 요리하는 우리 음식의 특징,
즉 열기 없이도 타는 듯한 느낌을 주는 모순이 사라진
다. 지방체의 이 차가운 연소는 모든 튀김 요리에서 부
정되는 특징, 즉 신선함으로 대체된다.

바르트가 이 요리나 다른 요리의 특성에 대해 옳은지 그른지
누가 말할 수 있을까? 이런 부분적 인상을 표현하는 데 있어 옳
다는 건 무슨 뜻인가? 내 생각에 그는 이 작은 관찰로 일본에 대
한 더 크고 깊은 진실을 드러낼 수 있어 흥분한 게 아니다. 바르
트를 설레게 한 건, 도쿄의 식당에 있든 파리의 식당에 있든, 자
신의 욕망과 취향에 주의를 집중하고 있든 좋아하는 작가의 문
장에 담긴 타인의 미묘하고도 열렬한 욕망의 움직임에 집중하
고 있든, 그의 심장을 빠르게 뛰게 한 건 이런 변화의 광경, 어쩌
면 환상일 뿐일지도 모를 그것이다. 그의 방식, 아니, 더 정확하
게 말해 스타일은, '이 사기로 가득한 세상이 보이는 것과 다르
다는 걸 내가 어떻게 드러냈는지 보라' 하고 말하지 않는다. 대
신 이렇게 말한다. '자, 나와 함께 지켜보자, 환상, 욕망, 해석의
압력에 이 세상의 일부가 어떻게 되어가는지.' (아마도 이것이 발자
크의 「사라진」의 힘이기도 하리라. 잠비넬라의 성性에 관한 '진실'은
핵심의 일부에 불과하다. 비밀을 고백한 뒤에도 그녀는 사라진이 분노

속에 명명조차 할 수 없는 중성적 위치를 점유한다.)

자, 다시 문장으로 돌아가자. 그 안에서 얼마나 많은 종류의 변화가 일어나고 있나? 우선, 작은 동요가 있다. 장어는 채소가 될 수도, 조개가 될 수도 있다. 두 번째로, 이 파편은 기름에 "결정화"되어 있다. 물론 기이한 묘사로, 이는 벌써 두드리고 튀기는 행위와 불화하는 순수함과 섬세함을 불러일으킨다. 그렇다면 잘츠부르크의 나뭇가지는? 이 나뭇가지는 1822년 스탕달의 저서 『연애론 *On Love*』에 등장하는 것으로, 작가는 책에서 열정을, 감탄에서 "결정작용 crystallization"까지 일곱 단계로 구분하는데, 이 결정작용 단계에서는 사랑하는 대상의 모든 요소가, (특히) 결점까지도 연인의 호의적인 관점에 포섭된다. 수정에 대한 은유를 설명하는 다음 일화를 보자.

잘츠부르크의 소금 광산에서는 겨우내 잎을 다 떨어뜨린 나뭇가지를 발길이 닿지 않는 깊은 곳에 던져놓는다. 두세 달이 지나면 나뭇가지는 아름다운 수정으로 뒤덮인다. 참새 다리만 한 가장 작은 잔가지들에도 눈이 부시도록 반짝이는 다이아몬드가 무한히 달리기에, 본래의 모습을 찾아볼 수 없다.

바르트가 스탕달의 이미지를 차용하는 과정에서 유서 깊은 클리셰가 작동한다. 요리가 음식으로 행하는 사랑과 돌봄의 행위이자, 그것을 대접받는 가족과 친구를 위한 행위라는 것. 하지만 또 다른 것이 있다. 적절하고 애정 어린 관심만 있다면 한 토막의 일본 음식도 환상적인 은유로 표현될 수 있다는 감각 말이다. 마치 비평가의 손길 아래서 시와 이야기, 자전적 단편 같은 작은 언어 조각이 그러하듯.

 "구멍들의 집합… 완전히 틈으로만 이루어진 사물… 공기 뭉치처럼…". 우리가 문장의 3분의 1쯤을 지날 때 문장은 스스로를 비워 더 가볍고 듬성듬성해지며 공기가 더 들어차게 한다. 실은 너무 가벼워져 좀 전의 "작은 텅 빈 공간 덩어리tiny clump of emptiness"를 잠시 잊었다. 무언가가 거의 존재하지 않는다는 말이 수많은 변주로 말해진다. 어떤 면에서 보자면 우리는 이미 바르트가 후에 "중립"*이라 부르는 것의 영역에 들어와 있는 것이다. 그 모드, 분위기 안에서는 이분법적 구분이 갖는 무게를 거부하고, 파르르 떨리는 저울추가 결정하는 순간을 유예할 수 있다. 어떻게 하면 이 순간에, 이 작은 틈새에 머무를 수 있을까? 바르트가 예술, 정치, 사적인 삶에서 가장 중시하는 것에 대해 말하는 이 방식에. 한 가지 방법은, 구두점으로 하여금 더 미묘하게 구별되는 가능성들을 향해 계속해서 문을 열게 하고, "덩어리clump", "집합collection", "사물object", "공ball", "뭉치wad"처럼 서로 바꾸어도 거의 무방한, 동일한 것을 가리키는 거의 중립적인 이름들로 문장들을 만드는 것. 잠비넬라가 사라진의 접근을 아리송하게 거부했듯 무심히 거절하거나 수줍은 듯한 자세로. 도발적인 유보, 이것은 문장 속에서 어떻게 들리는가, 어떻게 읽

* the neutral(le neutre). 바르트의 강의 제목이자, 후기 사유의 대표적 개념. 두 항의 대립이라는 패러다임을 좌절시키는 모든 것을 일컫는다.

히는가? 바르트의 문장은 마침내 괄호들에 둘러싸인 채 "공기 뭉치"로 묶여, 문장 끝에(그리고 이 에세이 끝에) 달린 풍선처럼, 이제 내 손에서 놓아줄 만큼 가벼워졌다.

컬트적 지지를 받았을지라도
ALBEIT SUCCOURED BY A CULT

"Parker's medium-tempo blues had a glittering, monolithic quality,
and his fast blues were multiplications of his slow blues."
—Whitney Balliett

컬트적 지지를 받았을지라도
ALBEIT SUCCOURED BY A CULT

"파커의 미디엄템포 블루스는 화려하면서도 하나의 덩어리처럼 견고했고, 빠른 블루스는 느린 블루스를 증폭시켜놓은 듯했다."
—휘트니 발리엣

재즈나 재즈 평론가들에 대해 거의 알지 못하는 나는 1950년대 중반부터 2001년까지 『뉴요커』의 재즈 평론가였던 휘트니 발리엣을 최근에야 알게 됐다. 그를 검색해보면, 뿔테 안경을 쓰고 가장 뜨거운 밤과 가장 힙한 곡을 열렬히 찾아다니는 학구적인 와스프WASP*를 만날 수 있다. 휘트니 발리엣이라니, 이름마저 인상적이다. 나는 그가 나비넥타이를 즐겨 맸다는 글도 읽었다.

그는 재즈 글을 모은 선집을 여러 권 냈다. 첫 책이 1960년 출판되었고, 사망 한 해 전인 2006년에 마지막 책이 나왔다. 한 권 사볼 생각인데, 나는 유독 잡지 작가들, 특히 비평가들에게 약하다. 내가 알기에는 전성기가 너무 빨랐고, 조세프 미첼**이나 메

* 'White Anglo-Saxon Protestant'의 약자. 앵글로색슨계 백인 개신교도.

** 『뉴요커』에 오랫동안 글을 실은 미국 작가(1908~1996).

이브 브레넌, 폴린 케일*, 케네스 타이넌**의 화려한 명성은 얻지 못한 작가들. (대표적인 예로 타이넌과 케일의 후계자로 불렸던 소설가이자 비평가인 퍼넬러피 길리엇이 있다.) 단정한 차림의 사이드맨***, 주인공보다 더 클래식하게 재단된 긴 드레스를 입은 백업 보컬, 발리엣은 그들 중 하나처럼 보인다. 『뉴요커』 온라인 아카이브에서 그의 눈부신 재능이 일순 수면 위로 떠올라 내 눈과 귀를 사로잡는다. 잠깐, 이게 내내 여기 있었다고?

문장은 찰리 파커****의 1976년 재발매판에 대한 기사인 「버드Bird」 중 한 부분이다. 내가 읽은 휘트니 발리엣의 글은 지금으로서는 이게 다다. 미첼 같은 작가들에게서 배웠을 장문의 인물 탐구 기사들은 기나긴 인용들로 이루어진 걸작들로, 작가 발리엣은 한 번에 몇 페이지씩이나 대상의, 친밀한 지인들의 목소리 뒤로 사라진다. 세상을 떠난 지 21년이 지난 색소폰 연주자, 파커에 대해 쓴 글에서도 이런 면모는 여전히 돋보인다. 1973년, 로스 러셀이 쓴 전기 『버드는 살아 있다!Bird Lives!』에서 친구들, 심지어 주치의에 대한 일화까지 인용해 구술사적 측면을 제공한다. 그러나 이 기사에서 발리엣은 혼란했던 파커의 짧은 생애를 우아하게 정리하며 우리가 왜 그를 기억해야 하는지, 다시 말

* 미국의 영화 평론가(1919~2001).

** 영국의 영화 평론가이자 작가(1927~1980).

*** 재즈 공연에서는 연주를 위해 고용된 음악가를 가리키며, 숙련된 연주로 '리더'를 뒷받침한다.

**** 재즈 색소폰 연주자(1920~1955). 비밥의 선구자로 루이 암스트롱, 듀크 엘링턴과 함께 거론되는 거장이며, "Yardbird", 이를 줄인 "Bird"라는 별명으로 불렸다.

해 파커의 소리가 어떠했는지를 상기시킨다.

조지 버나드 쇼는 언젠가 형용사를 하나도 쓰지 않고 콘서트 정기 리뷰를 쓰기로 한다. 바보 같은 짓이다. 발리엣은 이 기사를 통해 묘사적인 형용사를 풍부하게 쓰면서도 비판적인 글쓰기가 가능하다는 것을 보여준다. 이 글에만 "미로 같은", "당황하게 하는", "삐딱한", "허스키한", "빈둥대는", "찬송가 같은", "재잘거리는", "근육질의", "눈부신", "견고한" 등의 형용사가 나온다. 하지만 발리엣은 형용사를 줄이고 동사를 써야 할 때도 안다. 파커의 연주를 묘사하며 그는 말한다. "그는 회유했다, 그는 공격했다, 그는 애도했다, 그는 노래했다, 그는 웃었다, 그는 저주했다." 다음은 발리엣이 파커의 솔로에 대해 쓴 글이다.

그는 음표 네 개, 다섯 개쯤을 의도적으로 더듬거리며 솔로의 시작을 선언하고, 효과를 위해 잠시 멈추었다가, 프레이즈를 반복하고, 마지막 음에서 침묵으로 미끄러져 프레이즈를 거꾸로 돌리는 듯하더니 갑자기 더블타임으로 전환하고, 지그재그로 음계를 오르다, 꼭대기에서 원을 그리듯 돌고는, 곤두박질쳐 침묵과 소리 사이 어딘가로 떨어진다. (파커는 다이내믹과 침묵을 극적으로 사용할 줄 아는 대가다.) 잠시 멈추었던 그가 꿈결 같은 두 번째 후렴구를 시작해, 흡사 찬송가처럼 세 음표를 한 음 한 음 길게 유지한 채 다음 음으로 흘러간다. 그는 끊어지고 깨진 듯한 짧은 아르페지오를 두어 번 연주해 잠깐의 마법에서 우리를 깨우고, 빈둥거리듯 하프타임으

로 떠가더니, 또다시 불쑥 상승하다 떨어지는 더블타임
으로 몰아치며 인접한 키들을 자유자재로 오간다. 그가
다시 잠시 멈추고, 도입부와 비슷하게 아멘 하고 기도하
듯 후렴부를 마무리한다.

　이제 나는 이 문단도 마음에 든다. 무엇보다 재즈의 리듬과 질
감을 재현하는 방식으로 글을 쓸 수 있다는 클리셰를 아주 정교
하게 보여주는 논평이다. 발리엣의 산문은 빵빵대지 않고, 더듬
지 않으며, 제멋대로의 런이나 리프*도 없다(그렇다고 두운이나
유운에서 자유롭진 않지만). 대신 모든 게 구조 안에 있는데, 이는
발리엣이 이 글에서 탐구하는 주제이기도 하다. 스탠더드 연주
에 대한 파커의 접근 방식은 곡의 구조를 해체해 훨씬 더 복잡한
구조로 대체하는 것인데, 그럼에도 우리는 도처에서 원곡의 흔
적을 느낄 수 있다.
　다시 문장으로 가보자. "파커의 미디엄템포 블루스는 화려하
면서도 하나의 덩어리처럼 견고했고, 빠른 블루스는 느린 블루
스를 증폭시켜놓은 듯했다." 이 문장은 내가 위에 인용한 긴 문
단 바로 뒤에 나온다. 앞의 문단에서 연이어 "would"가 나오고
(파커가 이것을 하고 저것을 한다Parker would do this, and he would do that
는 식이다) 이제 과거 시제가 나오는데, 문장을 명확히 하며 강
화하는 느낌이다. 아니, 더 정확히는 '결정화'한 듯하다. 모든 게
일순 고정된다. 지나치게 활동적이던 동사는 사라지고 "had"와

---

* '런(run)'은 빠르게 이어지는 음의 연속, '리프(riff)'는 짧게 반복되는 핵심 구절.

"were"만 남았다. 하지만 이 문장만으로는 문장이 "화려하면서도 하나의 덩어리처럼 견고"하다고 말하기는 어렵다. 그의 모든 기교에도 불구하고 기념비적 산문이 되기에 발리엣은 너무나 겸손하다. 문장의 경제성을 보라. 우선, 견고한 한 쌍의 형용사. 앞선 문장에선 현란한 움직임에 대해 말해놓고 그의 음악에는 뭔가 견고하고 부동적인 면이 있다고 하니 이상하게 들릴지 모른다. 하지만 "화려하면서도 하나의 덩어리처럼 견고"하다는 말도 신기루를 묘사하고 있는 듯 들리지 않는가? 이 문장에는 확실하고 고정된 무언가가 있다. 물론 "블루스blues"가 반복된다. 그러나 이 단순한 단어는 곡과 마찬가지로, 복잡하고 다채로운 빛깔의 수정처럼 변주된다. 그럼 이 안에서 "증폭multiplication"이란 정확히 무슨 뜻일까? 처음에 난 기존의 꼴을 열광적으로 쌓아 올린 걸 생각했지만, 그건 발리엣이 말하는 것과 맞지 않는다. 그건 강화, 복잡성, 이제야 불꽃을 튀기는 화려하면서도 견고한 단일체를 뜻한다.

어떻게 해야 이렇게 복잡한 경험을, 짜증이 날 정도로 이해하기 어렵고 혼란스러운 경험을, 독자를 그곳으로 데려가면서도 그가 이 모든 걸 이해할 수 있게 설명할 수 있을까? 이처럼 충분히 멀고도 차분한 거리를 유지한 언어는 어떤 것인가. 휘트니 발리엣은 재즈 비평이라는 자신의 작은 예술 안에서 가장 간결하고 반복적인 구조를 발명해 극도로 대담한 프레이즈를 보여주었다. 문장은 여전히 신비롭다. 어쩌면 이것이 내가 처음 이 글을 주제로 쓰려고 베껴 쓸 때 무의식적으로 그 효과를 증폭시키려 했던, 그렇게 하여 무언가를 설명하려 했던 이유인지도 모른

다. "파커의 미디엄템포 블루스는 화려하면서도 하나의 덩어리
처럼 견고했고, 빠른 블루스는 느린 블루스를 증폭시켜놓은 듯
했다는 발리엣의 문장은 느린 블루스를 증폭시켜놓은 듯했다."

파괴의 간계

THE CUNNING OF DESTRUCTION

"In her presence on these tranquil nights it was possible to experience
the depths of her disbelief, to feel sometimes the mean, horrible freedom
of a thorough suspicion of destiny."
—Elizabeth Hardwick

"이렇게 고요한 밤 그녀와 함께 있을 때면 그녀가 가진 불신의 깊이를 실감하고, 가끔은 운명을 완전히 의심하는 사악하고, 소름 끼치는 자유까지도 느낄 수 있었다."
—엘리자베스 하드윅

"돌덩이 같은 아이디어, 흙덩이 같은 연구 자료, 불확실한 기억에 생기를 불어넣으라는 명령을 받으며 아침에 일어나는 건 이 직업이 내린 형벌이다." 엘리자베스 하드윅이 에세이스트로 사는 일의 고됨을 묘사하며 한 말이다. 그녀는 멋진 방식으로 이 형벌을 받았다. 소설가로서 하드윅은 초기 작품 『유령 연인 *The Ghostly Lover*』(1945), 『단순한 진실 *The Simple Truth*』(1955)은 실패를 겪지만 날렵한 반半자전적 소설 『잠 못 드는 밤』(1979)으로 부분적으로나마 성공을 거둔다. 그녀는 작가로서 언제나 미국 문단의 중심 혹은 그 근방에 있었다. 끝내 이혼하게 되는 시인 로버트 로웰과의 결혼으로 잠시 그녀의 성과가 가려지기도 하지만, 하드윅은 1963년 『뉴욕리뷰오브북스 *New York Review of Books*』의 창간 멤버로, 그녀가 서평의 쇠퇴에 대해 쓴 『하퍼스 *Harper's*』의 신랄한 기사는 『뉴욕리뷰오브북스』의 창립 편집자인 로버트 실버스와 바버라 엡스타인에게 일부 영감을 주기도 했다. 다른 많은 훌륭한 에세이스트들처럼 그녀의 훌륭한 기사들 또한 서평으로 시작해 그 형식을 훌쩍 뛰어넘는다. 그것들은 전부 하나같이 우아하면서도 어딘가 기이한 스타일을 추구하며, 가장 예리하고 가장 독특하며 가장 대담하다.

내가 발췌한 문장은 1976년 3월 4일 『뉴욕리뷰오브북스』에, 하드윅이 빌리 홀리데이에 대해 쓴 기사 중간 부분에 나온다. (『잠 못 드는 밤』에도 같은 글의 조금 다른 버전이 실려 있는데 이보다 훨씬 못하다. 우선은 여기 실린 버전에 집중하자.) 하드윅은 20대 중반에 뉴욕에서 가수와 친구가 된다. 그녀는 에세이에서, 싸구려 호텔 인테리어에서 풍기는 "덤불" 같은 어수선함, 중고 레코드판이 쌓인 선반을 뒤지다 긁힌 손가락 끝, 택시에서 몸을 숙이고 내려 클럽으로 향하는 위대한 재즈 음악가들의 새를 닮은 모습 등 1940년대의 질감과 광경을 음울한 방식으로 상기시킨다. 그리고 그 모든 것 중심에 "수수께끼 같은 유령"인 홀리데이가 있는데, 그녀는 기사에서 딱 한 번 입을 연다. 그녀의 특징은 오히려 공연을 통해, 피곤에 절고 당황해하는 주변 사람들과의 관계를 통해, 중독과 질병, 투옥 등의 사건을 통해 드러난다. 무엇보다 하드윅은 짜증을 돋우는 반복과 교묘한 반전을 이용해 이상하고 비스듬한 언어로 가수를 환기한다. "우리가 처음 그녀를 보았을 때 그녀는 뚱뚱했다, 크고, 눈이 부실 정도로 아름답고, 뚱뚱했다."

하드윅의 독특한 스타일을 어떻게 하면 정확히 설명할 수 있을까? 물론, 일종의 서정성을 가장 먼저 들 수 있겠다. 비평가인 그녀는 먼저 소리로, 그다음엔 이미지와 은유로 독자를 유혹해 주제에 더 가까이 데려간다. (1983년, 영국 소설가 데이비드 로지는 「타임스 리터러리 서플리먼트」에서 하드윅을 가리켜 버지니아 울프 이후 처음 등장한 제대로 된 서정적 비평가라고 말하지만, 이는 사실이 아니다. 서정성은 이와는 전혀 상관없는 다른 일을 하고 있다고 여겨지는 비평에서도 필수적인 요소다.) 조앤 디디온은 하드윅의 "예리한 조심스러움"을 높이 사며 『파리 리뷰』 인터뷰에서 이렇게 말했다. "시인의 목소리를 좋아해요. 그 즉흥적인 번뜩임이 좋아요, 보통의 산문에 존재하는 무게가 없는 거요." 하드윅의 문장은 언제나 혼자이며 서로 거의 주의를 기울이지 않거나 아예 관심이 없어 각 문장이 자기본위적이고 그 자체로 충분하다는 인상을 준다. 그녀는 (이런 표현이 맞다면) 병렬적으로 나아간다. 인상 위에 인상을, 비유 위에 비유를 쌓아, 마침내 그 효과가 다 떨어진 뒤에 꽤 엄격하고 직접적인 것이 우리에게 드러난 때까지.

　하드윅 에세이의 은유는 언제나 색다르다. 바로 우리가 은유로부터 바라는 것이다. 그것들은 종종 그저 이상하거나, 할 수 있는 만큼 팽팽히 당겨진다. 그녀는 「블룸즈버리와 버지니아 울프Bloomsbury and Virginia Woolf」의 서문에서처럼 전적으로 우아하고 적절한 글도 쓸 수 있다. "블룸즈버리는 지금, 철을 맞아 송어를 모두 건져낸 사유지의 연못 같다." 하지만 젤다 피츠제럴드의 전기는 묻혀버렸다고, 거기서 더 나아가 젤다가 F. 스콧 피츠제럴드의 기억이라는 "절망의 제비꽃" 아래 누워 있다고 말하는 하드윅을 우리는 어떻게 이해해야 할까? 하드윅은 형이상학적

인 시에 대한 논문을 버리고 작가가 된 뒤*로 은유로서 그려질
수 있는 생생하고 다루기 어려운 이상한 것에 늘 몰두했다.

「빌리 홀리데이Billie Holiday」에서 보이는 가능성들을 보자. 하
드윅은 가수가 최근 만나기 시작한 (아마도 조 가이일) 젊은 트럼
펫 연주자를 묘사하고 있다. "그는 막대기처럼 가늘었고, 겁먹
은 듯 반짝이는 동그란 두 눈에 사랑스럽고 둥글고 밝은 얼굴은
목을 지주 삼아 찔러놓은 제물처럼 보였다." 그리고 홀리데이
의 헤어스타일도. "언제나 아름답고, 큰, 하얀 귀처럼 요염한 치
자꽃을 꽂았다… 가끔 머리를 빨갛게 물들이면 두피에 납작하
게 붙은 곱슬머리가 말라붙은 피처럼 보였다." 홀리데이가 어딜
가나 데리고 다니는 큰 개들은 "여왕의 무덤에 어울리는 귀한
조각품 같았다." 끊임없이 "과도한 일정"에 쫓기는 가수 주변을
팬으로서 어슬렁대는 건 "추운 한밤중에 공원을 내달리는 마차
경주에 나갈 준비를 마친, 공원 입구에서 대기중인 늙은 말이
된 기분이었다." 하드윅은 홀리데이의 죽음을 암울할 정도로 간
결한 이미지로 쓴다. "그녀가, 혼수상태에서, 체내의 마지막 화
학적 이주에 성공하지 않도록, 경찰들은 철야로 병원 침상을 지
켰다."

그리고 여기 다시 이 문장. "이렇게 고요한 밤 그녀와 함께 있
을 때면 그녀가 가진 불신의 깊이를 실감하고, 가끔은 운명을 완
전히 의심하는 사악하고, 소름 끼치는 자유까지도 느낄 수 있었

* 하드윅은 17세기 영국 문학으로 컬럼비아대학 박사과정에 입학했다가 그만두고 작
가가 되었다.

194

다.” 하드윅 특유의 방식이 응축된 순간 중 하나라 할 수 있겠다. 비유가 사라지고, 우리, 즉 그녀와 우리가, 그녀가 다루는 인물의 비극적이고 수수께끼 같은 본질을 마주하는 순간. 단 한 번도 기독교인인 적 없는 여자는 가족을 믿지 못했고(홀리데이의 어머니는 에세이 가장자리에서 그녀를 끊임없이 뒤흔든다), 남자는 더더욱 믿지 못했다. 유일한 관심이 “극악무도한 마약”이자 아마도 예술이었을 사람. 현실은 엄혹하고, 은유로 꾸며지지 않는 법. 하지만 이 문제는 그리 간단하지 않다. 우리는 홀리데이의 신념 부재에 대해 오로지, 가능“해볼 수 있을” 뿐이다(아니, 그 안에 거 해볼 수 있을 뿐인가?), 그것도 오로지 “가끔”. 왜일까?

물론 이 문장은 아름답다. 콤마를 축으로 한 병렬 구조가 완벽하게 중심을 잡은 채, 조금씩 변화하는 반복의 수사적 미덕을 보여주는 훌륭한 예시다. 어떤 작가나 편집자는 “밤nights” 뒤에 콤마를 찍어 이 섬세함을 무너뜨렸을지 모른다. (하드윅의 콤마는 언제나 딱 맞는 곳에 있다. 그녀는 “사악하고, 소름 끼치는mean, horrible”에서처럼 두 개의 형용사와 콤마를 아주 절묘하게 쓴다.) 문장이 보여주듯 첫 번째 콤마는 전체 에세이에서 중요한 역할을 한다. 양쪽에는 산뜻하지만 어딘가 불길한 두운법*이(앞쪽에는 파열음**이, 뒤쪽에는 치찰음이) 장식처럼 자리하고, “운명을 완전히 의심하는a thorough suspicion of destiny” 구절은 느리지만 단호한 진단

---

* 연속되는 단어들의 첫 자음이 동일하게 반복되는 것. 경우에 따라서는 첫 모음이 반복되기도 한다.

** p, t, d처럼 막혀 있다가 터지며 나는 소리.

처럼 말해진다(그런데, 이 구절은 의미가 특히나 불분명하다).

문장의 구성은 매끄럽고 유혹적이지만, 하드윅의 글에서 흔히 보이는 모호함의 유령에 덜컹거린다. 지금 생각나는 가장 좋은 예시는, 1956년 『파리 리뷰』에 게재된 하드윅의 에세이 「미국과 딜런 토머스America and Dylan Thomas」다. "He died, grotesquely like Valentino, with mysterious, weeping women at his bedside(그는 침상 곁에서 우는 정체불명의 여자들에 둘러싸여, 발렌티노처럼 기괴하게 죽었다)." 시인의 죽음이 기괴하단 말일까? 그것엔 의심의 여지가 없지만, 첫 번째 콤마를 단어 하나 뒤로 옮겨보면 하드윅이 우리에게 그 이상의 것을 말하고 있음을 알게 된다. 그 기괴함이 그의 것이기만 한 게 아니라, 그의 죽음을 둘러싼 상황 자체가 기괴하다는. 하드윅 문장의 하위 절들은 종종 이상하고 생소하다. 웨인 케스텐바움이 짧은 에세이를 통해 하드윅 문장에 대한 애정을 드러내며 말했듯, 하드윅의 글에선 뜻밖의 말이나 여담이 "우리 식욕을 자극하는 거대한 생 쇠고기 덩이처럼" 등장한다.

우리의 문장은 그 자체로 흥미롭다. 그건 많은 부분, 그녀의 흥미로운 단어 선택에서 비롯된다. 그녀는 '-ing'를 쓰는 동명사형의 형용사를 즐겨 쓴다. 2005년에 그녀가 『뉴욕리뷰오브북스』에 쓴 수전 손택의 부고 기사 첫 줄을 보자. "이례적으로 황량해지는 환경을 제외하면 인간은 죽고 싶어하지 않는다Except in unusually desolating circumstances, human beings do not want to die." 여기서 "desolating(황량하게 하는)"은 'desolate(황량한)'가 가져오지 못하는 효과를 가져온다. 즉, 죽음을 의식하는 인간의 나약한 수

동성을 암시하고, 곧 닥칠지 모를(혹은 오지 않을지도 모를) 종말의 과정을 상기시킨다. 「빌리 홀리데이」에는 이 스타 가수의 주변 사람들이 그녀를 두려워하고 있다는 "차가운 인식the freezing perception"이 있다. 하드윅이 정관사를 쓴 것에 주목하자. 그것은 누구의 인식일까? 우리의 문장으로(수업으로?) 돌아가 "the mean, horrible freedom"을 다시 보자. 우리는 이 문장이 연민이나 적절한 동일시의 가능성을 아주 손쉽게 무너뜨리기에 이것에 대한 얘기라고 말할 수도 있을 것이다. 그렇다면 "mean"과 "horrible"은? 이것들은 그녀가 내몰린 곤경만큼이나 이를 스스로 자초한 의지에 대해 말하고 있다.

이제 『잠 못 드는 밤』의 문장이다.

> 이렇게 축축한 밤, 세상 모든 공연자들이 쥐 죽은 듯한
> 공연장에서 웃고 춤추고 고대의 왕인 척 가장하며 공연
> 을 펼치는 밤, 그녀와 함께 있을 때면, 그녀의 불신의 깊
> 이에서 달아나거나, 운명을 맹렬히 의심하는 사악하고,
> 소름 끼치는 자유를 거부하기란 불가능하다.

"축축한bedraggled"이라거나 "맹렬히savage"처럼 과장된 표현과 본질에서 벗어난 공연자들의 전 지구적 파노라마가 거의 파괴적일 정도로 감상적이라 형용사들이 약해졌다. 그러나 1976년 버전과 비교할 때 가장 중요한 실수는 다름 아닌 바로 이것이다. 실은 (두 버전 모두) 홀리데이를 따라 분연한 허무주의에 동참하지 못함/않음이 문장의 핵심인데, "사악하고, 소름 끼치는 자

유"에서 더 이상 달아나거나 이를 거부하기란 불가능하다고 우리에게 분명히 말해져버린 것. 에세이와 소설에서 그다음 문장은 이렇다. "그러나 그녀의 마음은 언제나 의지, 그리고 불행과의 교전에서 물러났다."

하드윅은 우리가 홀리데이의 예술적 가치가 그녀가 부르는 노랫말에 있다고 생각한다면 아주 부당한 처사라고 쓴다. "그녀의 메시지는 다른 곳에 있다. 그건 스타일이다." 이게 무슨 말일까? 그녀가 궁극적으로 예술을 통제했다는 걸까, 통제하지 않았다는 걸까? 능란함과 우연, 분명한 기교와 숨길 수 없는 매력 사이에서 선택하기를 거부하는 것, 그 진동이 아니라면, 스타일이 대체 무엇이겠는가? 하드윅은 자주, 자신의 초고가 닭이 써놓은 것이나 다름없다고 말했다. 이와 다르게 되기까지, 닭처럼 보이지 않고 들리지 않을 때까지 무수한 노력이 있었으며, 이 문장이 그 노력을 극적으로 보여준다. 문장은, 또한 애정과 배려의 산물이기도 하기에.

베네치아 스위트*

SUITE VÉNITIENNE

"I took a trip to see the beautiful things."
—Susan Sontag

* 'suite'에는 '모음집'이라는 뜻이 있다.

"나는 그 아름다운 것들을 보려고 여행을 나섰어."
—수전 손택

이 문장은 손택의 것이지만 이것의 상당 부분(희극적이고 완곡한 어법이라든가 아니면 그저 얼버무리기, 비꼬는 듯한 어조와 무표정한 대화)은 그녀가 모방하고 뛰어넘고자 했던 도널드 바셀미*에게서 왔다. 손택이 쓴 최고의 (아마도 유일한 걸작일) 단편소설 「안내 없는 여행Unguided Tour」의 맨 첫 문장으로, 소설은 1978년 출판된 단편집 『나, 그리고 그 밖의 것들』의 마지막에 실려 있다. 손택의 소설은 좋든 별로든 그저 그렇든, 인상적일 만큼 분투하는 것이 특징이다. 우선, 그녀는 누보로망 양식**의 실험주의자가 되고자 했고, 최종적으로는 19세기의 거대한 규모와 구조를 따르는 사실주

* 포스트모던하고 초현실적인 소설로 알려진 미국 소설가(1931~1989). 손택이 존경한 작가 중 한 명이다.

** 전통적인 소설의 형식을 부정하고 새로운 수법을 시도한다. 1950년대에 사르트르가 처음 사용한 말로, 특별한 줄거리나 뚜렷한 인물, 사상의 통일성이 없고 시점이 자유롭다.

의 소설가가 되고자 했으며, 두 시기 사이, 1970년대엔 심오하고 유쾌하고 장난기 넘치는 이야기를 써 유행을 일으킨 바셀미의 스타일을 좇아 포스트모더니스트(손택은 이 용어를 인정하지 않았지만)가 되고자 했다. 바셀미는, 전후 소설의 거장들과 그 독특한 기교—베케트와 나보코프의 냉정한 문장들, 자기 해체적인 보르헤스와 로브그리예의 소설들, 그리고 핀천, 업다이크, 로스가 미국의 표면을 가차 없이 벗겨내는 방식—를 한데 모아, 놀이동산에 있는 거울의 집에 넣어놓은 것 같다. 그럼에도, 그의 소설은 어느 누구와도 같지 않다. 그를 좇아 자신만의 이야기를 쓰려던 손택의 실패가 바셀미의 모든 문장(나도 이에 대해 써보려 했다)을 대신해 말해주고 있다. 한 문장으로 장장 일곱 페이지를 쓴 그의「문장Sentence」이라는 단편까지 포함해서.

둘의 유사성에 대해 더는 말하지 않을 텐데, 그것이「안내 없는 여행」을 설명하거나 그것에 대해 알려주는 게 없기 때문이다. 이들이 닮은 건 오가는 대화 속의 부자연스러운 취약함뿐이다. 바셀미의 단편소설「사과The Apology」의 서두와「안내 없는 여행」을 비교해보자.

　　—창가 바닥에 앉아서 창에 얼굴을 비추고 있어. 그는
　　　절대 돌아오지 않을 거야.
　　—물론 돌아올 거야. 그는 돌아와, 한 손으로 문을 열
　　　고, 널 찾다가 창에서 네 얼굴을 보겠지.
　　—그는 절대 돌아오지 않아. 지금은 아니야.
　　—돌아올 거야. 야윈 얼굴에 새로 주름은 생겼겠지만,

　고개를 높게 들고서.

　—난 용서받을 수 없는 짓을 했어.

　—그 말엔 반박할 수 없네.

이번엔 손택의 글이다.

나는 그 아름다운 것들을 보려고 여행을 나섰어. 다른
풍경도 보고, 기분 전환도 하고. 그런데 그거 알아?

　뭐?

　다 아직 그대로 있어.

　아, 하지만 오래가진 않을 거야.

　알아. 그래서 떠난 거니까. 작별 인사를 하려고.

　내가 여행을 하는 건 늘 작별 인사를 하기 위해서야.

　그녀는 「안내 없는 여행」을 쓰고 난 뒤 일기에 "바셀미보다
더 나은 소설을 썼다"라고 적는다. 우리가 이 작품의 기이하고
뛰어난 면모를 인정하기 위해 굳이 그녀의 말을 믿거나 그녀의
오만함을 용서할 필요는 없다. 이 소설은 여행, 기억, 우울감과
그에 대한 저항, 예술과 문화가 주는 위안, 유럽에 있는 미국인
들의 비뚤어진 자의식, 어딜 가든 그곳의 현재 상황이나 정치에
는 무관심한 채 과거 유물에만 집착하는 서구인들의 이야기다.
이는 또한 와해되는 관계에 관한 이야기이기도 하다. "우리는
대부분의 시간에 싸웠다. 그는 답답하고, 나는 혐오스러웠다."
이 소설에는 손택 자신의 모습이 많이 담겨 있다, 그녀의 야망

과 당황이. 그녀는 유럽에서 자신의 가장 짜증 나는 연애를 이어가고 있었다. 그녀는 이 소설 속의 돌아온 여행자처럼 노년이 될 때까지 자연의 아름다움에 무관심했던 것으로 유명하다. 이러한 맹점은 「안내 없는 여행」 속 다른 목소리처럼, "도시의 불안정한 금속성 쾌락을 지나치게 탐닉"한 데서 비롯된 것이었다. 손택의 연인들과 친구들은 그녀가 문화라는 개념, 그리고 그것을 이해하고 말하는 데 필요한 사유에 대해서는 대단히 헌신적이지만, 정작 여행중에 만나는 "예술품이나 건축물은 보지 않는다"라고 불평하기도 했다. 이를테면 그들은 피렌체의 멋진 프레스코화나 조각상 앞에서도 그것을 보는 대신 손택의 강의를 들어야 했다.

손택의 대리자인 이 인물은 무엇에 작별을 고했던 걸까? 소설은 여행에 관한 클리셰로 가득하다. "타일로 된 지붕, 목조 발코니, 만에 보이는 물고기, 구리로 된 시계, 바위 위에 펼쳐진 숄들, 섬세한 올리브 향기, 다리 뒤로 지는 해, 황토색 돌." 그리고 사물 자체인 것들과 그것들 사이를 움직이는 사람들의 관습적인 말과 표현 들. (이탤릭체는 손택의 것이다.) "*In the café… I'm sure… This spot… Nice… It says… Let's…* (카페에서… 분명… 이 장소는… 좋아… 그렇다던데… 그러자…)" 그리고 여행자가 특권이라는 껍데기에서 벗어나 사물의 진짜 모습을 보았다고 생각하는 순간(하지만 물론 그 순간은 이미 지나가버렸다). "파리로 뒤덮였네. 저 불쌍한 어린애 말이야. 봤어?" 이 모든 것은 더욱 가혹한 판단과 자기 성찰의 배경이 된다.

나는 내 욕망을 만족시키고 싶지 않아, 난 그걸 화나게
하고 싶어. 내 사랑, 난 우울의 유혹에 저항하고 싶어.
내가 이걸 얼마나 원하는지 네가 안다면 좋으련만.

그렇다면 넌 시인들과 큐레이터들이 만들어낸 과거
와의 희롱을 멈춰야 해. 그런 오래된 것들은 잊을 수
있어. 그곳 엽서를 사고, 그곳 음식을 먹고, 성적 무
심함에 감탄하면 되는 거야. 노동절 축제에서 행진하
면서 「인터내셔널가」를 부를 수도 있지, 가사는 알고
있으니까.

이건 분명 바셀미의 스타일을 모방한 짧은 단편소설이지만,
이런 순간들엔 그녀의 많은 소설들에서처럼 에세이스트로서의
그녀의 목소리가 들리는 듯하다. 훈계조의, 아포리즘적인, 확신
하는 목소리. 혹은 일기에서처럼 다양한 감정에서 벗어나려 하
거나, 반대로 그러한 감정의 부재에 절망하며 스스로를 비판하
는. 「안내 없는 여행」은 전자의, 더 경직된 손택의 모습을 우리
에게 드러냄으로써 우리가 소설에서 찾는 즐거움, 즉 흔들리는
감정과 인간적인 약점을 제공하지 않는다. 바셀미에게는 있지
만 손택에게는 부족했던 또 다른 특징은 유머의 흔적이다.

그런데 멋지지만 어딘가 제약을 받은 듯한 이 이야기에 변화
가 생겼다. 1983년, 손택은 이탈리아 TV 방영을 위해 제작된, 이
책을 원작으로 하는 영화의 감독을 맡았다. "베네치아에서 온
편지Letter from Venice"로도 알려진 영화 「안내 없는 여행」은 배경
이 유럽의 한 도시임을 분명히 밝힌다. 그리하여 영화는 도시에

대한 이야기이자 도시와 여행 전반에 대한 이야기, 나른한 주인공 커플에 대한 이야기가 된다. 이탈리아 배우 클라우디오 카시넬리와 미국 댄서 겸 안무가 루신다 차일즈가 배우로 나오는데, 당시 손택은 루신다와 연인 사이였다. 영화가 시작되고 내레이션이 흐른다. 베네치아는 "그 어디와도 다른 관광도시다. 피렌체와도 다르고. 시에나와도 다르고. 로마와도 다르고. 아테네와도 다르고. 두브로브니크와도 다르다." 왜냐하면 이 도시는 상상 왕국의 수도이니까. (발터 벤야민에 따르면) 파리가 19세기의 수도인 것처럼 베네치아는 우울의 수도다. 남자와 여자는 그들을 둘러싼 어떤 선명한 플롯도 없이 이 영광스럽고도 애절한 도시를 함께 거닐고, 혼자가 된 여자가 그들의 사랑이 소멸되는 과정을 따라 베네치아에 대한 인상을 읊조린다. 여행자들과 곤돌라들, 호화로운 인테리어, 수백 개의 바람개비가 빙그르르 돌아가는 주택, 부식된 조각상의 클로즈업, 반짝이는 석호, 카페에서 연인과 다투는 차일즈의 머리 뒤로 날아오르는 비둘기 떼. 그리고 이따금 우아한 몸짓으로 그저 천천히 고요히 도시를 걷는 그녀가 보인다. 영화 「안내 없는 여행」은 여러모로 내게 『베네치아 스위트*Suite Vénitienne*』를 떠오르게 한다. 1979년에 이미지와 텍스트로 출판된 이 작품 속에서 작가 소피 칼은 파리의 어느 파티에서 잠깐 만난 남자를 베네치아에서 몰래 따라다니며 사진으로 추적한다.

그런데 문장은? 문장에는 무슨 일이 일어났나? 문장은, 70분짜리 영화가 14분쯤 지났을 무렵, 노랑과 검정 블라우스와 검정 스커트에 부츠 차림의 차일즈가 햇살 속에서 화려한 문 옆에 가판대처럼 자리한 작은 꽃집을 향해 카메라에서 멀어지는 그때 등장한다. 길가에는 꽃이 만발한 화분들, 파란색 물뿌리개가 놓인 테이블이 있고, 작은 꽃집 앞에는 세 면으로 된 커다란 거울이 있어 거리를 오가거나 서 있는 형상들을 비춘다. 이 글을 쓰는 동안 나는 아무것도 놓치지 않으려 0.5배속으로 재생한 유튜브 영상을 보고 있다. (내가 이 모든 문장을 가지고 하려는 일이 이것일까? 문장을 슬로모션으로 읽는 것? 슬로모션으로 읽는다는 건 더 기민하다는 걸까, 더 멍청하다는 걸까?) 대사는 내가 모르는 이탈리아어이고 영어 자막도 없어서 어딘가에서 타임코드가 있는 자막 텍스트를 찾아 영화를 따라 읽고 있다. 이탈리아어 스크립트를 다시 영어로 번역한 것, 그러니까 이제 더는 손택의 것이 아닌 것으로.

00:14:18,022 → 00:14:21,083
나는 아름다운 것들을 보기 위해 여정을 시작했다.
(I went on a journey to see beautiful things.)

정관사 'the'가 사라지면서 아이러니했던 느낌도 사라졌다. 영상 속에서 루신다 차일즈가 꽃 가판대에 다가가고(그러는 동안 거의 무릎까지 올라오는 검은색 부츠 때문에 내 어머니가 생각났다) 흐릿한 영상 속에서 그녀의 실크 스커트가 바람에 살랑이며 반짝인다. 그 순간 어쩐지 낯익은 기분이 드는데, 꽃집으로 들어가는 우아한 여성의 뒷모습과 유리에 비친 그녀의 이미지가 앨프리드 히치콕의 영화 「현기증」 속 그 유명한 시퀀스를 연상시킨다(처음부터 이를 염두에 두고 만든 걸까?). 작은 꽃다발을 사는 매들린(킴 노박)을 스카티(제임스 스튜어트)가 몰래 지켜보는 그 장면. 이 장면은 매들린이 오래전 죽은 초상화 속 여자와 닮은 것을 암시하며, 욕망, 그리움, 후회의 파국 메커니즘을 작동시킨다. 영화「안내 없는 여행」에는 극적 전개나 인물의 의외성 같은 것은 없다. 하지만 손택은 소설을 실체가 있는 진짜 장소에 위치시키고 미스터리한 고요 속에 이야기를 펼침으로써 (가벼움에 있어 그녀가 절대 따라갈 수 없는) 바셀미에 필적하려는 이야기를 쓰고자 한 이 야단스러운 시도를 멜랑콜리한 걸작으로 탄생시킨다. 그리하여 이 문장을 기점으로 모든 것이 변하고, 원래의 이야기는 이미지들을 통해, 새로운 목소리와 새로운 언어를 통해 자신으로부터 멀어지며 낯선 모험을 시작한다.

의례적 행위

A RITUAL FEAT

"This was the universe about which we have read so much and never before felt: the universe as a clockwork of loose spheres flung at stupefying, unauthorized speeds."
—Annie Dillard

"이것은 우리가 너무나 많이 읽어왔으나 한 번도 느껴본 적 없는
우주, 정신이 아찔할 만큼 통제되지 않는 속도로 던져진
시계 장치의 헐거워진 구체들 같은 우주였다."
―애니 딜러드

1979년 2월 26일, 달그림자가 그린란드, 캐나다 일부, 미국의 노
스다코타, 워싱턴, 오리건, 아이다호, 몬태나 상공을 지났다. 북
미의 다른 곳에서는 하늘이 눈에 띄게 어두워졌고, 손톱깎이에서
로커 나이프*나 메차루나** 정도의 크기가 태양을 일부 가리는 모
습이 관측됐다(맨눈으로 보면 안 된다!). 하지만 달의 어두운 원뿔
이 지구 표면과 정확히 만나는 연필 끝처럼 좁은 지점에서는 사
방이 어두워졌다. 이는 20세기 미국에서 볼 수 있는 마지막 개기
일식으로, TV 속 앵커들은 마치 달 탐사선 발사나 선거 결과를
기다리듯 일식까지 몇 시간 몇 분 몇 초가 남았는지 세었다. 그들

* rocker knife. 굽은 칼날에 손잡이가 달린 칼.

** mezzaluna. 반달 모양의 칼.

의 말에는 어딘가 불길한 기운이 배어 있었다. ABC의 어느 아나운서는 가장 좋은 관측 장소를 찾아다니는 사람들의 "의례적 행위"에 대해 언급하며, 2017년 8월 21일, 미국에서 다음 개기일식을 보게 될 시청자들을 향해 이렇게 말했다. "달의 그림자가 평화로운 세상 위에 내리기를."

애니 딜러드는 문학 계간지 『안타이오스Antaeus』의 1982년 봄/여름호에, 그 후 같은 해 출판된 저서 『돌에게 말하는 법 가르치기』에 에세이 「개기일식Total Eclipse」을 게재했다. "산길을 미끄러져 내려가는데 꼭 죽음에 이르는 길 같았다." 이 작품에 등장하는 몇 차례의 하강 중 첫 번째 문장으로, 하늘의 장관을 보는 일이 깊은 내면을 엿보는 일이자, "두려움의 영토로" 내려가는 여정을 요구하는 일일지 모른다는 암시로 글은 시작된다. 작가와 남편 게리는 워싱턴주 야키마 근처의 호텔에 머무는 중인데, 이 본다는 행위에 벌써 어떤 불안감이 감돈다. 침대에 누워 있는 딜러드는 호텔 방에 걸린 그림을 보지 않으려 애쓴다. "채소들로 만들어진 머리를 한 광대의 웃는 얼굴을 살아 움직이듯 세세하게 그린 그림이었다." 일식이 있은 뒤 에세이를 쓰기까지 2년이 지나는 동안 딜러드는 많은 것을 잊지만, 이 얼굴, 아르침볼도* 작품의 되다 만 얼굴은 잊지 못한 듯 보인다. "또는 오래된 호텔의 그 광기 어린 풍경"을.

「개기일식」에서 내게 던져진 질문은 이것이다. 딜러드는 자신

---

* 16세기 이탈리아 화가인 주세페 아르침볼도. 과일, 채소, 꽃, 사물 등의 정물로 사람의 얼굴을 표현한 '이중 그림' 방식으로 유명하다.

이 무엇을 보는지 알고 있었을까? 일식의 순간이 오기 훨씬 전부터 보는 것과 이해하는 것 사이의 심연은 벌어지고 있다. 그 공동空洞 안에 내동댕이쳐진 작가는 무엇을 움켜잡고 올라와야 하나? 그것은 이미지일 것이다. 이미지는 진짜일 수도, 은유일 수도, 기이한 비유의 그림일 수도 있다. 작가는 사건을 놓치지 않고, 망친 묘사로 채소 머리를 한 광대 얼굴 같은 문장을 글에 남기지 않으려 노력할 뿐. 일식을 보기 위해 언덕 꼭대기에 이른 딜러드는 아래에 있는 계곡이 꼭 "하늘 밑바닥에 깔린 두꺼운 층이나 침전물처럼" 보인다고 말한다. 하늘이 출발신호도 없는 경주처럼 예고 없이 어두워진다. 언덕 위의 풀이 백금빛으로 변한다. 풍경이 19세기 사진처럼 보이기 시작한다. 게리가 사진 안에서 "시간 미끄럼틀을 타고" 빠르게 사라지는 듯하다. 육중한 달이 자기 자리로 간다. "그건 달처럼 보이지 않았다. 그것은 거대하고 검었다." 사람들이 비명을 지르기 시작한다.

문장은, 일식과 그때 관측되는 찬란하고 경이로운 코로나*, 그리고 그 죽음과 같은 순간이 지난 뒤 돌이 다시 구르며** 등장한다. 사람들이 서둘러 떠난다. 딜러드와 남편도 다른 구경꾼들로 가득 찬 식당에 들어서고, 삶으로 돌아와 자신들이 조금 전 본 것을 이내 잊는다. 어쨌든 "소란스러운 마음에 달걀을 주면

---

* 태양 대기의 가장 바깥층에 있는 엷은 가스층으로 개기일식 때 볼 수 있다.

** 예수의 부활을 연상시키는 묘사다. "그러고는 눈을 들어 바라보니 그 돌이 이미 굴려져 있었다." 『성경』의 「마르코 복음서」 16장 4절에서 예수의 무덤을 막고 있던 돌이 치워져 있다.

입을 다무는 법"이니까. 딜러드는 그 비명과 속도를 떠올려보려 한다. 그리고 우리의 문장. "이것은 우리가 너무나 많이 읽어왔으나 한 번도 느껴본 적 없는 우주, 정신이 아찔할 만큼 통제되지 않는 속도로 던져진 시계 장치의 헐거워진 구체들 같은 우주였다." 이 문장에는 감탄할 만한 사소한 이상한 점들과 기술적 탁월함이 있다. 먼저 "universe" 뒤에 콤마를 찍지 않음으로써 또 다른 우주가 존재할지도 모른다는 걸 얼마간 암시하는 것이 그렇다. 그리고 "this was(이것은 …였다)"에서 "have read(읽어왔으나)"로의 시제 변화. "정신이 아찔한stupefying"과 "통제되지 않는unauthorized"의 조합은 어떤가. 마치 우주가, 불량한 유원지 소년이 주인이 보지 않는 틈을 타 속도를 최대로 올린 낡아빠진 놀이기구라도 되는 것 같다. 문장은 중앙에 콜론이 있어 안정적인 듯하지만, 어딘가 느슨하고 원심적이며 기이하다.

하지만 문장의 더 강렬한 스릴은 그것이 우리에게 상기하라 요구하는 이미지의 본질에 있다. 딜러드는 내내 그 광경과 무시무시한 그 사건을 보는 것, 진실로 보는 것에 어려움을 느낀다. 여기서 "무시무시하다appalling"라고 한 건 이 일이 마치 천이 관을 덮듯, 사건이 일어나는 순간에 스스로 모습을 감춘다는 의미에서다. 눈도 정신만큼이나 "아찔하다stupefying". 그녀는 자신이 물리에 관해서는 가진 지식이나 감정이 거의 없다고 말하면서도 지금 무슨 일이 벌어지고 있는지 상상해보려 한다. 천체의 음악이 미친 듯 날뛰며 음에서 이탈하고 시계처럼 질서정연하고 위풍당당하던 태양계가 망가진다. "이렇게 빠르게 움직이는 것이 어떻게 충돌하지 않고 궤도에서 이탈하지 않을 수 있을까?

214

통제 불가능한 커브길 위 차 같은데."(ABC 아나운서가 말하듯 대부분의 인생에서 한 번뿐일) 이 놀라운 광경은 요구이자 시험이다. 달이 태양을 완전히 가리는 순간, 끈질긴 신의 목소리가 들려오는 듯하다. 필멸의 인간이여, 네 보잘것없는 언어로 '이것'을 써보아라.

기민하고 불안한 에세이스트에게 일식은 표현의 한계에까지 가볼 수 있는 도전이자 기회다. 형상화할 수 없어 그 앞에 무릎 꿇게 될 실패와 한계들. (앤 카슨은 어느 에세이에서 일식에 대해 이렇게 쓴다. "개기일식은 인간이 가지고 있던 인식을 뒤집어버릴 수 있는 현상이다.") 버지니아 울프는 1928년, 요크셔에서 일식을 본 뒤 그에 대해 쓴 에세이 「태양과 물고기The Sun and the Fish」에서 마음속에 일어나는 이미지와 언어를 일치시키는 일이 언제나 쉬운 건 아니라는 고백으로 이야기를 시작한다. "빅토리아 여왕에 대해 말해본다면 여러 다양한 종류의 사물을 떠올릴 수 있고, 그것들을 분류하는 데만도 최소 일주일은 걸릴 것이다." 하지만 "몽블랑"이나 "타지마할"에 대해서라면 아무것도 생각나지 않고, 그냥 머릿속이 하얘진다고 했다. 이미지는 감정과 결합하고 그것이 번영하기를 바라지만 때로는 그렇지 않다. "그 기이한 장관을 다시 보자." 일식은 울프에 의해 불려 나올 때 더 많은 것들을 약속한다. 물론 이미지와 은유가 넘쳐난다. 태양은 달과의 경주에서 패배하고, 일식은 흡사 "기울어지고 있는 배" 같으며, 세상은 뼈대만 앙상하게 남은 채 죽어 있다. "빛은 우리 아래에 새장처럼, 둥근 링처럼, 유리구슬처럼 매달려 있었다." 그런데 이 이미지들은 런던 동물원의 도마뱀과 물고기, 수조 안에서 솟는 물방울 거품에 대한 기억에 금세 묻히고 만다. "은색 물방울이 나선형 계단을 오르며 위로 솟는다."

딜러드의 문장이 또한 언어의 서술과 구체화에 대한 고찰이기도 하다면? 단어와 문장, 문단으로 만들어진 그 연약한 구조에 관한 것, 그리고 이 장치가 가능하게 하는 모험에 대한 것이라면? 「개기일식」 초반부에서 딜러드는 호텔 로비에 있는 수조와 그 안에 있는 커다란 물고기 한 마리, 그리고 근처 새장 속 카나리아를 언급한다. "새장 아래, 카펫 위에 쏟아진 수수 씨앗들 가운데에 장식용 어린이 모래 양동이와 모래 삽이 있었다." 일식이 지나간 뒤 식당에 앉은 딜러드의 귓가에 "그 작은 흰색 고리 봤어? 구명 튜브 같았어. 하늘에 떠 있는 구명 튜브"라고 코로나에 대해 크게 떠드는 대학생의 목소리가 들려올 때 이 양동이와 삽은 다시 등장한다. 정말로 그랬다고, 딜러드는 말한다. 그 젊은 청년은 수수하긴 해도, 에세이스트가 잠시 잃어버린, 이미지가 만든 힘을 여전히 느끼고 있었다. "정신은—즉 문화는—문법과 어휘라는 두 개의 작은 도구를 갖고 있다. 장식용 모래 양동이와 그의 짝인 삽을. 우리는 이것들을 가지고 으스대며 대륙을 누비고 세상 모든 일을 한다. 우리는 이것들을 가지고 삶을 구하려 애쓴다."

아침 6시 호텔 로비에서 넋을 잃고 텔레비전을 보는 대머리 노인 여섯이 있다. 그들은 잠에서 깨어 있긴 하지만 일식은 놓친 듯하다.

당신은 언제든 당신의 침에 질식해 죽을 수도 있고, 누가 알겠는가, 작은 호텔에서 죽은 채로 깨어날 수도 있다. 길 위에 눈이 쌓이는 동안 바보처럼 TV를 보며, 칠리페퍼가 미소 짓고 달이 태양 앞을 지나는 동안 TV를 보며. 아무것도 변하지 않고 아무것도 배우지 못한다, 당신이 당신의 양동이와 삽을 잃어버리고도 더는 개의치 않기에.

단어와 구문이라는 도구(아니면 이것들은 그저 애들 장난감일 뿐일까?)를 가진 딜러드가 이 기적을 포착하는 데 있어 노인들보다 더 나은지는 그녀 자신도 알지 못한다. 그러나 그러는 한편, 그들이 또한 문장의 일부라는 사실은 깨닫지 않을 수 없었다. 그들이 그들만의 게으른 작은 우주를 이루고 있다는 것, 그리고 머리카락이 다 빠져버린 그 늙은 머리들이 공허한 TV 궤도를 돌며 어떤 이미지가 스스로 의미를 드러내기를 바라는 느슨한 구체들이라는 사실 또한 말이다.

파열된 언어

BROKEN TONGUE

"All dim, gently, slowly until in the dark, the absolute darkness the shadows fade."
— Theresa Hak Kyung Cha

파열된 언어

BROKEN TONGUE

"모든 게, 고요히, 서서히 어둑해진다, 어둠 속, 완전한 어둠 속으로
그림자마저 사라질 때까지."
―테레사 학경 차

1982년 10월 말, 한국계 미국인 예술가이자 작가인 테레사 학경
차가 『딕테』를 출판했다. 그로부터 일주일 뒤 그녀는 뉴욕에서 강
간, 살해당했다. 문장을 말하며, 자전적 이야기와 역사, 신화와 아
방가르드한 모험이 섬세하고도 맹렬히 뒤섞인 『딕테』를 떠올리
지 않을 수 없다. 이미지와 글로 이루어진 이 책은 그녀 작품의 총
체라 할 수 있으며, 또한 여성 혐오와 종교, 식민주의, 자본에 관
해 비극적일 만큼 시의적절한 텍스트이기도 하다. 책은 곧장 친
밀감을 형성하면서도 지적이며, (망명한 한국인 집안 출신으로 중국
에서 태어난) 그녀의 어머니와 20세기 초 한국의 독립운동가 유관
순, 그리스신화의 여신들, 잔다르크, 그리고 그녀 자신의 삶과 이
미지를 중심으로 구성되어 있다. 『딕테』는 소설이자 에세이, 산
문시이며, 언어에 산다는 것이 어떤 의미인지 혹은 그곳에서 집
을 거부당한다는 게 어떤 의미인지 대담하게 고찰하는 책이다.

그녀의 어머니처럼, (음성으로 계시받은 여자) 잔다르크처럼*,
차는 언어들 틈에 존재한다. 영어, 한국어, 그녀가 공부하는 프
랑스어, 책의 각 장 제목이 되는 그리스어 이름들 사이에. 클리
오, 칼리오페, 우라니아, 멜포메네, 에라토, 탈리아, 테르프시코
레, 폴림니아. (아홉 번째인 음악의 여신 에우테르페는 차가 직접 만
들어낸 서정시의 여신 엘리테레로 바뀌었다.) 차는 어떤 장 혹은 어
떤 대목에선 정확하고 관습적인 문장을 쓴다. 이를테면 어머니
의 언어적 곤경에 대해 말할 때.

어머니, 당신은 여전히 아이입니다. 열여덟 살의. 늘 아
프시니 더 아이 같습니다. 당신은 삶으로부터 보호받습
니다. 그러나, 당신은 다른 사람들과 마찬가지로 강제된
언어로 말합니다. 그건 당신의 언어가 아닙니다. 그럼에
도 그럴 수밖에 없다는 걸 당신은 알고 있습니다. 당신
은 이중 언어 사용자입니다. 당신은 삼중 언어 사용자입
니다. 금지된 언어는 바로 당신의 모국어입니다. 당신은
어둠 속에서 말합니다. 비밀 속에서 말합니다. 당신의
것인 언어를. 당신 자신의 언어를. 당신은 아주 부드럽
게 말합니다, 당신은 속삭여 말합니다. 어둠 속에서, 비
밀스레.

* 잔 다르크는 프랑스에서 영국군을 몰아내라는 성녀 카타리나의 목소리를 들었다고
전해진다.

다른 곳에서 차는 여러 분열된 방식으로 쓴다. 그녀는 사이에 있는 상태, 자기 자신을 위해, 자신에게, 그 자신임에도 (여러 의미에서) 받아쓰라는dictated 말을 복제해야 하는 상태를 더 절박하게 표현하기 위해, "파열된 언어"로 말한다. 이를테면 영어로, 프랑스어로 등장하는 다음 문단처럼.

한 번에 조금씩. 쉼표들. 마침표들.
멈춤들.
전에도 후에도. 그 내내. 모든 도래.
모든 그다음.
문장들.
문단들. 침묵. 좀 더 가까이. 더 가까이.
움직이는
페이지와 페이지들
행 뒤의
행
왼쪽으로 비우고 오른쪽으로 비우고, 낱말들을
침묵들을 비운다.

"모든 게, 고요히, 서서히 어둑해진다, 어둠 속, 완전한 어둠 속으로 그림자마저 사라질 때까지." 문장은 캄캄해진 극장이나 영화관에서의 경험(누구의 경험인가? 차인가, 어머니인가?)을 묘사하는 듯 보이는 수수께끼 같은 짤막한 문단 안에 있다. 이 장의 제목은 "멜포메네: 비극"이다. 책의 중반쯤에, 차의 어머니에 대해, 미국에서의 가족들의 삶에 대해, 그리고 한국전쟁이 남긴 유산에 대해 이야기가 여전히 이어지는 가운데 등장한다. (차는 전쟁중 부산에서 태어나 1960년대 초에 가족과 함께 미국으로 건너갔다.) 이 장은 이상한 방식으로 시작되는데, 오른쪽 페이지에는 네 개의 짧은 문단이, 맞은편에는 DMZ를 경계로 남과 북으로 나뉜 한국 지도가 있다. 다음은 첫 문단이다.

그녀가 서너 번째 줄에 앉아 있는 것이 보일 것이다. 그녀는 아마 서너 번째 줄에 앉아 있을 것이다. 가까울수록 좋다. 더 가까운 게. 주변에 다른 존재들이 없을수록 좋다, 뒤에 남겨진 것으로부터 떨어져 더 잘 보기 위해 멀리 떨어져 더 가까이 보기 위해 더욱더 대면해 다른 건 보이지 않고 오로지 이 장면만 보일 때까지. 모든 게, 고요히, 서서히 어둑해진다, 어둠 속, 완전한 어둠 속으로 그림자마저 사라질 때까지.

왜 다른 문장이 아니고 이 문장일까? 이 문장이 베케트의 어떤 문장들을 너무나 떠올리게 해서? "어떤 목소리가 어둠 속에서 누군가에게 와 닿는다. 상상하기. 어둠 속에서 등을 대고 누워 있는 누군가에게." "하지만 우리 아래로 모든 게 움직였고, 그에 우리도, 위로 아래로, 좌우로, 부드럽게 움직였다." 베케트는 분명 차가 『딕테』를 쓸 때 염두에 둔 수많은 레퍼런스 중 하나였을 것이다. 동사를 피함으로써 생기는 문장의 리듬과 위로하는 듯한 소리와 말의 반복 속에 그가 들리는 듯하다. 그러나 베케트는 수많은 소리 중 하나일 뿐 거기엔 차 자신의 것과 아닌 것이 혼재되어 있다. (차는 초기에 스테판 말라르메*에도 관심을 가졌는데, 그녀의 다양한 텍스트 배열과 여백에 대한 취향은 부유하는 듯한 그의 활자 배치에서 영향을 받은 것으로 보인다.) 문장은 음향적으로도 의미적으로도 서서히 하나로 모이다가, 그 모든 모호한 차이가 어둠 속으로 사라진다. 그러나 베케트처럼—아니, 그녀에게는 망명과 친밀감이 선택의 문제가 아니었기에 베케트보다 더욱—차는 그 어떤 언어도 자신의 진정한 언어이지 못한 곳에서 쓴다. 언어는 그녀 자신이 거기 있음을 증명하기 위해 요구하고 되찾고, 만들고 부수고, 개조하고 버려진다.

문장을 놓아주기 전에야 알아차린 사실 하나. 차의 글에서는 콤마가 나올 것이라 예상되는 곳에 콤마가 나오지 않는다〔더 평범한 작가라면 "slowly(서서히)" 뒤에 콤마를 넣었을 테고, "darkness(어둠 속으로)" 뒤에는 분명 꼭 넣었을 것이다〕. 그리하여 모든 게 미끄러져 모호해질 때까지.

모호함을 위한 변명

SAVING IMPRECISION

224

"A slight sense of quotation marks hovers in the air but it is very slight—
it may not even be there—and it doesn't dispel the atmosphere of dead-
serious connoisseurship by which the room is dominated."
—Janet Malcolm

"공기 중에 인용 부호가 떠다니는 듯한 느낌이 미미하게—그러나
아주 미미하게, 사실 존재할지조차 모를 만큼—있어 방 안을 지배하는
진지한 감식가적인 분위기를 누그러뜨리지 못한다."
—재닛 맬컴

1994년, 재닛 맬컴은 『뉴요커』에 미국 화가 데이비드 살레를 소
개하는 인물 기사를 실었다. 정신없는 병치와 다양한 소재를 참
조하는 것이 특징인 살레의 작품은 그가 자연스레 포스트모더니
즘 진영에 자리매김하게 해주었다. "마흔한 번의 시도Forty-One
False Starts"라는 제목의 이 기사는 제목을 그대로 표방한다. 다양한
화법과 길이의 서두들로 구성된 이 글은 (마르셀 뒤샹의 표현을 빌
리자면) 최종적으로 미완이다. 그런데 정말 그런가? 맬컴이 그녀
가 다루는 대상이자 그의 작품에 대해 단편적이고 자의식적이며
그리하여 조금은 포스트모던한(이른바 "포스트모던한") 태도를 취
하고 있음에도, 「마흔한 번의 시도」는 어쨌거나 『뉴요커』식 고전
인물 기사가 되었다. 글은 인물 기사가 응당 갖춰야 하는 모든 걸
갖췄을 뿐 아니라 재닛 맬컴의 글이기에 불편한 무언가가 더해

져 있다. 우리는 살레의 배경과 그의 예술, 성공의 본질에 대해 배우고, 그가 시장과 비평가들이 자신에게 등을 돌렸다고 느끼기에 개인적으로는 자기 의심에, 대외적으로는 자존심 문제에 시달리고 있음을 알 수 있다. 맬컴은 수개월, 아니 수년간의 조사와 인터뷰를 바탕으로, 살레가 한 말이나 그의 작품만큼이나 그를 둘러싼 분위기로 살레를 기소하는(그녀가 하는 일을 이렇게 말할 수 있다면) 절차를 밟는다.

맬컴은 싸늘하고 의미심장한 장면을 산문으로 풀어내는 데 있어 대가다. 그녀가 살레에 대한 마흔한 꼭지의 미니 에세이를 시작하는 방식은 이런 식이다. 작가는 먼저 예술가의 작업실로 간다.

뉴욕에는 도시의 무질서하고 불순종적인 정신, 근본적으로 억눌리지 않는 무목적성과 부주의함이 특히 더 단단한 발판을 마련한 장소들이 있다. 어떤 지하철 환승 구역, 거의 비현실적일만큼 더러운 어떤 복도; 곰팡이처럼 조용히 솟은 주차장이 있는 다 허물어져가는 건물의 어떤 구역; 아무렇게나 도로들이 만나 생겨난 어떤 교차로―이것들은 도시의 임시성에 대한 애정을, 영속성, 질서, 종결성에 대한 저항을 특히나 더 드러낸다.

맬컴도 이 같은 속성들에 저항하며 스스로를 더 임시적이고 잠정적으로 만든다. ("어떤certain"의 반복이 얼마나 불확실하게 들리는지 보라.) 이 머뭇거림은 결코 우리가 살레에게 더 빨리 다가

가게 하지 않는다(솔직히 말하면 이것이 이 기사의 묘수다). 마흔한 번의 시도 중 몇 개의 첫 문장을 보자. "작가 데이비드 살레와 나는 내 아파트의 원형 테이블에 앉아 있다." "데이비드 살레와 나는 1991년 가을에 처음 만났다." "데이비드 살레 작품의 외양은 신비롭고 거의 초자연적인 독창성을 지녔지만, 그 안에 새로운 것은 없다." "데이비드 살레를 만나는 내내(우리는 화이트 스트리트에 있는 그의 스튜디오에서 2년 넘게 만났다) 나는 그의 돈을 몹시 의식했다."

몹시 의식적인 성향, 독자를 끌어들인 뒤 우리로 하여금 그녀보다 열등하다고 느끼도록 만드는 방식은 맬컴 에세이의 스타일이자 강점이다. 맬컴 자신은 대상의 약점을 기록하는 역할에 유감을 느낀다지만, 그녀는 일종의 무자비한 폭로로 인정받는다. "무슨 일이 벌어지고 있는지 알아차리지 못할 만큼 멍청하거나 자신에게만 빠져 있는 저널리스트가 아니라면 자신이 도덕적으로 변명의 여지가 없다는 것을 안다. 그는 일종의 사기꾼으로 사람들의 허영이나 무지, 외로움을 먹이 삼아 그들의 신뢰를 얻고는 가차 없이 배신한다." 맬컴의 책 『기자와 살인자』(1990)를 시작하는 이 문장은 너무나 자주 인용돼 작가로서의 그녀를 이해하는 데 방해가 될 정도다. 그녀가 과도하게 칭송받거나 폄하되는 또 다른 측면은, 그 글이 정신분석가들 사이의 논쟁이든, 살인이나 사기에 대한 재판이든, 실비아 플라스와 테드 휴스의 문학적 사후세계에 관한 것이든, 드라마가 일어나는 장소의 디테일에 대해 그녀가 보이는(혹은 집착하는) 성향이다. 조이스 캐럴 오츠는 맬컴의 『실라 맥고프의 범죄 *The Crime of Sheila*

McGough』(1999)* 서평에 이렇게 썼다. "맬컴은 알레고리적 상상력이라는 (저주가 아니라면) 축복을 받았다. 그녀 안에선 어떤 것도 그저 있지 않고, 광범위하고 윤리적인 관점으로 해석될 수 있다." 맬컴에게는 모든 것이 의미 있으며, 그중에서도 하찮고 평범하며 단순히 사건이 일어나는 배경의 일부처럼 보이는 것들은 더욱 그렇다.

가령 맬컴은 1986년, 당시 잡지 『아트포럼』의 젊은 편집자였던 잉그리드 시시를 다룬 인물 기사에서, 주거 공간을 거의 지나치다 싶을 만큼 중요히 다룬다. 두 차례에 걸쳐 『뉴요커』에 연재된 이 「시대정신이 된 여자A Girl of the Zeitgeist」를 계기로 맬컴은 시시와 충분한 시간을 보내고 주변인들을 인터뷰할 수 있는 기회를 갖는다. 서두에서 맬컴은 예술 비평가이자 이론가인 로절린드 크라우스의 로프트 아파트에 들어서며 아르데코 양식의 부엉이 모양 탁상시계, 미스터리한 느낌의 흑백 바다 사진, 기하학적으로 배치된 진청색 안락의자 등, 눈에 띄게 엄선되고 전문적으로 배치된 물건들이 풍기는 금욕적이고도 격조 높은 과묵함에 놀란다. "그러나 이곳을 지배하는 독창성이 지닌 아우라보다 더 강렬한 것이 있다면 그건 부재의 감각일 것이다. 방에서 제외되고, 부적합하다고 판단되고, 크라우스의 흥미를 끄는 데 실패한 모든 것에 대한 환기 말이다." 이와 대조적으로 예술가이자 비평가인 존 코플런스의 아파트에 대해서는 이렇게 말한

---

* 변호사 실라 맥고프에 대한 부당한 판결을 폭로하는 논픽션 작품으로, 진실보다 설득력 있는 이야기를 선호하는 미국 사법 체제의 탐욕을 비판한다.

다. "더 이상 여자와 함께 살지 않는 남자가 사는 곳 같았다. 주거 공간과 작업 공간이 불분명하고… 군데군데 지저분한 물건들이 산더미처럼 쌓여 있는 가운데 회색 줄무늬 고양이가 그 위에 주인처럼 올라가 앉아 있다."

"인용 부호"는, 「시대정신이 된 여자」에서 맬컴이 (시시가 편집자로서 감독한) 첫 잡지 커버에 대해 자세히 다룰 때, 시시의 경력과 성격에 대해 한층 더 깊이 설명하는 중에 등장한다. 시시는 『아트포럼』 표지에 1942년 6월 창간된 『VVV』 창간호 표지를 재현했다. 뉴욕에서 발행된 『VVV』는 오래가진 못했지만 마르셀 뒤샹, 앙드레 브르통*, 막스 에른스트**가 참여한 초현실주의 잡지다. 에른스트가 콜라주한 도식이 그려진 녹색 표지의 오래된 얼룩과 진한 담뱃불 자국이 세월을 드러낸다. 맬컴은 다음과 같이 쓴다. "인용 부호 같은 느낌이 커버에 대한 커버라는 개념을 전하는 데 도움을 준다." "인용 부호 같은 느낌the sense of quotation marks", 이는 「마흔한 번의 시도」에서처럼, 역사적인 순간에 대한 자기 인식의 정도를 드러낸다. 10년 가까운 시차를 두고 이 두 기사는 한 시기를 경계 짓는데, 그 시기란 포스트모더니즘(예술, 문학, 철학, 건축 등에서 적용 범위와 시기가 제각각 다른, 또 겹치기도 하는 복잡한 용어다) 그 자체의 시기라기보다 그것이 주류로 편입된 시기, 즉 용어가 예술에서도, 어느 정도는 일상에서도 아이러니, 재귀, 성찰의 경향성을 뜻하는 약칭으로 쓰

* 「초현실주의 선언」(1924)으로 유명한 프랑스 시인(1896~1966).

** 초현실주의 독일 화가, 조각가(1891~1976).

이기 시작한 시기다. "인용 부호quotation marks"란 약칭의 약칭, 미장아빔*의 환유어인 것이다.

"인용 부호 같은 느낌"은 데이비드 살레에 대한 에세이에서 "공기 중에 인용 부호가 떠다니는 듯한 느낌이 미미하게" 대목이 된다. (더 정확히는「마흔한 번의 시도」가 책으로 나오며 기존『뉴요커』버전의 오류 혹은 특이점인 "quotation mark"**가 수정되었다.) 이 "느낌sense"이란 정확히 무엇인가? 어디서, 어떻게, 누가 느끼는가? 그건 맬컴 자신에게만 속한 것일까? 작가 생활 내내 그녀가 즐겨 쓴 이 표현은, 1963년 맬컴이『뉴요커』에 글을 처음 발표할 때부터 등장한다. 맬컴은「셰이커교도 가정의 삶에 대한 생각들Thoughts on Living in a Shaker House」이라는 시에서 앞서 산 이들의 금욕적이고 공동체적이며 독특한 삶에 유감을 표하면서도 존경심을 느낀다. "삶이 낭비되었다는 우리의 유감스러운 느낌은/ 결국, 무례한 것일 뿐Our rueful sense of lives ill-spent/ Is, in the end, impertinent". 맬컴의 느낌은 예리하게 감각되지만 다소 쉬이 사라지고 불확실하다. 2016년, 맬컴은 중국인 클래식 피아니스트 유자 왕에 대한 기사를 쓰며 음악가의 뉴욕 아파트를 방문한다. 그곳엔 스타인웨이 그랜드피아노가 놓여 있고, 상태가 엉망이다. 힐끗 보인 침실이 대학교 기숙사 방 같았다고 맬컴은 쓴다. "침대 위에는 박제된 동물들이 있을 것 같았는데 어쩌면 느낌뿐이

* mise en abyme. 한 작품 안에 또 다른 작품을 넣어 복합적인 의미 효과를 만들어내는 기법.

** 단수로 쓰인 것을 뜻함.

었는지도or maybe only a sense of them. 그곳엔 딱 한 번 가본 것이었기에 확신할 수 없다."

"어쩌면 느낌뿐이었는지도." 곧 사라질 인상이라는 걸까? 아니면 맬컴처럼 재빠르고 예리한 사람의 감각에만 느껴진다는 걸까? 그녀는 마치 기상관측 기구처럼 분위기를 느낀다. (패션 디자이너 아일린 피셔에 대한 기사에서는, "이목구비가 섬세하고 어딘가 연약한 분위기를 풍겨 누가 보호해줘야 할 것 같다"라고 썼다.) 그러므로 이 느낌, 이 분위기, 이 아우라는, 글쎄, "사실 존재조차 하지 않을지 모른다." 그녀가 느낌을 주장하면 우리는, 그녀를 믿을 수밖에. 그녀가 의혹을 던지면, 그녀를 다시 믿을 수밖에. 물론 이는 작가와 독자 사이의 협정일 뿐 모두가 그 안에 포섭되는 건 아니다. 1986년 가을에 「시대정신이 된 여자」가 실렸을 때, 작가이자 비평가 게리 인디애나는 이를 반박하는 「재닛 맬컴이 틀렸다Janet Malcolm Gets It Wrong」라는 글을 「빌리지 보이스」에 썼다. 인디애나는 맬컴이 현대미술계에 대해 상대적으로 (그리고 스스로도 인정했듯) 무지해, 인터뷰 대상의 지위나 인테리어 장식에 쉽게 속는다고 말했다. "맬컴의 시선은 사람들의 표면과 장소, 사물을 쓱 훑고는 고집스러운 부르주아의 내면 논리에 따라 그것들을 차분히 분류한다."

나는 맬컴을 '부르주아'와 같은 범주를 어느 정도 잘 다루는 작가라고 생각한다. 적어도 판단을 내리기 전에 친밀함과 분석, 디테일, 몇 가지 구체적인 특징이 필요하다고 생각하는 작가라고 말이다. 그리고 그럴 때조차 모든 게 불확실하다. 인디애나도 인지하듯, 맬컴은 소설, 특히 19세기 사실주의 소설에서 많은 것을 차용한다. 이러한 소설에선 이야기 전개의 상당 부분이 인물의 외모와 환경으로 성격이나 계급을 얼마나 잘 드러내느냐에 달려 있다. 소설 속 인물의 판단은 잘못된 것이기 쉬우며, 그것은 인물이 이야기의 화자일 때도 마찬가지다. 이 사실을 잘 아는 사람이 있다면 그건 바로 재닛 맬컴이다. 그녀는 19세기 러시아 대문호들과 이디스 워튼, 헨리 제임스 같은 미국 작가들을 자신의 형식적, 도덕적 인도자로 삼았다. (「시대정신이 된 여자」에서 그녀는 시시를 제임스의 플레다 베치*와 밀리 실**에 비유한다.) 모든 걸 아는 전지적 화자, 그러니까 말을 걸 수 있는 모든 이에게 말을 걸고, 작업실과 파티, 동네를 수년간 드나들며 증거를 수집하고, 메모하며 엄밀하게 평가해온 화자조차, 손이 닿는 순간 흩어져버릴, 눈길에 사라져버릴 재료를 갖고 작업을 하는 건지도. 그러므로 "느낌"은, 맬컴이 상황의 핵심에 얼마나 가까이 다가갔는지, 애초에 인물의 신비를 이해한다는 것에 그녀가 얼마나 의구심을 품었는지 보여주는 것이리라.

* 소설 『포인턴의 전리품(*The Spoils of Poynton*)』의 등장인물.

** 소설 『비둘기의 날개』의 등장인물.

신발이 놀랄 만큼
SURPRISED HIS SHOES

"Paper storage, fragments of delirium eaten away by dust."
—Fleur Jaeggy

신발이 놀랄 만큼

SURPRISED HIS SHOES

"종이 창고, 먼지에 갉아먹힌 망상의 파편들."
— 플뢰르 이애기

오랫동안 나는 주동사가 없는 문장에 알레르기가 있었다. 흔히
말하듯 파편 같은 문장들에. 여담처럼 던지는 말이나 감탄사 같
은 가벼운 문장들을 말하는 건 아니다(그런 문장들에 그렇다면 정신 나
간 사람일 것이다). 전혀 아니다. 내가 말하는 건, 불쑥 내뱉듯 하는
말이 아닌, 주동사를 넣어 써도 무방하거나, 앞뒤로 더 완전하고
관습적인 문장으로 포괄될 수 있는 문장이다. 몇 년 전, 나는 학부
생들의 영문학 수업 에세이를 채점하고 있었다. 학생들은 덜 엄
격한 방식으로 배우고 싶었겠지만, 나는 나도 모르는 새 몇 번이
나 에세이 여백에 대고 학생들을 향해 씩씩대고 있었다. "이건 문
장이 아니야." 어떨 땐 조금 신난 위선자처럼 "비문!" 하고 외치기
도 했다. 시간이 흐르며 나는 이 의미 없는 반감을 떨쳤다. 결국,
내가 제일 좋아하는 작가들 중 몇몇은 동사 없는 문장을 눈에 띄
게 좋아하기도 했으니까. 이를테면 엘리자베스 하드윅은 이런 식
으로 썼다. "호텔 로비의 피곤에 전 악단, 검은 안경, 잿빛 불면증,

숨이 막힐 듯한 외투들, 금발의 지친 아내들."

여기에도 한 예시가 있다. 스위스 작가 플뢰르 이애기의 아주 짧은 에세이집 『이토록 가능한 생애 *These Possible Lives*』에 실린 세 편 중 첫 번째 편에서 발췌한 문장이다. "종이 창고, 먼지에 갉아 먹힌 망상의 파편들." 이애기는 자신이 이탈리아어로 번역하기도 한 낭만주의 에세이스트, 토머스 드퀸시의 노년의 가정생활과 글쓰기 습관을 묘사하고 있다. 16페이지 남짓한 에세이에는 『어느 영국인 아편쟁이의 고백』(1821) 저자의, 어린 시절부터 마지막에 "품위 있는 시체"에 이르는 임종까지의 여정이 담겨 있다. 드퀸시의 삶은 이 짧은 시간 동안 주르르 펼쳐지기보단 모호하게 영광이 서린 순간들의 얼굴 생김새, 교육, 사랑, 질병, 상상력, 죽음을 세밀히 묘사하는 연속된 이미지들로 타전된다. 이애기는 같은 방식으로 두 번째 에세이에서 존 키츠를, 세 번째에선 (보들레르처럼) 드퀸시를 프랑스어로 번역한, 타락한 작가 마르셀 슈워브를 다룬다. 슈워브의 『상상의 삶 *Imaginary Lives*』(1896)은 이애기의 기이할 정도로 축약되고 어딘가 비스듬한 전기 성격을 띤 에세이의 모델 중 하나이기도 하다. 이애기는 세 편의 에세이 안에서 인물들의 임종 장면을 아주 생생히 전한다. 드퀸시는 종이 더미 가운데에서 온화하게 사라지고, 키츠는 이탈리아에서 세상을 떠나며, 슈워브의 얼굴은 "방이 슬픔의 연기로 자욱한" 가운데 금빛으로 물든다.

이들의 간결한 생애에는 경제성, 압축성 외에도 다른 무언가가 있는데, 그건 인용을 하지 않고는 담아내기 어려운 톤이다. 이애기의 문장은 마치 연결 조직이 잘린 듯, 하나의 어두운 것

위에 다른 어두운 것이 쌓인다.

　토머스 드퀸시는 1791년 여섯 살에 환영을 보았다. 형 월리엄은 파리처럼 천장을 거꾸로 걸을 수 있는 방법을 찾고 있었다. 그들이 핑크라고 부른 동생 리처드는 포경선에 탔다가 해적들에게 붙잡혔다. 누이들은 우울증을 앓았다. 토머스는 열의 없이 『알라딘과 요술램프』 책장을 휙휙 넘겼다.

　이애기는 과거 시제의 단순한 진술로 글을 전개하지만, 독자는 그녀가 이야기가 아닌, 정지된 장면이나 그림을 현재 시제로 묘사하는 듯한 인상을 받는다.

　실라 헤티는 『뉴요커』 서평에서 이애기의 문장에 대해, "과육이라기보다는 작고 딱딱한 보석과 같다. 이미지들이 섬광처럼 나타나, 불연속적으로 머물다가, 시선을 휙 사로잡고는 떠난다"라고 썼다. 이는 모두 사실이지만, 이 이미지들 안에는 옹과 결, 즉 문장으로 이루어진 수정水晶이 균열되어 생긴 단층들이 있다. 다음은 열일곱 살에 이제 막 런던에 도착해 젊은 매춘부와 친구가 된 드퀸시를 이애기가 묘사하는 대목이다. "마부 망토와 법률 서류, 서리를 두른 토머스가 신발이 놀랄 만큼 스케이트를 타듯 거리를 달려 옥스퍼드 스트리트 모퉁이, 그의 친구 앤 앞에 멈춰 섰다." 이 글의 전기적 요약(드퀸시는 실제로 집주인의 법률 서류로 자신의 몸을 따뜻하게 했다)은 어쩐지 불화하는데, 글과 이미지의 미묘한 악센트와 기이함이 다소 미스터리하다. 서리를 두르다Cloaked in frost? 신발을 놀라게 한다Surprised his shoes? 이애기의 주동사, 그리고 형용사 혹은 한정 동사*가 이상한 일을 하기 시작한다. 우리의 문장 안에서도 마찬가지다. "먼지에 갉아먹힌eaten away by dust"이라니, 당황스러운 표현이 아닌가? 이애기의 기이한 이미지 연출 스타일을 감안한다 해도 독특한 표현이다. 드퀸시에 대한 에세이에서 동사들은 수직성으로 향하는 경향을 보인다. "아주 멋진 장엄한 꿈들이 아이 방에 자리를 잡았다Dreams of terrific grandeur settled on the nursery… 노년이 아이 위에 내려앉았다Old age descended on the child." "먼지에 갉아먹힌"에서는 서서히 침전물이 쌓이리라 예상되는 곳에서 침식과 황폐화가 일어난다. 그녀만의 또 다른 특징이다.

에세이 전체가 우리를 먼지와 책들과 원고들이 쌓인 장면으로 이끈다. 그것들은 연로한 작가의 셋방을 끊임없이 위협하는 화재의 연료다. 스코틀랜드 작가인 제임스 호그가 에든버러에 있는 드퀸시의 그런 셋방들 중 하나를 방문한 적이 있다. 현관에서부터 눈 덮인 산 같은 종이 무더기를 지나 구불구불한 좁은 복도를 통과하면 나타나는, 드퀸시가 주로 생활하고 글을 쓰던 벽난로 옆. 이애기가 장면에 접근한 방식은 이렇다.

사람들은 대체로 그를 방화범처럼 여겼다. "아빠." 그의 딸들 중 하나가 말했다. "아빠 머리카락에 불이 붙었어요." 그러면 드퀸시는 손으로 불씨를 툭툭 털어냈다. 이

* 동사 형태를 취하지만 형용사처럼 작동하는 동사를 뜻한다.

238

따금 작업실에서 졸음을 이기지 못해 꾸벅꾸벅 졸다 촛
불 위로 쓰러지기도 했다. 재가 양각처럼 원고를 장식
했다. 불길이 너무 높아지면 그는 누군가가 보고 원고에
물을 끼얹을까봐 문을 닫으러 황급히 달려갔다. 그는 가
운이나 깔개로 불을 껐다. 그 마른 성직자는 연기와 사
슬, 속박, 구속으로 자신의 글을 둘렀다. 그는 저녁 초대
를 받으면 꼭 가겠노라 약속하며 시간을 지키는 것이 얼
마나 좋은 일인지에 대해 장황하게 늘어놓았다. 하지만
약속된 시간, 그는 다른 곳에 있었다. 아마도 자신이 세
를 들었던 것도 기억하지 못하는 그 많은 셋방들 중 하
나에서 건초 더미처럼 쌓인 종이들을 읽고 있었으리라.
종이 창고, 먼지에 갉아먹힌 망상의 파편들.

이 문단은 전기 기록에서 건져낸 세부 사실에 대한 이애기의
간결한 서술("그는 가운이나 깔개로 불을 껐다")과 기이한 표현("그
마른 성직자는 연기와 사슬, 속박, 구속으로 자신의 글을 둘렀다") 사
이를 오간다. 이러한 순간들에, 광물처럼 단단한 그녀의 산문
은 불길에 휩싸이는 듯 보인다. 불과 연기, 집을 집어삼킬지 모
르는 화재의 위협은 이애기의 글에서 반복해 등장하는 주제다.
이애기는 드퀸시의 『이마누엘 칸트의 마지막 나날*The Last Days
of Immanuel Kant*』을 이탈리아어로 번역하기도 했는데, 드퀸시의
그 책은 상당 부분이 『말년의 이마누엘 칸트*Immanuel Kant in seinen
letzten lebensjahren*』를 번역임을 밝히지 않고 번역한 것이었다. 원
작은 1804년에 칸트와 가까웠던 철학자인 에레고트 와시안스

키가 썼다. 우리는 드퀸시의 번역본을 통해 나이 들어가는 칸트가 불에 있어 드퀸시와 같은 실수를 범한다는 것을 배운다. "계절에 맞지 않은 졸음은 그를 다른 위험에 노출시켰다. 그는 책을 읽으며 꼬박 잠이 들어 촛불 위로 머리를 떨어뜨렸고, 쓰고 있던 면 나이트캡이 순식간에 불길에 휩싸여 머리 주변으로 불이 활활 타올랐다." 이 장면은 내게 1973년의, 이애기의 친구인 잉에보르크 바흐만의 죽음을 떠오르게 한다. 이 오스트리아 시인이자 소설가는 로마의 아파트에서 담배를 피우다 잠이 들어 나이트가운에 불이 붙었다. 이애기는 단편 「무균실The Aseptic Room」에서, 두 작가가 노년에 대해 나누었던 대화를 회상한다. 그리고 한 문단밖에 되지 않는 짧은 지면에 불확실한 미래를 난폭하게 압축한다.

늙는 건 끔찍해, 그녀가 말했다. 정말 끔찍하지, 내가 말했다. 조소를 띠고. 나는 그것이 진실로 매우 끔찍하다는 걸 그녀에게 설득시키려 했고(그때 우리의 삶은 전혀 나쁘지 않았다) 진심이었다. 그러자 그녀의 눈이 행복으로 반짝였고, 몇 년이 흘렀다. 빠르게. 나는 매일 산테우제니오 화상 치료 병동에 갔다. 무균이 유지되고 있는 방에 두 번 갔다.

이런 관점에서 다시 문장을 보니—"종이 창고, 먼지에 갉아먹힌 망상의 파편들"—나이와 부패가 지닌 느림과 확실성, 그러나 한편으로는 현재에 생생히 존재하며 언제든 갑작스레 닥칠 수 있는 공포, 재난의 가능성을 압축시켜놓은 이미지가 놀랍다. 『이토록 가능한 생애』 속 세 인물이 죽음에 가까워지며 단조롭게 열거되는 임종(혹은 임종에 가까운 것)과 관련된 사실들은, 본래 스타카토식인 이애기의 스타일을 강화한다. 그녀는 키츠에 대해 이렇게 쓴다. "그는 침상 위에서 몸을 곧게 펴고 누운 채 푸른색 천장 타일의 장미 문양을 응시했다. 그의 눈에서 생기가 사라지고 있었다. 섬망 속에 잠시 의식이 돌아올 때면 그는 몇 시간 동안이나 말했다. 그는 결코 정신을 놓지 않았다." 때때로 등장하는 동사 없는 문장은 이러한 이애기의 특징을 더욱 심화해, 행위를 제거하고 인물과 주체, 객체로부터 차갑고 절제된 비인격성만을 남긴다.

다만, 다만, 나는 지금껏 문장을 잘못 읽고 있었다. 정확히 말하자면 잘못된 문장을 읽고 있었다. 나는 (그게 내가 할 수 있는 전부이므로) 미나 잘만 프록터가 옮긴 『이토록 가능한 생애』 영문 번역본에 의존해왔다. ("의존해왔다"란 말은 '완전히 매혹되어 있었다'라는 뜻이다.) 원문인 이탈리아어를 봐야겠다고 생각한 건 이애기가 드퀸시에 대해 쓴 글을 처음 읽고 몇 달 후, 최근의 일이다. *"Forse scrutava i fogli accatastati come balle di paglia in una delle numerose dimore che non ricordava di avere affittato, depositi cartacei, frammenti di deliri smangiati dalla polvere."* 내 문장, 그러니까 『이토록 가능한 생애』에서 내가 가장 사랑하는 문장은 파편이 아니라, 솔기 하나 없이 완전히 매끈한 것이었다. 번역가가 "종이 창고paper storage"라고 옮긴 건 흥미로운 선택이다. 왜냐하면 "depositi cartacei(말 그대로 'paper deposits'라는 뜻이다)"는 일종의 관료적이고 법적인 기록, 공적인 축적을 뜻하며 그런 사물 자체를 가리키지, 그것들을 보관하는 행위나 보관하는 장소를 의미하는 게 아니기 때문이다. 특이하게 옮겨진 "paper storage"는 노인의 물건 쌓는 버릇이나, (물건 자체가 아닌) 물건을 쌓아둔 방을 뜻하는 것처럼 들린다.

처음 이 문단을 읽었을 때 나는 드퀸시의 셋방이 그 자체로 "망상의 파편" 같다는 생각을 했다. 아니면, (어쩌면 동시에) 이 짧은 문장이 아편쟁이의 쇠약해진 정신으로부터 어떤 환영 같은 인상을 불러일으켰다고. 그리고 이 아이디어들과 이미지들, 생각들—이것들이 먼지에 갉아먹혔다고. 아니, 이 일련의 생각들은 전부 틀렸다. 갉아먹힌 건 촛불에 누렇게 그을린 종이들이다. 우리는 그 종이들이 먼지에 뒤덮이고 그림자 진 이미지를 상상해야 한다. 그렇게 흐릿해지고 나니 그제야 그것들이 갉아먹힌 듯 보이기 시작한다. 지금까지처럼 이미지를 쫓는 것, 또 글을 거의 문자 그대로 다루려는 노력에는 문제가 있다. 헤티가 말했듯 이애기의 문장은 수정이기에. 하지만 이 문장, 이애기의 것이라기보다는 번역가의 문장인 이 문장은 너무나 많은 것을 끌어들여, 우리로 하여금 결점과 (광물학에서 말하는) 내포물, 무질서하게 보존된 재료들을 보게 한다. 어쩌면 이것이 오늘날 산문에서, 적어도 영미 문학의 산문에서 드퀸시처럼 방대한 특성을 가진 글을 재차 이해할 수 있는 유일한 길인지도 모른다. 만일 우리가 그의 길고 복잡한 문장들을 같은 식으로만 재차 반복한다면, 언제나 스스로 잊힐 위험이 있는, 꾸벅꾸벅 조는 에세이스트처럼 우리 위에서 잠들어버릴 수도 있는 문장들을 답습하기만

한다면, 우리는 그것들이 우리의 구조와 톤에서 얼마나 멀고 오래되었는지만 지적할 수 있을 뿐이다. 더 큰 계획에서였든 국부적인 방편이었든, 매우 갑작스럽고 수수께끼 같기도 한 이탈을 통해 프록터는 우리에게 이애기의 인물과 산문이 지닌 몽환적 나른함을 간직한 문장을 선사해주었다.

그녀가 굳기 전까지

BEFORE SHE SOLIDIFIED

"If Diana is present now, it is in what flows and is mutable, what waxes and wanes, what cannot be fixed, measured, confined, is not time-bound and so renders anniversaries obsolete: and therefore, possibly, not dead at all, but slid into the Alma tunnel to re-emerge in the autumn of 1997, collar turned up, long feet like blades carving* through the rain."
—Hilary Mantel

* 'carve'에는 고기를 저민다는 뜻도 있다. 작가가 이미지를 염두에 두고 의도한 단어 선택으로 보인다.

"만일 다이애나가 지금 여전히 존재한다면 흐르고 변하는 것,
차오르고 기우는 것, 고정될 수 없고 측정되지 않으며 가둬지지 않는
것, 시간에 묶이지 않고 그리하여 기념일을 한낱 구식이 되게 하는
것으로 존재할 터, 그러니 어쩌면 죽은 게 아니라, 다시 오기 위해
1997년 가을 알마 터널로 미끄러진 것일지도, 목깃을 세우고
칼날처럼 긴 발로 비를 가르며."
—힐러리 맨틀

물론 가장 먼저 든 생각은, 문장이 끝(문장의 끝, 기사의 끝)을 맺기
위한 것으로는 너무 과장된 이미지라는 것이었다. 그러나 한편
나는 감탄하며 잠시 넋을 잃고 화면을 보다 다시 위로 올라가 기
사 전체를 소리 내어 읽었다. (그러고는 웨일스 공작부인 다이애나의
발 사진을 찾아보았는데 어쩐지 에로틱한 분위기가 배어 있는 것이 놀랍
지 않았다.) 멍청하고도 문학적인 질문들이 머릿속에 밀려들었다.
그녀가 죽은 8월 30일 밤, 파리에 비가 왔던가? 내가 확인한 바로
는 아니었다. 그녀는 발이 컸나? "왕세자비의 9$\frac{1}{2}$ 발 사이즈*에 얽
힌 비밀, 그녀가 하이힐을 사랑하는 이유", 이 장난 섞인 기사 제

목을 믿어도 된다면 그랬던 듯하다. 그녀는 목깃을 세우는 걸 좋아했을까? 1980년대에는 분명 그랬던 것 같다. 1980년대 말 홍콩 공식 방문 당시, 그녀는 날렵한 베이거스 칼라Vegas collar**에 하얀 진주가 박힌 캐서린 워커의 '엘비스 드레스'를 입고 있었다. 하지만 이것들 중 무엇도, 소설가 힐러리 맨틀이 다이애나 서거 20주년을 맞아 「가디언」에 쓴 「왕세자비의 신화The Princess Myth」 마지막 구절의 적절함이랄까 기이함을 제대로 설명하지는 못할 것이다. 신화적일 뿐 아니라 이토록 강렬한 이미지와 고약한 표현을 불러온 이 존재는 누구 혹은 무엇일까?

맨틀은 다이애나가 겪어온 변화들을 돌아본다. 특권을 누렸지만 예외적이진 않았던 어린 시절에서, 사람들의 시선을 한 몸에 받게 된 선택받은 배우자로, 미디어의 불안한 총아에서 공황에 빠진 희생자로, 국가의 정점 주변부에 버려진 이들을 대변하는 세련되고 슬픈 변호인으로 변화하는 과정을. 또 무엇보다 살아 있는 몸에서 신화로 승격한, 그런 뒤에 다시 돌아온 과정을. 중세시대 그림 속의 승천처럼 다이애나, 그녀의 두 발이 구름 속으로 사라져가는 모습이 보이는 것만 같다. 맨틀이 이 승격(이면서 격하)을 위해 사용한 언어 안에서 다이애나는 육체적인 동시에 추상적이다. 그녀의 이야기는 절대 한 상태에서 다음 상태로 곧장 이어지지 않는다. 문장이 죽은 왕세자비를 어디에 위치시키며 어디에서 해방시키는지 보자. "흐르고 변하는 것, 차오

---

* 약 260mm에 해당한다.

** 엘비스 프레슬리의 상징으로, 1970년대 라스베이거스 공연 때 유명해졌다.

르고 기우는 것, 고정될 수 없고 측정되지 않으며 가둬지지 않는 것", 이게 다 정확히 무엇을 의미하는 걸까? 그녀의 사후세계 이미지인가? 아니면 더 분산되고 전면적인 힘, 죽음으로 풀려난 에너지일까?

문장의 콜론은 어딘가 이상하고 혼란스러운 일을 벌인다. 콜론 뒤에 이어지는 "그러니 어쩌면 죽은 게 아니라and therefore, possibly, not dead at all", 이 구절은 문법적으로 보자면 앞의 문장과 자연스레 이어지지 않는다. 누가, 무엇이 죽지 않았단 말인가? 물론 그건 다이애나겠지만, 꼭 그렇지만도 않다. 첫 번째 구절 뒤로 문장 주어로서의 그녀는 사라지고, 그 모든 가변성 안으로, '본질적인 특성whatness'과 평범한(그러나 완전히 평범한 것은 아닌) 동사 '존재하다to be' 안으로 포섭된다. 그녀가 유령으로 응결되어 다시 올 때 우리가 안정적인 대명사를 떠올릴 수 있도록("그러니 어쩌면 그녀는 죽은 게 아니라and therefore, possibly, she is not dead at all…"). 또, 맨틀은 "slid"에서 갑자기 시제를 바꿔 우리를 당황하게 하면서도*, 살아 있는(혹은 산 주검인) 왕세자비에게 놀랍고도 물질적으로 정확한 이미지를 부여한다. 운명이 그녀를 위해 준비한 지하의 시련에서 살아남은 그녀가 날카롭고 용감한 모습으로 돌아온 것에. 마치 투명 헬멧을 쓰고 지뢰밭을 건너오며 찍힌 사진들** 중 하나처럼.

* 현재 시제가 아닌 과거 시제를 씀으로써 진짜 일어난 일처럼 묘사한 것을 뜻한다.

** 1997년 1월, 다이애나 왕세자비가 앙골라 지뢰밭에서 보호 장구를 착용하고 직접 걷는 장면을 찍은 사진들을 말한다.

이 문장은 글의 정점으로, 생생하지만 혼란스럽고, 아이콘이자 캐리커처 같은 특성과 보다 본질적이고 변화무쌍하며 절묘한 특성, 이 둘 사이를 오가는 다이애나의 모습을 잘 드러낸다. 예상대로 그녀는 동화 속 주인공, 포로가 되어 성에 갇힌 신부, 왕족이라는 새로운 정체성이라는 조각난 거울 속에서 길을 잃은 존재다. 그녀는 로버트 그레이브스*가 묘사한, 처녀, 할망구, 마녀, 족제비 등으로 다채롭게 모습을 바꾸는 하얀 여신 같다. 다이애나는 살아 있을 때 찰스 왕세자와의 결혼식 날 가장 극적인 변신 능력 시험에 든다(아니면 그저 필요에 의한 것이었을까?). 맨틀은 이미 『런던리뷰오브북스*London Review of Books*』에서 자유자재로 모습을 바꾸는 영국 왕족의 몸을 다룬 바 있다. 우리의 문장을 위한 일종의 예행연습이 된 이 글에서 그녀는 1981년 7월, 다이애나가 세인트폴 대성당에서 마차에서 내리는 순간을 회상한다.

> 평범한 소녀가 커다란 마차 안으로 밀어 넣어지자, 여신이 나타났다. 그녀는 평범한 방식으로 마차에서 나오지 않았다. 그녀는 부화했다. 흐르는 액체처럼, 영매의 몸에서 엑토플라즘**이 솟아오르듯 비상한 드레스가 먼저 나타났다. 그녀가 굳기 전까지 기나긴 순간이었다.

---

* 영국의 시인, 소설가, 비평가, 고전학자(1895~1985). 『하얀 여신(*The White Goddess*)』 등을 썼다.

** 심령현상에서 영매의 몸에서 나온다는 가상의 물질.

엑토플라즘과 마찬가지로 이는 사실이다. 오컬트적인 드레스에 대비되어 왜소한, 얼굴 없는 다이애나의 보도사진들이 그 증거다.

「가디언」의 글에서 맨틀은 이렇게도 쓴다. "어떤 사람들에게 죽음이란 그저 상대적인 조건일 뿐이다. 그들은 산 자들보다 더 많은 것을 한다. 첫 번째 시련 뒤 그들은 스스로를 재정비해 공적 담론 안에서 유연성을 갖게 된다." 다시 말하자면, 다이애나가 변신해서 된 것 중 하나가 언어라는 뜻이다. (폴 드 만은 「탈외형으로서의 자서전Autobiography as De-facement」에서 "죽음은 언어적 곤경을 대신하는 이름이다"라고 썼다.) 맨틀은 이러한 언어를 구사하는 데 탁월할 뿐 아니라 자기만의 문제적 버전을 만들어내는 데도 뛰어나다. 그녀는 1992년 『런던리뷰오브북스』에 쓴 마돈나에 대한 글을 이렇게 끝맺는다. "누구든 형용사가 되고 싶은 사람이라면 마돈나가 영감이 될 것이다." 하지만 다이애나는 그런 언어적 환원의 대상이 아니다. 그녀는 신화와 미디어에 갇히면 갇힐수록 더 멀리 달아나는 듯하다. 그리하여 순수한 이미지, 형상, 시가 될 때까지. (특히 죽음에 있어서는 완전히 키치하기까지 하다. 그러나 맨틀의 목적은 다이애나에게 달라붙어 있는 국민 정서를 긁어내 뭔가 단단한 것을 드러내 보이는 데 있는 것 같다.)

다시 맨틀이 『런던리뷰오브북스』에 쓴 글을 보자. "그녀는 다시 태어나기 위해 지하 차도 아래로 들어갔지만, 그러나 이번에는 육신 없이 태어났다. 사진 수만 장 속의 비현실적인 피사체로, 우리 옆을 휙 스쳐 지나가는 것으로, 미풍에 실려 오는 한숨으로." 맨틀은 이 글에서 케이트 미들턴을 "넝마를 걸친 관절 인형"이라고 칭했는데, 영국 타블로이드 신문들은 이에 경악하는 척한다. 물론 맨틀은 실제의 케이트를 뜻한 게 아니라 그 신문들이 만들어낸 뼈만 앙상한 환영을 말한 것이었다. 같은 글에서 맨틀은 버킹엄궁전 행사에서 여왕을 본 일도 회상했다. "말하기 부끄럽지만 나는 식인종이 저녁거리를 보듯 그녀를 보았고, 내 시선은 그녀의 뼈에서 살을 발라낼 수 있을 만큼 날카로웠다." 이것은 우리가 군주를 바라보도록 강요되는 방식이다. 여기서 진짜 몸은 제왕적 의미가 발라내진 뒤 깔끔하게 분리된 두 사람이 된다. 실재하는 개인과 상징적인 존재.

문장가인 맨틀은 (공경받는 왕족을 파티에서 마주칠 때뿐 아니라) 그러한 순간들이 요하는 친밀함과 거리감을 조합하는 데도 아주 뛰어나다. 2010년에 그녀는 당시 받았던 수술에 관한 에세이를 썼는데, 어떤 수술인지는 밝히지 않았지만 마찬가지로 고딕 양식이 배어 있는 소름 끼치는 후유증을 묘사했다.

며칠 후 의료진 몇몇이 내 나선형 붕대를 만지다 상처 전체가 터진다. 안에서부터 혈전들이 솟는다. 다음 몇 시간, 며칠 동안 간호사들이 서로를 향해 황급히 전문적 인 약어들을 외치고, 아니면 하워스*에서나 들었을 법 한 문장으로 말한다. "그녀의 폐가 차오르고 있어요."

상처 나고, 부풀고, 막히는 몸에서 벗어나 당신의 (언어적) 곤

* 하워스의 브론테 자매 세 명 모두 폐결핵으로 죽었다.

경이 죽어가는 브론테의 것과 같다는 농담을 하려면, 자신의 몸을 포함한 인간의 몸에 대해서도, 언어에 대해서도 어느 정도 특별한 관심이 필요하다. 이러한 관심과 이것에서 비롯되는 대담하고 섬뜩한 은유는 맨틀 작품에서 자주 발견되는 특징이다. 단편 「콤마Comma」에서 성년인 화자는 어린 시절, 장애가 있거나 본래 몸이 기형인 어떤 아이를 몰래 보려고 했던 일을 회상한다. 주인공의 기억 혹은 상상 속에서 (단편의 제목이기도 한) 아이 "콤마"는 몸이 약하고 얼굴이 없다. "우리는 빈 것을 보았고, 구球를 보았으며, 그것은 특징이 없고, 의미도 없었다, 그리고 가죽은 뼈에서 달아나려는 듯 보였다." 우리 문장의 마지막 구절과 마찬가지로, 나는 이 문장의 마지막 이미지가 무엇을 뜻하는지 잘 모르겠다. 아니, 문장은 이미지를 불러내고 있지만 내게 잘 보이지 않는다. 실은 보고 싶은지도 잘 모르겠다.

문장은 이런 식으로 작동해선 안 된다고 생각하는 사람들도 있다. 맨틀은 회고록 『유령을 포기하다_Giving Up the Ghost_』에서, 글쓰기에 대한 조언을 해달라는 요청을 받을 때 자신도 그런 사람들 중 하나인 척해왔다고 밝힌다.

평범한 종이 위에 평범한 단어를 써라. 오웰의 말, 좋은
산문은 유리창과 같다는 말을 기억하라. 당신의 기억
을 날카롭게 하고 당신의 감각을 벗겨내는 것에 집중하
라. 당신이 쓴 매 페이지의 최소 3분의 1 이상을 삭제하
라. 허튼 비유를 만드는 일을 중단하라. 당신이 하고 싶
은 말이 무엇인지를 생각하라. 그러고 난 뒤에는 할 수

있는 한 가장 직접적이고 격렬한 방식으로 말하라. 고기를 먹어라. 피를 마셔라. 사교 생활을 포기하고 친구를 가질 수 있다는 생각을 하지 마라. 한밤중 적막한 시간에 일어나 손끝을 찔러 당신의 피를 잉크로 써라. 그러면 하찮은 희롱을 고칠 수 있을 것이다!

맨틀은 자신의 조언을 따른 적이 없을 뿐 아니라—"희롱은 나의 필명이다"—이를 엄중히 조언하는 와중에도 그와 다르게 행동한다. 엄지를 찌르고 피를 마시는 대목까지 갈 것도 없다. "당신의 감각을 벗겨내는 것peeling your sensibility", 여기서 이미 우리는 맨틀의 독특한 이미지 레퍼토리 안에 들어서게 된다.

다시 한 번 문장을 들어보자. 완벽하게 균형 잡힌 전반부와 흥미로운 문법으로 된 후반부. 처음으로, "slid"가 과거분사로 들리기 시작했다. 마치 그녀가 어떤 힘에 의해 터널 안으로 미끄러진 것처럼.

만일 다이애나가 지금 여전히 존재한다면 흐르고 변하는 것, 차오르고 기우는 것, 고정될 수 없고 측정되지 않으며 가둬지지 않는 것, 시간에 묶이지 않고 그리하여 기념일을 한낱 구식이 되게 하는 것으로 존재할 터, 그러니 어쩌면 죽은 게 아니라, 다시 오기 위해 1997년 가을 알마 터널로 미끄러진 것일지도, 목깃을 세우고 칼날처럼 긴 발로 비를 가르며.

이것은 고약한 농담일까, 아니면 기괴한 정확성이라 봐야 할까? 어떤 독자들은 자신은 이를 알고 있다고 생각했다. 「왕세자비의 신화」가 게재되고 넉 달 후, 영국의 「타임스」는 "2017년 최고의 문학적 인용best literary quotes of 2017"을 발표했다(엄밀히 말하자면 'quotes'가 아니라 'quotations'다). 맨틀의 이 마지막 문장은 "최고의 허세 문장Top pseud" 부문에 뽑혔다. 거짓된, 젠체하는, 허세 부리는 사람을 일컫는 명사로 접두사 'pseudo'를 사용하는 것은 1829년 「타임스」까지 거슬러 올라간다. 파생어 'pseud'는 1950년대 중반, 훗날 풍자 잡지 『비밀 감시자Private Eye』의 편집자가 되는 리처드 잉그램스에 의해 처음 사용된 것으로 보인다. 이 잡지는 격주로 "허세 코너Pseud's Corner"라는 섹션에 거드름 피우는 인용문들을 모아 사람들에게 이 용법을 알렸다. 만일 지금 'pseud'라는 단어를 쓰는 사람이 있다면 특정 유형의 나이 든 영국 남성이라 보아도 그리 부당한 일은 아닐 것이다. 사립 교육을 받았지만 지식인들을 참지 못하고, 물질적으로 부유하지만 예술과 문학에 있어 사치나 참신함을 불신하는 사람들. 여기에는 은유도 포함된다. 맨틀의 문장이, 역사소설로 상을 받고 2015년에는 대영제국 데임 커맨더 훈장을 받았음에도, 그녀를 "우리 쪽 사람"으로 보지 않게 한다.

마지막으로 현시대 문장의 운명에 대한 짧은 한마디. 「왕세자비의 신화」는 2017년 8월 26일 토요일 「가디언」에 실린 뒤, 저명한 신문의 다른 기사들처럼 뉴스 수집 사이트에 빠르게 재게재되었다. 자료 조사를 하다 알게 된 사실인데, 28일, 그중 한 사이트가 글을 난도질해 구문과 구두점을 다 헝클어놓고, 단어는 아무렇게나 택한 질 낮은 유의어로 바꾸어 실었다. 이렇게.

만일 다이애나가 지금 여전히 존재한다면 흘러넘치고
변하는 것, 차오르고 줄어드는 것, 정리되지 않고 계량
화될 수 없고 감금되지 않는 것, 시간에 묶이지 않고 그
래서 기념일을 구닥다리로 만드는 것으로 존재할 터, 그
러니 아마 죽은 게 아니라, 다시 오기 위해 1997년 가을
알마 터널로 스르르 미끄러진 것일지도, 목깃을 세우고
칼날처럼 긴 발로 급류에 각인을 새기며.*

여기서 맨틀의 문장은 훼손되고 잔뜩 허세 부린 듯한 문장이
되었지만, 문장의 주체는 마침내 인간으로서의 자신의 지위를
버리고 "스르르 미끄러져slithered" 물과 바람이 된다. 그곳에서
그녀는 가르고carve, 새기고engrave, 마침내 스스로를 쓴다write.

---

* 원문은 다음과 같다(밑줄 강조는 옮긴이의 것이다).
"If Diana is present now, it is in what **floods** and is mutable, what waxes and **decreas-es**, what cannot **to be all right**, **quantified**, **detained**, is not time-bound and so **yields** anniversaries **antiquated**: and therefore, **maybe**, not dead at all, but **slithered** into the Alma tunnel to re-emerge in the autumn of 1997, collar turned up, long feet like blades **engraving** through the **torrent**."

열정에도 불구하고

GUSTO NOTWITHSTANDING

"They'll probably rock up with hash and breadsticks, and quite possibly a dim jar of drilled out green olives, and people who stay late will horse into the breadsticks and the following day there'll be shards of breadstick all over the floor, ground to a powder in places, where people have stood on the bigger shards while talking to people they don't usually talk to, or even when dancing about perhaps."
—Claire-Louise Bennett

"그들은 아마 해시 요리와 브레드스틱, 그리고 어쩌면 구멍 뚫린
초록 올리브가 담긴 흐린 병도 하나쯤 들고 나타날 것이다,
그리고 늦게까지 남은 사람들은 브레드스틱을 우적거릴 테고
다음 날이면 여기저기 온 바닥에 부스러기가 떨어져 있겠지,
사람들이 평소라면 얘기하지 않던 사람들과 얘기하느라
큰 조각들은 밟혀 가루가 되고, 아니 어쩌면 심지어 춤까지
흐느적거리느라 그렇게 될지도 모른다."
—클레어-루이즈 베넷

수년간 아일랜드 서부에 살았던 영국 작가 클레어-루이즈 베넷
은 그곳에 있는 동안 잠시 연극 일을 했다. 그녀에게 무대와 눈에
띄게 독백적인 소설과의 관계에 대해 묻는다면, 그녀는 어느 정
도는 서로 경쟁하는 목소리들을 듣지 않기 위해, 그래서 인간들
로부터 완전히 벗어나 사물들, 장소들, 분위기들의 목소리를 듣
기 위해(이들을 인격화하지 않기란 얼마나 어려운가) 연극을 그만두
었다고 말할 것이다. 베넷의 소설과 에세이는 여러 주제들 중 그
런 고독에 관한 이야기다. 그러나, 아니 어쩌면 그렇기에, 당신이
오늘날 읽는 대부분의 소설보다 훨씬 더 철저히 목소리로 느껴지

고 들린다. 베넷의 주인공은(그녀를 주인공이라 말할 수 있다면) 애니 딜러드가 말한 "괴짜 화자들crank narrators"처럼 마지못해 그 세계에 속해 있는 것처럼 들린다. 참고로 내 친구는 내게 베넷의 단편집 『연못Pond』을 꼭 읽어야 한다면서, 베넷이 완전히 "감정으로만" 이루어진 소설을 쓰는데, 그것이 그 책의 거의 전부라고 말한 적이 있다.

그런 허구적 목소리 혹은 그것의 창작자가 대중 앞에서 낭독을 하면 어떤 모습일까? 그녀가 낭독하는 것을 본 사람들은 베넷과 낭독 스타일이 "연극적theatrical"이라고 하는데 나는 그게 무슨 말인지 이해할 수 있다(그러니까, 들을 수 있다는 말이다). 이탤릭체로 강조되는 대목, 사나워지고, 단어나 문장까지도 내던지듯 소리를 낮추고 물러나는 순간들. 당신은 그녀가 배우 같은 억양을 가졌다고 생각할지 모른다. 하지만 어떤 배우가 의미 따위는 아랑곳하지 않고 속도를 늦추거나 빠르게 할까? 나는 베넷의 낭독을 몇 번 들어보았는데, 그녀는 정신없이 들떠 있다가도 사라져버린 듯 희미해졌다. 가령, 방금 온라인에서 본 영상 속에서 그녀는 우리의 문장이 실린 대목을 낭독하다가 문장이 있는 그 문단 바로 직전에 멈춘다. 이것의 효과는 계산적이고, 이상적이다. 왜냐하면 단편 「마지막 손길Finishing Touch」이 바로 존재와 보류에 대한 이야기, 공상에 대한 확신으로 달려 나가다 후퇴하는 이야기(어디로?)이기 때문이다. 이것은 자신에게 휩쓸려가는 동시에 휩쓸리지 않는 이야기다. 아마도.

해당 문장은 손님들과, 그들이 파티에 음식이나 음료를 가져온다면 어떤 걸 가져올까에 관해 이야기하고 있다. 어떤 사람들은 요리에 관심이 있거나 확실한 취향이 있고, 화자가 이를 봐왔기에 평소처럼 준비해달라고 할 수 있을 것이다. "그리고 물론 먹는 일에 있어 열정에도 불구하고 이렇다 할 관심을 드러내 보인 적은 없어 그냥 오게 하는 사람도 한두 명 있을 것이다." 이제 이들은 파티에 나타나 어떻게 행동할까? 우리의 문장은 이를 알고 싶다.

부사 측면에서 문장은 불확실성을 아주 분명히 드러낸다. 다가오는 파티의 모든 것이 불확실하다. "probably", "possibly", "perhaps"* 같은 단어들이 연이어 등장하고 비슷한 소리가 반복되어 그 느낌이 강조된다. 베넷의 이름 없는 화자는 분위기로만 존재하는 사건에 대해 얼마나 선명한 감각을 주는지. 문장이 진행되며 상황은 더 선명하고 확실해지지만 마지막에 다시 "perhaps"가 등장하면서 이를 전부 무효로 만든다. 극도의 정확성과 산산이 부서지는 모호성 사이의 진동, 이것은 파티의 형태와 구조, 본질과 같지 않은가? 모든 것이 기분 좋게 흩어질 수 있도록, 모든 손님이(단어들이? 구절들이?) 제집처럼 편안하면서도 동시에 모험심을 느낄 수 있도록 정교하게 준비된다는 점에서 말이다. 그것은 본래 연약하다, 파티 말이다.

잠시 뒤로 물러나 천천히 보자. 문장은 스무 편의 단편 중 하나에 등장하는 것인데, 스무 편 중 몇 편은 엄청나게 짧고 에둘러 가는 이야기라, 그 방식이나 유머가 내게 리디아 데이비스를 상기시킨다. 나머지 단편들은 구문이나 어휘가 신선하고 기

* 세 단어 모두 '아마', '어쩌면'이라는 뜻을 가진다.

이해, 어떤 독자들은 '실험적'이라 할 것이다. (전부 동일한 화자를 가진 듯한) 대부분의 단편은 아일랜드 서부로 보이는 시골 작은 집에서 거의 혼자 살아가는 여성에 관한 이야기다. 이 이야기들 안에서는 거의 아무 일도 '일어나지' 않는다고 할 수 있는데 절대로 멈추지 않는 것이 있으니, 여자가 살고 있는 한정된(그런가?) 세상에 대한 그녀의 강렬하면서도 흥미로운, 무시무시한 관심이다. 그녀는 집 가까이에 있는 용기, 도구, 가구, 세간 등의 것들에 집착, 아니 사로잡혀 있으며, 그것들은 하나같이 그녀가 원하는 방식과 장소에 계속 머무르지 않는다. 가령, 근처 마을로 짧은 여행을 갔다 가져온 식료품은 한데 모아놓으니 미적인 위안을 주지만, 그것은 일시적인 배치일 뿐이다.

가지, 호박, 아스파라거스, 방울토마토가 한데 있으니 정말 탐스럽게 보인다. 누구든 하루 중 아무 때나 갑자기 붓과 팔레트를 들고 자리에 앉아 시원하고 멋진 창가에 놓인, 거부할 수 없을 만큼 아름다운 채소들의 그 이국적인 멋을 표현하고 싶은 충동을 느낀다 해도 놀랍지 않다.

『연못』의 집 안 세상에는 "좋은nice" 것들이 많다. "포리지 가운데 든 까만 잼 같은 게 정말 좋다nice, 사실 정말이지 매혹적이다." "긴 섹스 후에는, 오렌지가, 정말 맛있다nice." 이 단어는 즐겁고 확실한 특성만큼이나 극도의 취약성과 부서지기 쉬운 특징을 암시한다.

사실 베넷의 이야기에는 평범하면서도 안쓰러운 면마저 있는 단어들과 구절들이 가득하다. "actually(사실)"도 그것들 중 하나이며, "even(심지어)"도 마찬가지다. "as a matter of fact(실은)"와 "if you must know(꼭 알아야 한다면)", "for the simple reason that(그냥 …해서)"*도. 이들의 효과는 우선, 독자들에게 말을 걸 뿐 아니라 그들이 꼼짝 못 하도록 조르고 붙잡아, 잠시 여기 머물게 하면서도 그들이 듣는 동시에 빠져나갈 길을 모색하게 한다는 것이다. 두 번째 효과는 바로 화자 자신인데, 그녀는 (베케트의 화자처럼) 자신의 다변에 갇혀 멈출 수 없다. 그녀는 문장이 논리적으로는 종착역에 이르렀음에도 다른 문제를 덧붙이고, 또 다른 절을 덧붙이다가, 결국 본래 문장의 조화는 안중에도 없다는 듯 끊임없이 말한다. 화자는 세상에 대한 관심의 방식과 정도에서도, 압운과 반복의 매듭을 거듭하며 끝없이 풀어지는 자신의 언어에서도, (아일랜드 사람들이 말하듯) 통제력을 잃고 만다lose the run of herself.

"작은 파티를 열어야겠어. 완벽히 준비된, 하지만 절제된 파티

* 저자 주: 내게는 고모가 있는데 말이 많고 불행한 사람으로, 'for the simple reason that'이라는 말 대신 (같은 의도로) "for the simple reason is…"(문법적으로 틀린 표현이다.-옮긴이) 하고 말하곤 했다. 예를 들면 고모는 유쾌하고 즐거운 여행 기회가 생기면 갈 수 없다고, "for the simple reason is I'm not well(그냥 몸이 안 좋아서)" 하고 말했다. 가끔은 그 표현이 오류가 아니라는 듯, 'is' 뒤에 긴 콤마가 있는 것처럼 잠시 멈추기도 했다. "For the simple reason is, he's a bastard."("For the simple reason that he's a bastard(그냥 그 녀석은 나쁜 자식이니까)."를 문법적으로 잘못 표현한 것이다.-옮긴이) 또 어떨 때는 "for the simple reason is,"(역시 문법적으로 틀린 표현이다.-옮긴이)까지만 말하고 한참을 그대로 멈춰 있기도 했다, 마치 모든 'simple reason'이 사라져버린 것처럼.

를. 내게는 유리잔도 많으니까. 그리고 이 안에 있으면 정말 좋으니까I think I'm going to throw a little party. A perfectly arranged but low-key soirée. I have so many glasses after all. And it is so nice in here, after all."「마지막 손길」의 서두에는 내가 앞서 말한 것들이 담겨 있다. 불안해하는 화자의 마음과 물건에 대한 관심, 지극히 평범한 표현("after all")에의 중독과 그것의 성마른 반복이. 파티를 열어야겠다는 생각이 들자(여름이어서 그녀는 그런 생각을 했다) 누구를 초대할지, 누구를 부러 눈에 띄게 초대하지 않을지, 좁은 집에 온 손님들이 어디에 서야 할지 등의 단상들이 이어진다. 그런데 오토만 의자에 문제가 있다. 누가 거기에 앉게 될까. 그녀는 자신의 한 여자 친구가 앉길 바란다. 사실, 그녀의 머릿속에는 이미 파티에 대한 아주 디테일한 계획들이 들어 있다. 그녀는 만일 자신이 손님이라면 오토만에 어떻게 앉게 될지가 궁금하다.

하지만 나는 좀 늦게 도착할 테고 누군가가 벌써 그 의자에 아마도 가득 찬 술잔을 든 채 편히 앉아 그 앞에 서 있는 다른 누군가와 얘기를 하고 있을 텐데 그 사람도 가득 찬 와인 잔을 들고 있어 나는 아마 손끝을 테이블에 댄 채 서 있어야겠지만 그것도 그런대로 나쁘지 않고, 어쨌거나 사람들은 돌아다닐 테니까, 하지만 그래도 그 오토만에 너무 앉고 싶어하는 티를 내긴 싫은데—바로 거기로 직행하진 말아야지!—그래, 나는 감히 그 근처에 이르기 전에 좀 꾸물거리면서 여기저기를 어슬렁대야 할 거야, 그래서 마침내 오토만에 앉았을 때 자연스러워 보

이게, 난 거기 앉을 생각도 없었는데 그냥 어쩌다 보니
거기 앉은 것처럼.

우리의 문장은 이것처럼 정교하고 저돌적이거나 상상력이 풍
부하지 않다. 대신 더 짧고 진지하고 덜 감정적이다. 그럼에도
여기에 얼마나 많은 위험 요소가 있는지 보자. 여름 파티라는 평
범하면서도 예측되지 않는 미래, 요정의 불빛처럼 공중에 매달
려 있는 소리와 의미의 반복(하나가 실패하면 전체가 망가진다),
다채로운 어휘와 이따금 이해하기 어려운 문장구조, 질질 끌듯
내려가는 마지막 구절. 절은 몇 개인가? 내가 마지막으로 센 것
은 여섯이지만 누군가는 "and the following day(다음 날이면)" 앞
에 콤마가 있다고 생각할 테니 일곱 개인가? 내가 베넷에게서
감탄하는 것 중 하나는, 필요할 때 콤마를 생략한다는 점이다.
보통 콤마가 가득하고, 절들이 이어지고, 그 절들이 아주 짧고
위계적인 동시에 (뭐라 말해야 할까) 연속적이면서도 어쩐지 계절
적인 느낌을 주는 그녀의 소설 안에서 이 점은 더욱 돋보인다. 콤
마를 생략하는 것은 베넷이 미끄러져 내려가는, 휩쓸려가는 느
낌을 조성하는 방식이다. 그와 같은 맥락에서 쓰인 또 다른 미
묘한 장치는, "they'll(그들은…할 것이다)", "there'll(…해 있을 것이
다)"처럼 거의 압운을 이루는 축약된 절이다. 이 쌍은 처음에는
어떤 일이 일어나리라는 가능성을 암시하다 나중에는 뒤집혀
깊은 불확실성을 드러낸다.

베넷은 아주 훌륭한 문장가로, '문장가phrase-maker'라는 말이
존경받는 표현이어야지, 언어가 매혹적일 뿐 충분히 단단하지

못하다는 평을 받는 작가들에게 쓰는 모욕이 되어서는 안 된다
는 사실을 일깨워준다. 우리가 쌓는 문장을 빼면 우리에게 무엇
이 남는가? 『연못』에는 감탄할 만한 예시가 넘쳐난다(다음에서
강조는 내 것이다). "날개를 활짝 편 온갖 잎사귀들spread-eagled leaves
이 오일과 식초에 담겨 있다"라든가, "나는 특히 너그럽고 유연해
진magnanimous and lithe 기분이었다" 같은 구절들. 우리가 다루는
문장에서도 몇 가지 묘하게 눈에 띄는 곳들이 있다. 예를 들면,
"구멍 뚫린 초록 올리브가 담긴 흐린 병a dim jar of drilled out green
olives". "dim"과 "drilled"의 가벼운 유사성도 그렇지만(그런데
"drilled out"에 왜 하이픈을 붙이지 않았을까?) 부적절한 선물이 아
닌가 싶을 만큼 시큼한 이미지가 그렇다. 그리고 끝에서 끝까지
구멍 뚫린 올리브들을 떠올려보라! 옥구슬로 된 목걸이 같지 않
은지. 그리고 그 흐린 병이 고여 있는 녹색 연못물 같지 않은지.

이제 "horse into(우적거리다)"에 대해 얘기해보자. 이것이 뜻하
는 바는 명확하기에 당신도 술이나 약에 취해 무언가를 게걸스
레 먹는 모습을 떠올릴 수 있을 테지만, 관용적인 의미에서 나는
여전히 그게 어떻게, 왜 그런 의미가 되는지 잘 모르겠다. 'horse
into'는 옥스퍼드 영어 사전에 나오는 표현은 아니지만, 운동이
나 근육 관련 의미를 지니는 동사 'to horse'는 사전에서 찾을 수
있다. 'to horse'는 'drag(끌다)'라는 뜻으로, 'into'가 아닌 'over'와
함께 'horsing over'라고 쓸 수 있다. 혹은 'drag oneself(스스로를 끌
고 가다)'라는 뜻으로. 〔영화 「베이비 길들이기Bringing Up Baby」에서
캐서린 헵번은 조폭 애인, 스윙잉 도어 수지Swingin' Door Susie 행세를
하며, "haul it over, haul it over(그거 끌고 와, 끌고 오라고)"라고 말한다.

그녀는 같은 뜻으로 ‘horse it over’라고 말했을 수도 있다. 아일랜드에서는 더 가볍게 달려가는 표현으로 ‘hare over’를 쓴다.) ‘to horse’에는 ‘hoist(들어올리다)’라는 뜻도 있는데, 그건 옛날 사람들이 단어를 잘못 알아들은 탓일지도 모른다. 그리고 이 단어에는 ‘horsing around(야단법석)’라는 뜻도 있다. 내 아버지는 원기 왕성한 망아지처럼 뛰어다니는 걸 보면 “stop that horseplay(야단 좀 그만 떨어라)”라고 말씀하시고는 했다. 나는 ‘horse into’라는 말은 들어본 적도 읽어본 적도 없지만, 그건 정말로 말이 되는 말이다.

나는 이제야 문장의 흥미로운 시간적, 구조적 흐름을 알아차렸다(정말 느린 독자, 느리게 생각하는 사람이다). 하나가 다음에 이어지는 다른 하나와 “and”로 거칠게 연결되고 있음을. 가장 처음 나오는 “hash and breadsticks(해시 요리와 브레드스틱)”는 중요하지 않다. 우리를 언뜻 매끄럽고 그럴듯한 서사의 길(“그들은 아마 해시 요리와 브레드스틱, 그리고 어쩌면 구멍 뚫린 초록 올리브가 담긴 흐린 병도 하나쯤 들고 나타날 것이다, 그리고 늦게까지 남은 사람들은 브레드스틱을 우적거릴 테고 다음 날이면 여기저기 온 바닥에 부스러기가 떨어져 있겠지…”)로 보이는 것으로 나아가게 하는 건 두 번째로 등장하는 “and quite possibly(그리고 어쩌면)”다. 다만, 각각의 “and”는 연결이나 진행을 의미하는 서술이 아니라 감탄사다. “and”는 파티 참석자들의 예상되는 행동을 넘어 순전한 추측과 환상의 영역으로 우리를 데려간다. 그리고 우리는 이 꿈속 같은 위치에서 과자 부스러기나 어지러운 춤 같은 디테일들을 내려다본다.

이제 마지막 절, “or even when dancing about perhaps(아니 어

쩌면 심지어 춤까지 흐느적거리느라 그렇게 될지도 모른다)"를 보자. 베넷답지 않게 요점에서 벗어난 얘기처럼 들린다. 문장에서 "or"(이제 "and"가 아니다)가 처음으로 등장하는데, 나는 이것이 화자가 파티를 상상하며 점점 고조시킨 게 아니라 나중에 덧붙인 것이라 생각한다. 그런데 왜 "even(심지어)"이라고 썼을까? 밤늦도록 과자를 짓이겨가며 흐느적거리는 춤은, 문장의 모험을 이어가는 것과는 거리가 먼 것 같은데? 어쩌면 "even"은 바로 불필요한 것을 정의하는, 파티의, 문장의 흔적기관—맹장 같은 건지도! 마르셀 뒤샹의 작품 제목인 "심지어, 자신의 미혼남들에게 발가벗겨진 신부The Bride Stripped Bare by her Bachelors, Even"의 "even"처럼. 잠깐, 아니다, 의도적으로 주의를 분산시키는 부사적 역할은 "dancing about(춤까지 흐느적거리느라)"의 "about"에 있다. 'dancing'과 "dancing about"의 차이는 뭘까? 아마도 후자는 마을 외곽 어느 작은 집, 파티에 초대받을 만큼 호스트를 잘 알지만 맛있는 음식이나 음료를 챙겨야 하는 부담은 없는 자리에서 아주 늦은 시간에 아마도 좀 취해서 추는 춤이리라. "아니 어쩌면 심지어 춤까지 흐느적거리느라 그렇게 될지도 모른다Or even when dancing about perhaps", 문장이나 파티 끝에 붙는 부록처럼 들리지 않는가. 이제 오늘 밤은 이쯤 하자는 충분히 약한 끝맺음. "감정으로만"이라는 내 친구의 말은, 베넷의 이상한 화자가 가진 강렬한 사색적 특징을 표현하기에 적절한 말이었을까? 표현이 구식이기는 해도, 베넷 그녀 자신이 변해서 되어버린 감정과 애착, 그 환상의 안개, 그녀가 글 안에 풀어놓은 너무나 적확하지만 너무나 묘한 이 안개를 달리 뭐라고 표현할 수 있을까?

266

혹은 그럴싸한 어떤 문장들

OR SOME NOT−STUPID SENTENCES

"At any rate, there is a rolling, all-pervasive upwash of dread, one great, hot, shooting surge of dread-sensation through mind and body, a sense— perhaps?—of Time, carrying a body from Sunday night to Monday morning, to every Monday morning after that, and on and on, willy-nilly, to extinction, a mountainload of moments forcing the body from now to then, from drab to drab, from exposure to exposure, this progress, this exasperating, non-negotiable, obliterating motion forward into the dark— the dark what?"

—Anne Carson

"어쨌든 만연한 공포의 기운이 굴러오고 있다, 몸과 마음 전체를
관통하는 뜨겁고 거대한 두려움의 쇄도, 그 감각은, 아마도, 시간에
대한 것, 시간은 몸을 일요일 밤에서 월요일 아침으로, 그리고
매 월요일 아침으로, 좋든 싫든 계속해서, 그리하여 소멸로 나르고,
산처럼 쌓인 순간들은 몸을 지금으로부터 그때로, 지루함에서
지루함으로, 노출에서 노출로 밀어 넣는데, 어둠을 향해 전진하는
이 짜증 나고, 타협 불가능한, 말소의 움직임—그런데 어두운 무엇을?"
—앤 카슨

(시인인 그녀가 평소에는 잘 인정하지 않는 장르인) 소설 「다시 플로
베르Flaubert Again」에서, 앤 카슨은 글을 쓰려 애쓰는 한 작가에 대
해 쓰다가 플로베르를 떠올린다. 자신의 글과 끊임없이, 고통스
럽게 싸웠던, 한 문장 한 문장 고칠 때마다 모질게 싸우며 소파 위
에서 극도로 무기력한 시간을 견뎠던 그를. 그리고 우리는 여기,
카슨의 놀라운 글 안에서, 우선 어린 시절 일요일 밤들에 대한 기
억 때문에 목욕하기 싫어하는 화자를 보며, 문장을 쓰고, 그것을
다시 무가 되게 하는 일이 불러일으키는 두려움을 느낄 수 있다.
(1834년, 에머슨*은 일기에 이렇게 쓴다. "문장을 만드는 사람은 다른 예

술가들처럼 무한을 향해 나아가며 혼돈과 태고의 밤 속에 길을 내고, 그 뒤를 따르는 사람들은 어떤 야성적이고 창조적인 기쁨을 느끼며 이를 듣는다.")

문장의 끝이 아주 절묘하다. 마치 문장 자체가 눈앞으로 달려드는 두려운 존재라는 듯, 화자는 마침내(그런데 얼마 만에?) 자신의 파국적 독백을 겨우 멈추고 물러서는데, 그제야 자신의 문장을 잘못 듣거나 읽어 명사(어둠dark)를 형용사(어두운dark)로 바꾸어버리니, 말을 끊기는커녕 오히려 두려움을 증폭시킨다. 하지만 이는 아마도 카슨 특유의 아이러니한 순간 중 하나일 터(그녀가 사람들 앞에서 읽을 때의 말투가 들리는 듯하다), 무언가 재밌다는 듯한, 더 날카롭고 더 세련되고 더 많은 것을 알고 있는 듯한 작가적 목소리가 "어두운 무엇을the dark what?" 하고 끼어들어, 아니, 두려움을 배가시키는 게 아니라, 자기 자신과 거리를 둠으로써 자신을 보호한다. 아마도 이런 일이 일어나는 중이리라 난 생각하지만 진실은, 이 문장에 대해 뭔가 끄적여보려 했지만, 남은 건 이 알 수 없는 낙서뿐이다.

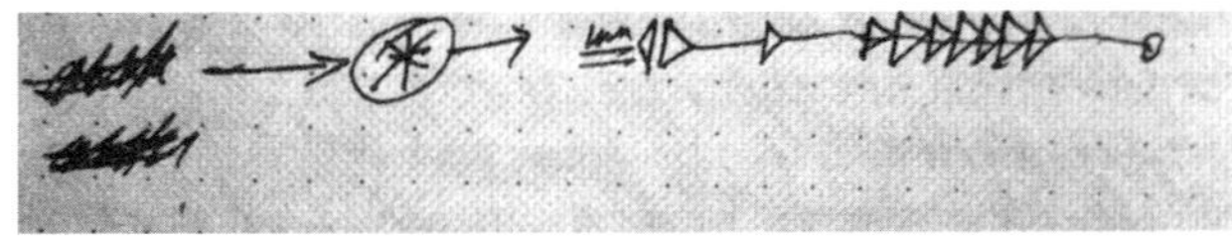

---

* 미국의 사상가이자 시인인 랠프 월도 에머슨(1803~1882).

가령 만일

LIKE HOW IF

"Inadmissible information is inadmissible because it provokes a kind of social discomfort, like how if a group of poor people are in the room with one not-poor person the poor people might without conferring about it work together to carefully conceal their own poverty for the benefit of the other, not-poor person, sometimes going so far as to increase their poverty by paying for the things they cannot afford."
—Anne Boyer

가령 만일

LIKE HOW IF

"허용되지 않는 정보는 그것이 일종의 사회적 불편함을 초래하기에 허용되지 않는 것인데, 가령 만일 가난한 사람들 무리가 가난하지 않은 사람 한 명과 같은 방에 있게 되면 가난한 사람들은 서로 공모하지 않고도 가난하지 않은 사람의 이익을 위해 그들의 빈곤을 감추려 조심스레 협력할 수 있으며, 때때로 그들은 감당할 수 없는 것에 지불함으로써 빈곤을 악화시키는 지경에까지 이르기도 한다."
—앤 보이어

2015년에 출판된 앤 보이어의 책『여성에 반하는 옷*Garments Against Women*』에는 감탄할 만한 것들이 아주 많은데(이 책은 부분적으로는 어떤 것들에 대한 책이다), 그중 일부는 누군가는 한때 주제라고 불렀을 법한 것의 범주에 속한다. 보이어는 흥미로운 사상과 경험, 역사, 친밀감, 관념, 그리고 여기서처럼 정치적 현실까지 다양한 것들을 폭넓게 다루는 시인이다. (정치적 현실은 대인 관계의 문제 안에 숨거나, 그 문제로 위장하는 경향이 있다.)『여성에 반하는 옷』에서 그녀는 자산을 소유한 계급의 전유물로서의 문학에 대해, 안녕과 행복의 조건을 요구하면서도 부정하는 사회에서 안녕과 행복이 무엇을 뜻하는지에 대해, 쓰지 않는 상태, 즉 삶이라 알려진 것

의 상태에 대해, (특히 옷과 책을) 만드는 일의 고된 행위가 디지털
적 삶에 맞서는 도전이 될 수 있는지에 대해, 자본이 부패한 제국
적 단계에 이른 때 다름 아닌 여자이자 시인인 것이 무슨 의미인
지에 대해 쓴다. 보이어는 루소, 보들레르, 로트레아몽*, 앙토냉
아르토**, 메리 울스턴크래프트*** 등 많은 작가를 불러내는데,
이 책의 제사를 위해 울스턴크래프트의 말을 빌린다. "삶에서 일
어난 과거의 일들이 그녀를 짓눌렀기에 그녀는 경험과 한층 더
성숙한 이성이 자연스레 불러올 감정들과 함께 그것들을 자세히
이야기해보기로 했다."

『여성에 반하는 옷』은 시들, 에세이 혹은 에세이들, 회고 그
리고(혹은) 주장의 모음집이다. 이 책은 파편들로 이루어진 책
으로 소개되는데, 그건 아마 책이 우리가 오늘날 절박하게(혹은
가장 쉽게) 살아가고 있는 형식 그 자체이기 때문일 것이다. 간
결성, 집중의 분산, 단절, 경구, 유머, 몽타주, 인용, 미완성, 파
멸, 이것들은 현시대의 조건이자 그 조건에 대해 우리가 선호하
는 미학적 반응이다. 그러나 파편들이라고 다 같지는 않다. 보
이어의 파편은 흔치 않은 견고함을 갖고 있다. 논리적이고, 서
정적이지 않으며, 덧없이 사라져버리는 사색이 아니라, 종이 위
에 기념비처럼 존재한다. 그녀는 문단으로 쓰는 작가다. (양 끝

* 프랑스의 시인인 로트레아몽 백작(1846~1870).

** 프랑스의 배우, 연출가(1896~1948).

*** 영국의 사상가이자 여권운동가(1759~1797). 『프랑켄슈타인』을 쓴 메리 셸리의
어머니이다.

274

에 흰 공백이 있고 들여쓰기가 없다. 페이지, 아니 화면을 구성하는 이 방식은 오늘날 우리에게 자연스러워 보일지 몰라도 실은 그렇지 않다.) 그렇다, 그녀는 물론 거트루드 스타인을 생각해봤을 테고, 문장과 문단 중 어느 것이 더 감정적인지에 대해서도 고민했을 것이다. 때로는 이 문장처럼, 문장은 문단이 되기도 한다. 보이어의 냉혹한 논리는 짤막한 형용사와 부사, 전치사 들 속에서, "inadmissible(허용되지 않는)", "information(정보)", "poor(가난한)", "not-poor(가난하지 않은)", "people(사람들)", "poverty(빈곤)"와 같은 특정 단어들의 반복을 요구하는데 나는 이 반복이 문장에서 가장 인상 깊은 특징이라고 생각한다. 보이어의 반복은 귀를 위한 스타인의 것과 달리 시각적 힘을 갖는다. 이 문장(이 문단) 전체가 이러한 반복들로 가득하다. 이것은 일종의 주의, 일종의 분노다.

『여성에 반하는 옷』의 말미에서 보이어는 루소의 『에밀』에도 나오는, 후에 울스턴크래프트가 『여성의 권리 옹호*A Vindication of the Rights of Woman*』에서 다시 언급하는 일화에 대해 이야기한다. 루소가 아는 한 소녀는 읽기도 전부터 글쓰기를 배우고 싶어 바늘로 'O'라는 글자를 계속해서 새긴다. 다른 글자는 없이 오로지 O의 행렬만을. 그러던 어느 날 그녀는 글자를 쓰다가 거울에 비친 자신의 모습을 보고 너무 이상하고 못생겼다는 생각에 그 길로 연습을 그만둔다. 루소는 이 이야기가 여성의 선천적 허영심을 시사한다고 했고, 울스턴크래프트는 이를 두고 "말도 안 되는" 얘기라고 했다. 다음은 보이어의 말이다. "루소는 O를 O라고 생각했지만 소녀에게 그 O들은 모든 글자, 모든 단어였을지 모른다. 각각의 O는 구멍, 행성, 고리, 단어, 질문, 문법이었을지도. 어떤 O는 눈, 다른 O는 입, 또 다른 O는 멍, 다른 O는 생각이었을 수 있다." 소녀가 쓴 한 줄의 O는 "나는 분수噴水가 대략 어떻게 생겼는지 알아", 혹은 "사과는 태양보다 작다", 혹은 "나의 어머니"일 수도 있는 것이다. O, o, o, o는 혁명의 암호였다, 그러니까 소녀가 펜을 내려놓은 건 그녀가 써야 할 것을 이미 다 썼기 때문이다.

읽을거리

James Baldwin, *Collected Essays* (New York: Library of America, 1998).

Whitney Balliett, *Collected Works: A Journal of Jazz 1954–2000* (New York: St. Martin's Press, 2000).

롤랑 바르트, 『바르트의 편지들』, 변광배, 김중현 옮김, 글항아리, 2020.

롤랑 바르트, 『기호의 제국』, 김주환, 한은경 옮김, 산책자, 2008. *절판

롤랑 바르트, 『텍스트의 즐거움』, 김희영 옮김, 동문선, 2022.

Roland Barthes, *Sade/Fourier/Loyola*, trans. Richard Miller (New York: Hill and Wang, 1976).

롤랑 바르트, 『S/Z』, 김웅권 옮김, 연암서가, 2015.

Samuel Beckett, 'The Capital of the Ruins', in Eoin O'Brien, *The Beckett Country* (London: Faber & Faber, 1986).

사뮈엘 베케트, 『사뮈엘 베케트 희곡전집』, 이원기 옮김, 예니, 1993. *절판

Samuel Beckett, *The Letters of Samuel Beckett,* Volume 2. 1941 – 1956, ed. George Craig et al. (Cambridge: Cambridge University Press, 2011).

Claire-Louise Bennett, *Pond* (Dublin: Stinging Fly, 2015).

발터 벤야민, 『아케이드 프로젝트』, 조형준 옮김, 새물결, 2005.

Elizabeth Bowen, *A Time in Rome* (London: Vintage, 2003).

Anne Boyer, *Garments Against Women* (London: Penguin, 2019).

Maeve Brennan, *The Long-Winded Lady* (Dublin: Stinging Fly, 2017).

샬럿 브론테, 『빌레뜨』, 조애리 옮김, 창비, 2020.

Sir Thomas Browne, *The Major Works*, ed. C. A. Patrides (London: Penguin, 1977).

Anne Carson, 'Flaubert Again', *The New Yorker*, 22 October 2018.

앤 카슨, 『짧은 이야기들』, 황유원 옮김, 난다, 2025.

테레사 학경 차(차학경), 『딕테』, 김경년 옮김, 문학사상, 2024.

Lydia Davis, *Essays One* (New York: Farrar, Straus & Giroux, 2019).

Joan Didion, *Telling Stories* (Berkeley, CA: The Friends of the Bancroft Library, 1978).

Joan Didion, *The 1960s & 70s*, ed. David L. Ulin (New York: Library of America, 2019).

Joan Didion, uncredited photograph captions, *Vogue* US, 1 August 1965.

조앤 디디온, 『상실』, 홍한별 옮김, 책읽는수요일, 2023.

애니 딜러드, 『돌에게 말하는 법 가르치기』, 김선형 옮김, 민음사, 2004. * 절판

토머스 드퀸시, 『어느 영국인 아편쟁이의 고백』, 김석희 옮김, 시공사, 2010.

Thomas De Quincey, *The Works of Thomas De Quincey*, ed. Grevel Lindop (London: Pickering and Chatto, 2000 – 2003).

John Donne, *Selected Prose* (London: Penguin, 1987).

조지 엘리엇, 『미들마치』, 이미애 옮김, 민음사, 2024.

George Eliot, *The Journals of George Eliot* (Cambridge: Cambridge University Press, 1998).

스탠리 피시, 『문장의 일』, 오수원 옮김, 월북, 2019. *절판

William H. Gass, *Habitations of the Word* (New York: Simon & Schuster, 1984).

Elizabeth Hardwick, 'Billie Holiday', *The New York Review of Books*, 4 March 1976.

Elizabeth Hardwick, *The Collected Essays* (New York: New York Review Books,

2017).

엘리자베스 하드윅,『잠 못 드는 밤』, 임슬애 옮김, 코호북스, 2023.

Fleur Jaeggy, *These Possible Lives*, trans. Minna Zallman Proctor (New York: New Directions, 2017).

Wayne Koestenbaum, *Notes on Glaze* (New York: Cabinet Books, 2016).

Janet Malcolm, 'Forty-One False Starts', *The New Yorker*, 11 July 1994.

Janet Malcolm, *Forty-One False Starts* (New York: Farrar, Straus & Giroux, 2013).

Janet Malcolm, *Nobody's Looking at You: Essays* (New York: Farrar, Straus & Giroux, 2019).

힐러리 맨틀,『마거릿 대처 암살 사건』, 박산호 옮김, 민음사, 2018.

Hilary Mantel, 'Meeting the Devil', *The London Review of Books*, Vol. 32, No. 21, 4 November 2010.

Hilary Mantel, 'The Princess Myth', *The Guardian*, 26 August 2017.

Hilary Mantel, 'Plain Girl's Revenge Made Flesh', *The London Review of Books*, Vol. 14, No. 8, 23 April 1992.

Hilary Mantel, 'Royal Bodies', *The London Review of Books*, Vol. 35, No. 4, 21 February 2013.

조 모란,『단어 옆에 서기』, 성원 옮김, 위고, 2025.

Frank O'Hara, *What's With Modern Art?*, ed. Bill Berkson (Austin: Mike and Dale's Press, 1999).

월터 페이터,『르네상스』, 이시영 옮김, 학고재, 2001. *절판

John Ruskin, 'The Storm-Cloud of the Nineteenth Century', in *The Works of John Ruskin*, Vol. XXXIV, ed. E. T. Cook & A. Wedderburn (London: George Allen, 1908).

John Ruskin, *Selected Writings* (Oxford: Oxford University Press, 2004).

W. G. 제발트,『토성의 고리』, 이재영 옮김, 창비, 2019.

Robert Smithson, *The Collected Writings*, ed. Jack Flam (Berkeley, CA: University of California Press, 1996).

Susan Sontag, *Debriefing: Collected Stories* (New York: Farrar, Straus & Giroux, 2017).

Gertrude Stein, *How to Write* (New York: Dover, 1975).

Gertrude Stein, *Look at Me Now and Here I Am* (London: Penguin, 1990).

윌리엄 셰익스피어, 『햄릿』, 최종철 옮김, 민음사, 1998.

Virginia Tufte, *Artful Sentences: Syntax as Style* (Cheshire, CT: Graphics Press, 2006).

버지니아 울프, 『존재의 순간들』 중 '병에 대하여', 최애리 옮김, 열린책들, 2022.

Virginia Woolf, *Selected Essays*, ed. David Bradshaw (Oxford: Oxford University Press, 2008).

감사의 말

이 책의 일부(하드윅, 던, 울프, 딜러드, 맨틀, 엘리엇, 이애기)는 잡지 『캐비닛』에 먼저 실렸다. 편집장 시나 나자피에게, 그의 열정과 엄격함에 깊이 감사드린다. 조앤 디디온에 대한 글은 2020년 1월 베를린의 『캐비닛』 공간에서 열린 "가상의 문장The Virtual Sentence"이라는 행사의 일부로 시험적으로 먼저 쓰였다. 제프 돌벤, 얀 미에시코프스키, 샐리 오라일리, 엘레나 보그만에게도 감사의 말을 전한다. 셰익스피어에 대한 짧은 글은 2019년 아일랜드 현대미술관에서 열린 전시의 카탈로그 『*Walker and Walker — Nowhere Without No(w)*』에 실렸다.

웨인 케스텐바움이 내게 클레어-루이즈 베넷의 문장에 대해 써보라고 권했다. 존 본은 내게 (다시) 엘리자베스 보엔을 알려주었다. 샘 스티븐슨이 휘트니 발리엣에 대해 쓴 글을 읽기 전까지 나는 그를 알지도 못했다. 캐시 박 홍의 『마이너 필링스』를 통해 테레사 학경 차의 작품을 알게 되었다. 런던퀸메리대학교와 왕립예술대학교의 학생들과 동료들이 여기 쓰인 많은 작가에 대한 내 생각을 이해하는 데 도움을 주었다.

올리비아 랭과 이언 패터슨에게 무척 감사하다.

나의 편집자 자크 테스타드와 수전 바르바, 그리고 피츠카랄도 에디션, 뉴욕리뷰북스의 모든 분께 감사의 말을 전한다. 이 책은 영국예술위원회의 관대한 후원금 덕에 나올 수 있었다.

에밀리 라바지가 처음으로, 내게 문장에 관한 책을 써보라고 했다. 이 책의 모든 페이지에 그녀의 영향력이 존재한다.

오류와 실수에 대한 책임은 모두 내게 있다.

말로는 거의 표현된 적 없는

하나의 문장이 우리에게 슬픔에 대해 말해주는 것만큼
슬퍼할 수 있을까?
―브라이언 딜런

『한 문장이 있다고 해보자』는 브라이언 딜런이 25년 동안 마음에 품어온 작가들과 그들의 문장에 대해 쓴 에세이집이다. 단 스물여덟 명의 작가와 그들이 쓴 무수한 문장들 중 단 하나의 문장. 여기까지만 들어도 그 작가들의 목록에 누가 있을지, 그리고 어떤 책의 어떤 문장이 그의 눈에 들어왔을지 궁금해진다. 딜런은 스타일을 중요시하는 작가로 익히 알려져 있다. "내가 스타일 말고는 아무것에도 관심 없는 것처럼 들릴지 모르겠다. 그게 사실일 수도 있다."* 이 글을 쓰기 한참 전부터 나는 막연하게 스타일에 관해 쓰게 되리라고 예상했다. 하지만 내가 그에게 마음을 뺏긴 문장들을 보면서 깨달았다. 이 글은 그의 감정에 대한 글이 될 수밖에 없다고. 그러니까 그의 스타일을 만든 감정, 그 본질에 대한.

* 브라이언 딜런, 『에세이즘』, 김정아 옮김, 카라칼, 2023, 18쪽.

여성 잡지를 즐겨 읽은 어머니를 둔 딜런은 그 자신도 수많은 잡지를 탐독했다. 막 열여섯이 된 1985년, 어머니가 돌아가신 다음 날에도 그는 가까운 가판대로 가, 음악 잡지『NME』를 사 와 평소처럼 침대에 누워 전체를 반복해서 읽었다. 소년은 자기가 사랑하는 대상에 대해 글을 쓴다는 개념, 그리고 그런 글을 쓰려면 "그 대상이 가진 전적으로 새로운 뉘앙스와 의도를 밝혀 낼 줄 알아야 한다는 개념"*에 설렘과 위안을 얻는데, 그는 이미 10대 때 자기가 하고 싶은 일이 무엇인지, 쓰고 싶은 글이 어떤 것인지를 어렴풋이나마 깨달았던 것 같다. 그렇다면, 그런 그가 멈춰 서서 곱씹다 노트에 옮겨 쓰고 가끔 또 펼쳐보고 또다시 따라 쓰며 오랜 세월 곰곰이 되새긴 문장은 어떤 문장일까?

내게 딜런의 문장은(그리고 딜런이 끌린 문장은) 의외로 진동하고, 혼란스럽다. "거의 에로틱해질 수 있는 문장의 가능성에 취한 작가들. 아름다움이나 우아함에 관한 문제가 아니다. (…) 이들 글에서는 다른 무언가가, 대단히 매력적인 기묘함이 느껴진다." 드퀸시, 포, 멜빌, 개스와 같은 작가를 설명하는 그의 말은 딜런 자신을 묘사하는 말로도 들린다. 내가—그의 말에 따르면—끌린 문장의 목록을 들여다본다. 서로를 보완하고 서로와 씨름… 언제라도, 해지고 어둡고 제멋대로인 것으로 돌변… 통제 밖의 불협화음… 흔들리다 무너진… 언제나 불안하게 흔들리고 떨리고 단속하는… 변화의 광경… 환상일 뿐… 그 진동이… 낯선 모험을 시작한다. 일견 단호하고 엄격해 보이는 그는 실은 많은 순간, 규정하기보다 질문하고 실험한다.

* 브라이언 딜런, 같은 책, 148쪽.

그럴 때 그의 목소리는 비평가라기보다 에세이스트에 더욱 가까운데(딜런에게 있어 이 둘의 차이가 무엇이냐 하는 문제는 지금 다루지 않겠다), 2018년 11월『로스앤젤레스리뷰오브북스』인터뷰에는 대상과 스타일의 관계에 대한 그의 생각이 잘 드러나 있다. 그는 글을 쓸 때 어떤 생각을 설득력 있게 펼쳐야겠다는 식으로 생각하지 않는다. 대신, 은유나 이미지, 소리, 리듬과 같은 요소들에서 출발한다. 즉 "언어를 어떻게 다루느냐에 본질적인 무언가가 있다"라고 보는 것이다. 그렇기에 그가 높이 평가하는 기교라든가 화려한 스타일도 언제나 정밀함을 위한 것이지 어떤 피상적이거나 미학적인 것이 아니다. 그가 생각하는 정밀성은 일종의 윤리다. 케스텐바움의 말처럼 존재를 극한까지 해석하지 않는 건 존재에 대한 폭력일 수 있기에. 딜런은 최후의 순간에 미학 말고는 아무것도 남지 않는 심미적 감상을 증오한다. 그리하여 딜런에게 스타일은 세계와 텍스트에 어떻게 접근하는가 하는 태도의 문제이며, 스타일의 과잉은 대상을 끝까지 이해해보려는, 진실에 도달하기 위한 노력이 된다. 아마도 이러한 점들 때문에 그가 말하는 스타일에는 거의 형이상학적이고 윤리적인 무게가 담기는 것일 테다. 내가 느끼기에 딜런의 윤리는 시도하고 질문하는 태도 자체인데, 그러한 점에서 이 책의 제목 "한 문장이 있다고 해보자"는 그의 태도를 여실히 보여주는 문장이라는 생각이 든다. 여기서 방점은 물론 "해보자suppose"에 있다. 이렇게도 생각해보고, 어떤 일이 일어나는지 우리 같이 지켜보자는 그의 권유. 하지만 역설적으로, 단정 짓지 않는 그의 이 태도, 이 목소리로 인해 우리는 그 대상을 조금 더 정확히 이해할 수 있게 된다. 그러므로 "감정이 구조"라는 하드윅의 믿음을 언급한 그의 말을 굳이 다시 불러오지 않아도, 그가 말하는 감정은 결국 형식의 문제일 수밖에. 딜런은 늘 에세이의 어원이 '시도essayer'임을 밝힌다. 대상을 재고exagiare, 측정하기examen. 그리하여 할 수 있는 한 정확하게 이해하려는 시도. 일관되고 단정하는 글을 끔찍이 싫어하고, 탐색하고 시험하며 취약함을 기꺼이 드러내는 그가 결국 에세이스트인 것은 필연적이었을지도 모르겠다는 생각마저 든다. 그가 끌리는 문장들을 다시 본다. 하나같이 "극도의 정확성과 산산이 부서지는 모호성 사이"에서 진동하고 있다. 딜런의 문장 또한 이와 다르지 않다는 점에 우리는 어쩐지 조금 안심하고 그를 따르게 되는 것 같다.

이렇게 흔들리는 문장들은 무엇으로 이루어져 있나? 우리는 무엇을 부표 삼아 그를 따르지? 어릴 때부터 바르트가 '콜론'을 쓰는 방식을 모방했다는 딜런은 아주 사소한 디테일에까지 민감하다. 콜론, 세미콜론, 대시의 사용, 콤마의 위치, 그리고 그것의 부재, 그 뒤에 이어지는 전치사의 사용 따위를 붙잡고 거기 매달린다. 그에게 스타일은 글이 갖는 리듬을 들으려는 노력과 연관되어 있다. 모든 문장과 어떤 단어들을 탄생시키는 어떤 리듬의 목소리를 듣는 일. 이 "목소리"는 그가 말하는 방식뿐 아니라 그의 생각까지 결정한다. (이 역도 성립한다.) 맬컴이 느낌을 이용하는 방식, 스타인이 단어를 반복하고 변주하거나, 하드윅이 'desolate' 대신 "desolating"을 쓰거나, 보이어가 짤막한 특정 단어들을 반복하는 것처럼. 여담이지만, 아마도 그래서일 텐데, 그는 콤마에 정말이지 집착한다. 대개 나타나리라 예상되는 콤

마가 없어서 좋다는 말을 그는 무려 여섯 명의 작가들에게 몇 번
이고 반복하다가, 급기야 힐러리 맨틀의 장에서 단편 「콤마」를
등장시킨다. 물론 콤마의 위치와 사용 여부는 리듬이나 의미 측
면에서 많은 것을 결정하고, 그것이 암시하는 바는 중요하며, 절
묘하게도 맨틀의 단편에 하필 '콤마'라는 기묘한 몸이 있었던 것
이지만. 또 여담이지만, 평범한 의미의 '디테일'에 대한 그의 관
심도 집착이라 말해도 좋을 정도다. 무엇에 대한 집착이든, 그건
우리에게 축복일 테다. 가령 그는 1965년 『보그』에 실린 디디온
의 사진 캡션 문장*과 1978년 디디온이 『텔링 스토리』에서 직접
인용하고 「뉴욕 타임스」에도 실린 문장**이 조금 다르다는 사실
을 찾아냈고(그가 eBay에서 50달러를 주고 『보그』 1965년 8월호를 샀
고, 그러면서 이 차이를 발견하고는 위대한 발굴을 한 것처럼 기뻐했다
는 사실도 넘어가도록 하자), 하드윅이 『뉴욕리뷰오브북스』에서
빌리 홀리데이에 대해 쓴 글이 『잠 못 드는 밤』에서 더 못한 버
전으로 수정되어 있음을 발견해냈다. 〔"단어들은 본래 (…) 발견되
길 기다린다."〕

　한편 딜런이 '공감'이라는 감각에 예민한 촉수를 지닌 작가라
는 건 잘 알려져 있지 않은 듯하다(우리의 탓은 아닐 것이다). "나
는 글에 디테일이 있기를 바라고, 그러한 디테일을 공감과 교감
의 후광이 감싸고 있기를 바란다."*** 『에세이즘』에서 처음 이

* *"반대편 위*, 집 안에 흩뿌려진 색채, 활기, 사물들의 행복하고도 변칙적인 공존."

** "반대편 위: 집 안 전체에 배어 있는 색채, 활기, 즉흥적으로 만들어진 보물들의 행
복하지만 변칙적인 공존."

문장을 읽었을 때 나는 당연하고 평범한 이야기로 받아들이며 지나쳤다. 그러나 이 책의 번역을 마친 지금, 이 문장을 다시 읽으며 이번에는 처음과 달리 디테일이 아닌, 그 뒤에 있는 '공감'과 '교감'의 후광에 주목하고, 다시 한 번 그의 정밀함과 섬세함에 감탄한다. 그의 문장에는 군더더기와 허튼소리가 없다. 여기에 모인 문장들이 바로 정확히 이러한 문장들이지 않은가? 공감과 교감의 후광이 감싸고 있는 디테일한 문장. 그는 비평가인 동시에 에세이스트다. 부모의 죽음을 계기로 기억과 상실을 다룬 그의 첫 책 『어두운 방 *In the Dark Room*』으로 그는 철학적이며 예리한 감수성을 가진 작가라는 찬사를 받았다. 『한 문장이 있다고 해보자』의 서문 끝에서, 그는 의도하진 않았지만 자신과 수십 년간 함께해온 문장들이 상당 부분 죽음과 소멸에 관한 것이라고 말했는데, 그는 오래전부터 이 주제에 끌렸던 것 같다. 그는 확실히 어딘가 엉망이 되어버렸거나 실패한 것들에 매료되는 듯하다(하지만 동시에 의도한 곳에서는 치밀한 제어력을 가진 것들에). 이 책에 실린 문장들을 죽 보면 무언가가 대체로 죽었거나, 죽을 것이거나, 죽음의 상태에 가까워지는 중이다. 그는 이런 글들에서 세계가 언어로 재구성될 수 있으며, 애초에 언어로 재구성되어 있음을 장담받고 싶어했다. 그러지 않으면 "정신적, 육체적 질병으로 망가진 결과물인 나 자신에 종속되어버릴 것"* 같아서. 이렇듯 그 자신이 공감과 교감의 후광이 비치는 문장에

*** 브라이언 딜런, 같은 책, 133쪽.
* 브라이언 딜런, 같은 책, 153쪽.

끌려서일까? 그는 자신이 서 있는 그곳으로 단숨에 우리를 데려가는 일에 능하다. 가령 죽음의 문턱 앞에서 자기 추도사를 직접 낭독하는 듯한 존 던의 (피와 벌레 같은 아기가 등장하는) 설교 장면을 읽으며 그가 그리 멀지 않게 느껴지지 않았는지. 브레넌 장에서는, 자신의 미래를 내다본 듯한 그녀가 마련한(그래서 딜런이 먼저 가 기다리고 있는), 길 잃은 아가씨가 보고, 또 세상이 그녀를 돌아보는 그 시선들의 쓸쓸한 대치 상태 안으로 단숨에 빨려 들어가 있지 않았는지. (아마도 몇 안 되는 조금 다른 주제를 다루는 장일 텐데) 메일러의 글을 한 번도 읽어본 적 없어도 괜히 볼드윈의 편에 서게 되진 않던지?(딜런은 한 번도 명시적으로 누구의 편을 들지 않았다.)

('자, 이제, 우리의 문장을 보자.') "하나의 문장이 우리에게 슬픔에 대해 말해주는 것만큼 슬퍼할 수 있을까?" 딜런은 여기서, 문장이 감정 그 자체가 될 수 있는지 질문한다(이 문장도 종결형이 아니다). 문장은 물론 단어를 배열해 내용을 서술할 수 있다. 하지만 감정 그 자체가 되는 건? 문법적으로 혹은 의미적으로, 아니 그 어느 쪽으로도 맞지 않는 듯한 이 이상한 문장에 나는 오래도록 머물렀다. 나는 딜런 같은 비평가가 아니기에 이를 설명할 수 없지만, 그의 글을 통과하며 문장이 우리에게 슬픔에 대해 말해주는 것만큼이나 슬퍼할 수 있다는 말을 다시금 이해할 수 있게 되었다. 그게 사실이 아니라면 어떤 문장은 정말로 슬퍼하고 있음을 설명할 수 없기 때문이다. 딜런은 스스로도 이를 알면서 우리에게 질문하고, 그렇게 우리가 제 발로 따라나서게 한다. 그리고 바라건대 우리는 진실에 한 발짝 가까워진다.

그런데 그는 대담하다고 해야 할까, 아니면 특유의 반항심 같은 게 있다고 해야 할까. 딜런은 2013년 「토털리 더블린Totally Dublin」과의 인터뷰에서 처음엔 책을 비평하다, 다음엔 사진, 그리고는 현대미술로 옮겨 간 이유에 대해, "나는 정교하지 않은 소설에 인내심이 부족하다"라고 답했다. 자신은 "중간 수준middling"의 소설에 너무 쉽게 지루함을 느낀다며, 예술 잡지는 지면에 현대미술이나 예술가들의 관점에 국한되지 않는 문화 전반을 담아내고 싶어하기에 세상 모든 것에 대해 쓸 수 있다고 말했다. 가령 동물원의 역사나 공책의 역사에 대해서도 쓸 수 있다고. 아무튼 그는 "정말 잘 쓰인well-written" 글을 좋아하고 조금 삐딱한 사람인데, 아무리 그렇다 한들 이 책에 모인 작가들의 문장에 대해 쓰겠다는 결심이 쉽지는 않았을 것이다. 자기 지식과 취향의 한계와 편견의 크기를 받아들여야 했다고 고백하는 대목만 봐도 그가 느꼈던 무게를 짐작해볼 수 있다. 나는 그가 대학생 때『미들마치』를 다 읽기 싫어 교수님을 찾아간 일이나, 발리엣의 글은「버드」를 읽은 게 다라고 말한 것도 그렇지만, 엘리엇의 글에서 망막이 누구의 것인지 질문하는 대목에서 특히 놀랐다.* 그리고 좋았다. 그건 우리가 이해를 못 해서라기보다 작가의 의도였겠지만, 독자로서도 번역가로서도 나는 시점에 대한 질문 앞에서 늘 망설이기 때문이다. 시점이 화자의 것인지,

---

* "왜냐하면 여기서 중요한 질문은, 이것이 누구의 망막인가 하는 것이기 때문이다. 엘리엇 자신일까? 아니면 화자? 도러시아? 혹은 독자인가? 언제, 어디서 이것이 퍼져 나가는지도 불분명하다."

주인공 혹은 작가의 것인지 이렇게 헷갈려도 되는 걸까, 괴로워하며. 그런데 바로 이 지점이 딜런의 글을 특별하게 만드는데, 우리는 같은 장면을 놓고도 화자가 어느 위치에서 이를 보느냐에 따라 공감하기도, 거부감을 느끼기도 하기 때문이다. 여기서 시점은 다시 감정의 문제가 된다. 그래서 딜런의 다소 당당한 질문들이 반가웠다. 이러한 그의 성격이 특히 잘 드러나는 지점은 이애기 편에서다. 그는 여태껏 자신이 매혹되어 있던 문장이 작가가 아닌 번역가의 것이었다는 사실을 깨닫지만 이번에도 삐딱선을 타며, 조금 의아한 프록터의 번역문 덕에 기존의 담론을 반복하지 않고 드퀸시 같은 작가의 글을 다르게 볼 수 있었다고, 아니 어쩌면 이러한 시도만이 그의 문학을 이해하는 유일한 길이라고 말하는 관대함을 보인다. 그는 독특한 관점을 지녔고 어떤 면에서는 가차 없지만 또 어떤 면에서는 관대하고 이를 스스럼없이 드러내는 작가이자 비평가이자 독자다. 그에게 문학비평은 결국 무엇보다, 작품에 대한 애정을 드러내는 일이기 때문에 그러한 것이리라는 생각이 든다. 우리 독자들에게 이런 비평가이자 동료 독자가 있다는 건, 문학, 그리고 읽기가 한층 다채롭고 재미있어지는 일이 아닐까?

"나는 그것을 쫓았다. 읽기의 어떤 순간들, 빛이 변하고, 어스름한 광채가 다가오고, 가장 단순한 문장에서조차 사물(단어)들이 갑자기 모호해져, 다시, 수차례 보아야 하는 그런 순간들을." 책을 읽다 보면 종종 이런 순간들을 만난다. 멈출 수밖에 없는 순간들. 생각이 마구 펼쳐지는 동시에 문장에 영원히 머무르고 싶은 순간들. 이런 순간에 나는 책장을 덮는다. 더 나아가면 그 순간이 흩어져 사라져버릴 것 같아서. "어떻게 하면 이 순간에, 이 작은 틈새에 머무를 수 있을까?" 『한 문장이 있다고 해보자』를 옮기며 그가 마련한 작은 틈새에 머무는 일이 무척이나 즐겁고 소중했다. 이 책을 읽는 동안 당신에게도 그런 기쁨과 경이의 순간이 깃든다면 더 바랄 게 없겠다.

2026년 봄
김은지

매력적인 글에 대한 매력적인 글

이슬아(작가)

'정말 이렇게 쓰고 싶나?' 방금 쓴 문장을 보며 생각한다. 어떻게 쓰고 싶은지 알아차리는 것은 생각보다 쉽지 않다. 어떻게 살고 싶은지 진정으로 아는 사람이 드문 것처럼. 그걸 알면 인생에 재능이 있는 사람이라고 불러도 좋은 것처럼.

내게는 노래 선생님이 있다. 어떻게 해야 내 노래가 더 좋아질지 모르는 나는 돈을 내고 그에게 목소리 다루는 법을 배운다. 하지만 유튜브에 들어가면 AI로 제작된 노래가 판을 치는 시대다. 김현식이 부르지도 않은 「내 사랑 내 곁에」의 알앤비 버전을 들으며 감탄하고, 언제 컴백할지 모르는 뉴진스의 AI 음성으로 커버된 아이뮤 노래를 즐겨 듣는 마당에 노래를 배워서 뭐 하나 싶은 날이 있다. 흠잡을 데 없는 인공의 목소리로 모든 노래가 구현 가능해졌는데 미천한 내 목소리를 갈고닦아야 할 이유가 뭐냔 말이다. 노래 선생님은 단호한 얼굴로 말한다. 가수의 창법을 따라 하는 게 그 어느 때보다 의미 없어진 시대라고. 그래서 더더욱 자기 목소리를 갈고닦아야 한다고. 소리 내는 동안 다른 누구도 아닌 나 자신이 기쁘기 위해.

'맞아, 노래란 건 일단 내가 좋으려고 부르는 거였어.' 지당한 말씀에 고개를 끄덕이다 몇 초 후 허를 찔린 듯 중얼거린다. "글도 마찬가지잖아…?" 쓰기에서 쾌락이 얼마나 중요한 척도인지 잊고 있던 것이다. 아무도 안 시켰는데 내가 좋아서 쓴 어떤 문장. 그 문장을 읽고 또 읽다가 이어 써본 또 하나의 문장. 직전 문장에 대한 뿌듯함이 다음 문장을 부른다. 첫 문장이 맘에 들지 않을 때 집필 속도가 느려지는 것도 그래서일 테다. 작가일 때도 독자가 아닐 수는 없으니까. 내가 쓴 것을 최초로 읽는 독자. 누구나 맛있는 것을 원하고 독자도 예외는 아니다.

살다 보면 문장을 맛있어하는 사람들을 마주치게 된다. 기대 이상의 문장이 나타났을 때 조용히 밑줄을 긋는 사람부터, 산행을 마친 뒤 막걸리 첫입을 들이켤 때마냥 "키야" 소리를 내는 사람, 주위에 아무도 없는지 확인하고 입을 열어 낭독해보는 사람, 잠시 책을 덮고 한숨을 쉬는 사람까지 감탄하는 모습은 제각각이지만 문장의 쾌락을 안다는 점에서 비슷하다. 똑같은 음식을 먹고도 더 많이 느끼고 더 자세히 말할 수 있는 사람이 있듯 어떤 독자는 유독 민감하고 미식적이다. 보이지 않는 재료까지 다 눈치채는, 부엌에 들어가지 않고도 조리 과정을 선히 그리는 독자. 내 눈에 비친 브라이언 딜런은 그런 사람이다.

딜런은 "오로지 좋은 것으로만 가득한 책을 쓰고 싶었"(15쪽)

고 실제로 이 책은 그렇다. 거장들의 탁월한 예시들이 담겨 있기에. 그러나 이 책은 문장의 역사에 관한 책이 아니고 좋은 문장을 쓰는 법을 가르치는 책과도 거리가 멀다. 글쓰기 교재로서 다가가는 건 최고의 접근이 아니다. 이 책은 그저 문장의 "주변을 거닐"(11쪽)며 쓴 에세이인데, 딜런의 또 다른 책 『에세이즘』에 따르면 에세이란 자고로 재밌어야 하는 무언가다. 사람들이 에세이를 펼칠 때 기대하는 것은 무엇보다도 재미란 걸 딜런은 강조해왔다.

재미있기로 정평이 난 요리 예능 「흑백요리사」를 보고 있노라면 먹고 싶은 마음과 만들고 싶은 마음이 동시에 건드려진다. 무얼 먹고 싶은지뿐 아니라 어떻게 요리하고 싶은지도 알게 되니까. 이 책 역시 비슷한 작용을 일으킨다. 안 해본 요리를 해보듯 새로운 문장을 써보고 싶어지는 것이다.

이를테면 그런 문장을 써볼까 했다. 도대체 언제 끝나는 거지 싶을 만큼 긴 문장, 한 문장이 한 페이지씩이나 이어지는 것에 당황하고 심지어 두 페이지째에도 마침표가 찍힐 기미가 보이지 않는다는 사실에 혀를 내두르다 어느새 쉼표들의 리듬감에 빠져들어서 종국엔 웃음과 박수가 함께 터져버리는, 무려 세 페이지짜리 대단한 장문 말이다. 딜런이 그런 첫 문장으로 이 책을 시작했다. 길고 긴 문장의 끝엔 야속하고 아름다운 진실이 적혀 있다. "문장은 이제 (…) 당신에게서 멀리 달아나버린다."(9쪽) 그곳에 마침내 찍힌 마침표.

그럼 나는 두 페이지 앞으로 돌아가 처음부터 다시 읽고 만다. 잘 짜인 사이퍼를 다시 듣거나 천재적인 프리스타일 댄스를 다시 볼 때처럼 방금 느낀 쾌락을 되풀이하고 싶어서. 어떤 작가는 농익은 공연자가 무대를 쓰듯 지면을 누린다. 준비된 선수는 음악이 빨리 끝나길 바라지 않는다. 딜런의 느긋한 장문은 산문에 대한 이해이고 자신감이다. 노래 한 곡보다 길지만 사실은 단 하나의 문장인 도입부는 나처럼 장난기 많은 산문가가 따라 해볼 법한 곡예다.

허나 노련한 작가의 장기를 시늉이라도 낸다는 게 만만치 않은 일이기도 하거니와 굳이 그럴 필요가 없다는 걸 기억해냈다. 왜냐하면 나는 그냥 나처럼 쓰고 싶기 때문에. 이 책 속 명문장들도 작가들이 지독하게 자기 문체를 고수한 결과다. 다른 작가를 흉내 낸 문장에서는 아무리 읽어도 나를 닮은 소리가 들려오지 않는다.

소리. 겉보기에 책은 침묵의 매체지만 잘 쓰인 문장은 독자의 내면에서 온갖 소리를 만들어낸다. 기막힌 리듬을 심어주기도 한다. 독보적인 작가 조앤 디디온이 천착한 평생의 과제는 알맞은 소리를 찾는 것이었다고 딜런은 서술한다. "그녀는 단어들이 옳게 들릴 때까지, 그리하여 옳게 될 때까지 글에 매달려 다듬는 법을 배웠다."(154쪽)

작가에게 리듬 메이킹은 아주 중요한 일부다. 술술 읽히면서도 뻔하지 않은, 예상을 비껴가는 리듬을 만드는 방식이 각자 다를 텐데 그게 바로 문체, 즉 작가의 스타일일 것이다. 전설적인 작가들의 문장 스타일을 자세히 다뤘다는 것만으로도 이 책을 펼칠 이유는 충분하다.

왜 이토록 스타일이 중요한 거냐고 묻는다면 나도 딜런처럼 별수 없이 '끌림' 때문이라고 대답하겠다. 스타일은 사람을 끌어당긴다. 옳고 그름이나 논리로는 웬만해선 변하지 않는 우리의 고집스런 심신을 움직이게 한다. 상대의 마음속에 진짜로 무언가를 일으키는 건 주장보다 어려운 매혹이고, 매혹의 퀄리티는 문체에서 기인한다. 문체는 작가가 독자에게 느낌을 "조성하는 방식"(263쪽)이다.

이 책 속의 작가들은 이탈로 칼비노의 『모든 우주만화』 속 문장처럼 '그들 중 누구와도 자기 자신을 바꾸지 않았을' 만큼 고유하다. 각자의 개성과 자긍심과 애지중지하는 고통을 지녔다. 한국에서 태어난 나는 관성적인 선망을 버리려고 노력하며 이 책을 읽는다. 영미문학권의 작가들. 세계적인 작가가 되는 게 한층 수월했을 서구의 저자들. 언젠가 내 모국의 작가들을 주인공으로 이런 책을 써보면 어떨까? 그런 야심이 있기에 더더욱 딜런의 말하기 방식에 관해 생각하기를 멈출 수가 없다. 매력적인 문장이 왜 매력적인가에 대한 매력적인 설명을, 그가 너무나 뛰어나게 해냈기 때문에.

이를테면 그는 롤랑 바르트에 대해 이렇게 쓴다. "그는 동물처럼, 과거를 자신이 풀을 뜯는 들판으로 본다."(176쪽) 당신도 나처럼 이 문장에서 한참을 멈춰 있었을지 궁금하다. 그랬다면 당신과 아주 긴 대화를 나눌 수 있을 것 같은데. 혹은 당신이 보고 듣고 겪은 일을 대체로 잊지 않는 사람이라면, 나는 토머스 드퀸시를 애달파하듯 당신이 애달플 것 같다. 드퀸시라는 독특한 작가의 내면에 관해 딜런은, "두뇌라는 고감도 팔림프세스트에 기록된 모든 것, 모든 이미지를 포착하고 보관하는 카메라"(51쪽)라고 표현한다. 이런 문장을 보면 드퀸시의 책을 읽었을 때보다 더 진하게 드퀸시를 읽은 느낌이다. 한평생 구름을 관찰한 작가 존 러스킨의 글에 깃든 역동과 덧없음에 관해선 이렇게 서술한다. "우리는 「19세기의 폭풍 구름」을 통해 작가가 산문과 함께 흐트러지는 것을 느낄 수 있다."(87쪽)

글쓰기는 인생에 가까이 다가가거나 거리를 두는 방식이다. 아무리 많이 익혀도 모자랄 수밖에 없는 언어로 그물을 만들어 시간을 포획하려는 안간힘이고, 그 불가능성에 탄복하며 두 손 두 발 다 드는 퍼포먼스이기도 하다. 개기일식을 바라보는 작은 인간들, 압도적인 초자연 아래에서 문장으로 그것을 표현하려는 작가들에 관해 쓸 때 딜런은 신의 목소리를 이처럼 상상한다. "필멸의 인간이여, 네 보잘것없는 언어로 '이것'을 써보아라."(215쪽)

언어의 무한한 가능성만큼이나 무력함에 대해서도 당연히 그는 알고 있다. 느낀 것과 언어를 일치시키는 게 얼마나 어려운지, 표현의 한계에 얼마나 금방 다다르게 되는지.

그럼에도 여태껏 누구도 쓰지 않은 방식으로 놀라운 문장을 써내는 누군가가 있고, 딜런은 그들의 성취를 깊이 음미한다. 작가라면 어떻게 두려워하지 않을 수 있을까? 또한 어떻게 원하지 않을 수 있을까? 그에게 읽히기를 말이다.

앞서 말했듯 이 책은 글쓰기 교재가 아니지만, 어쩐지 최상의 문장 쪽으로 인도하는 힘이 있다. 다른 작가들이 아주 뾰족하게 자기 자신이 된 예시로 가득해서일까. 남다른 문장의 구성 요소를 살피는 게 사실은 레시피와 비슷해서일까. 딜런이 주목하는 건 대체로 "작은 차이"(153쪽)들인데 그것을 조정하면 뭔가가 크게 달라진다. 글의 매력을 좌지우지하는 디테일. 이 디테일의 여부에 따라 달라지는 문장의 비포 앤 애프터를 들여다보면 도파민이 팡팡 터진다. 윤문과 퇴고는 메이크오버 쇼 프로그램만큼이나 흥미진진한 과정이다. 『한 문장이 있다고 해보자』를 읽으면 읽을수록 쟁쟁한 작가들이 대거 출연하는 예능을 상상하게 된다. 어째서 문장을 소재로 한 넷플릭스 시리즈는 없는지, 왜 문학판에는 「쇼미더머니」나 「흑백요리사」 같은 쇼가 탄생하지 않는지 고민하는 지경에 이르렀다.

나는 문학을 너무 좋아해서 누가 문학으로 예능을 만들면 좋겠다.

나는 문학을 너무 좋아해서 아무도 문학으로 예능을 만들지 않으면 좋겠다.

두 마음 다 진심이고, 문학 예능 같은 건 아직 세상에 없으므로 이 책을 읽는다.

이 책의 원제 "Suppose a Sentence". 한 문장을 상상해보자는, 문장 하나가 여기에 있다고 쳐보자는 제목을 거듭 중얼거리는데, 어떤 문장을 떠올려도 충분하지 않은 느낌이 든다. 셰익스피어의 한숨 같은 "O, o, o, o"로 시작해서 알파벳을 모르는 소녀의 모든 열망이 담긴 "O, o, o, o"로 이 책은 끝난다. 마지막 장에 다다르면 태초에 배우고 익힌 기역 니은 디귿 하나하나가 애틋해진다. 뭘 그리 많은 말이 필요한지 모르겠는 인생, 그 많은 말로도 다 할 수가 없는 인생에 관해 내 목소리로 쓰고 싶은 마음이, 문장이라는 기예를 갈고닦고 싶은 마음이 차오른다. 다른 누구도 아닌 나 자신이 기쁘기 위해.

다시 스스로에게 묻는다. 이 글을 끝낼까? 이제 그만 마침표를 찍을까? 어떻게 전할지 몰라서 아무래도 말줄임표를 쓸 수밖에 없을 것 같다.

내가 얼마나 일깨워졌는지를. 문장에 대한 사랑으로….

한 문장이 있다고 해보자

초판 1쇄 발행 2026년 4월 27일
지은이 브라이언 딜런
옮긴이 김은지

발행인 박지홍
발행처 봄날의책
등록 제311-2012-000076호 (2012년 12월 26일)
주소 서울 종로구 창덕궁4길 4-1 401호
전화 070-4090-2193
메일 springdaysbook@gmail.com
인스타그램 instagram.com/springdaysbook

편집 김다미
디자인 공미경
인쇄·제책 한영문화사

ISBN 979-11-92884-60-8 03840